KB127455

한자와 나오키
半沢直樹

半沢直樹② オレたち花のバブル組
Original Japanese title: ORETACHI HANA NO BUBBLEGUMI

Copyright © 2008 Jun Ikeido
Original Japanese edition first published by Bungeishunju Ltd.

Korean translation copyright © 2019 Influential, Inc.
Korean translation rights arranged with Office IKEIDO Inc.
through The English Agency(Japan) Ltd. and Danny Hong Agency.

이 책의 한국어판 저작권은 대니홍 에이전시를 통해 저작권자와 독점 계약한 ㈜인플루엔셜에 있습니다.
저작권법에 의해 국내에서 보호를 받는 저작물이므로 무단 전재와 무단 복제를 금합니다.

한자와 나오키

2

복수는 버리는 자의 것이다

이케이도 준

이선희 옮김

ĬNFLUENTIAL
인플루엔셜

• 일러두기
본문의 주는 모두 옮긴이가 독자의 이해를 돕기 위해 붙인 것입니다.

1장

한 지붕 두 은행

1

"문제가 좀 생겨서요. 만날 수 있을까요?"

6월 3일 오후 4시가 조금 지난 시각. 도키에다 다카히로에게 갑자기 전화가 걸려왔다. 상대는 하라다 다카유키, 이세시마호텔의 재무부장이었다.

"시간은 괜찮습니다만 무슨 문제이신지⋯⋯."

도키에다는 창문을 뚫고 들어오는 눈부신 햇살에 눈을 가늘게 뜨면서 물었다.

"전화로 드릴 말씀은 아니고요⋯⋯."

하라다는 말끝을 얼버무리며 황급히 덧붙였다.

"저희 회사의 하네 전무님과 같이 찾아뵙고 싶습니다."

"하네 전무님과요?"

도키에다는 깜짝 놀라서 그렇게 물었다. 하네 나쓰히코는 이세시마호텔을 총지휘하는 실질적인 우두머리나 마찬가지다. 하라다만이라면 몰라도 하네까지 온다면 도키에다 혼자 만날 수는 없다. 균형이 맞지 않기 때문이다.

"도바라 본부장님 일정을 물어볼까요?"

법인부장인 도바라 이쿠오는 이사와 본부장을 겸직하고 있는 국내 여신 부문의 수장이다. 하지만 하라다는 조심스럽게 사양했다.

"도바라 본부장님은 바쁘실 텐데, 괜찮습니다."

평소에 얼굴에 철판을 깔고 뻔뻔스럽게 행동하는 하네다가 이렇게 조심스럽게 말하다니……. 그 순간, 도키에다의 온몸에 경계경보가 발동했다.

무슨 문제인지 정도는 미리 알아두고 싶었다. 하지만 도키에다가 그렇게 운을 떼려고 하자 하라다는 재빨리 가로막고 "지금 가겠습니다. 조금 뒤에 뵙겠습니다"라고 말하고는 일방적으로 전화를 끊었다.

이세시마호텔의 본사는 교바시에 있다. 실제로 30분도 채 지나지 않아 안내 데스크에서 전화가 걸려 왔다.

"이세시마호텔의 하네 전무님과 하라다 부장님께서 오셨습니다."

"9층으로 안내해주세요."

도키에다는 수화기를 내려놓자마자 의자에 걸쳐놓은 양복 윗도리를 꿰어 입은 뒤, 두 사람을 맞이하기 위해 서둘러 법인부에서 나왔다.

도키에다가 접견실로 들어가자 하라다는 벌레라도 씹은 듯한 표정을 짓고 있었다. 상석에 앉은 하네 전무는 언뜻 보기에 여유를 가장하고 있지만 표정에서는 감출 길이 없는 조바심이 배어 나오고 있었다.

"이번에 중대한 사태가 드러나는 바람에, 매스컴에서 떠들기 전에 주거래은행인 귀 은행에 알려주러 왔네."

하네는 그렇게 운을 띄우고 나서 덧붙였다.

"실은 투자에 실패하는 바람에 120억 엔의 운용 손실이 발생하게 되었네."

"120억……!"

도키에다는 입을 벌린 채 뒷말을 잇지 못했다. 그리고 순식간에 솟구친 초조함을 감추지 못하고 하네의 험상궂은 얼굴을 바라보았다.

법인부 사무실에서 가져온 이세시마호텔의 신용파일은 무릎위에 놓여 있었지만, 구태여 펼쳐볼 것까지도 없이 회사의 실적은 머릿속에 들어가 있었다.

최근 들어 실적이 밑바닥까지 추락하는 바람에, 당기에 예상되는 최종 이익은 약 15억 엔이다. 연매출 8천억 엔을 자랑하는 호텔 체인의 이익으로는 개미 눈물만큼의 금액이다.

"즉, 귀사는 이번 기에도 적자가 된다는 겁니까?"

"뭐 그렇게 되겠지."

하지만 흑자가 된다고 장담을 해서 도쿄중앙은행에서는 불과

며칠 전에 2백억 엔의 대출을 승인해주었다. 도키에다는 사태가 심상치 않음을 깨닫고 무의식중에 마른침을 집어삼켰다.

무서운 일이 벌어졌다. 떨떠름해하는 법인부장을 억지로 설득해 임원회의에서 결제를 받아내지 않았던가. 이제 와서 "실은 적자가 났습니다"라는 말로는 끝나지 않는다. 더구나 하필 국내 여신을 책임지고 있는 본부장 밑에서 발생한 엄청난 실책이다.

그 대출에 비판적인 태도를 취했던 임원들의 얼굴이 생생하게 떠오르면서 도키에다는 당황함을 감출 수 없었다.

"별문제 없겠지?"

마지막으로 품의를 승인한 나카노와타리 은행장의 말이 지금도 귓속에 남아 있다. 은행장은 분명히 이런 말도 덧붙였다.

"뭐 도바라 본부장이 지켜보고 있으니까 문제없겠지."

무릎이 덜덜 떨리기 시작했다.

"어떻게 그런 일이……."

도키에다의 입에서 무심코 그런 말이 새어 나왔다. 하지만 하네는 부루퉁한 얼굴로 변명도 되지 않는 말을 했다.

"갑자기 주가가 떨어지는 바람에 어쩔 수 없었네."

"전무님, 외람된 말씀이지만 이건 단순한 실수로 넘길 수 없습니다. 이렇게 중요한 시기에 왜 위험한 곳에 투자하신 거죠?"

도키에다의 말투가 딱딱해지자 하네가 적반하장으로 큰소리를 쳤다.

"그럼 이제 와서 어쩌라는 건가?"

"경우에 따라서는 지난번 대출금을 일단 변제해주셔야 할 수도 있습니다."

하네가 눈을 부릅뜨더니 목소리를 높였다.

"뭐야? 그게 무슨 소리인가? 요전에 대출을 신청할 때, 재무 상황에 관한 상세한 자료를 제출했잖나? 자금 운용 사실을 감출 생각은 없었으니까 자네가 제대로 분석했다면 그런 건 한눈에 알았을 거야. 그런 걸 분석하는 게 자네 일이잖나? 그렇다면 은행도 할 말이 없는 게 아닌가?"

"죄송하지만 본 건에 관해서는 은행 내부에서 검토하도록 하겠습니다."

도키에다는 입술을 깨물고 최대한 정중하게 말했다. 지금 하네와 옥신각신한다고 사태가 해결되는 것은 아니기 때문이다.

"이번 운용 건에 관해서 다른 은행에서는 알고 있습니까?"

그렇게 물어본 도키에다에게 돌아온 것은 하네의 빈정거리는 시선이었다.

"하쿠스이은행에선 알아차렸네. 심사부 담당자가 독자적으로 조사한 모양이더군. 덕분에 예정했던 지원을 받을 수 없게 됐지. 그래서 귀 은행에서 가져간 돈을 돌려줄 수 없네."

"하쿠스이은행에서는 알아차렸다고요……?"

도키에다의 얼굴에서 핏기가 사라졌다. 라이벌 은행의 담당자가 알아차린 운용 손실을 그는 알아차리지 못했다. 도쿄중앙은행의 행원으로서 가장 피해야 할 사태가 발생한 것이다.

"오늘은 일단 그걸 알려주러 왔네. 나머지는 하라다 부장과 얘기해주게. 생각지도 못한 일이 터지는 바람에 정신이 하나도 없군. 갑자기 이렇게 돼서 미안하지만 은행 내부의 일은 자네가 알아서 정리해주기 바라네."

머릿속이 새하얘진 도키에다에게 하네의 이기적인 말이 쏟아졌다.

2

"이세시마호텔이요? 이번에 운용 손실이 있었던 곳 말입니까?"

한자와 나오키가 그렇게 물어보자 부부장인 사에구사 히로토가 고개를 끄덕였다.

"그래. 그 이세시마호텔이야. 자네가 담당해줬으면 좋겠어."

"잠깐만요!"

한자와가 한 손을 들고 상사를 똑바로 쳐다보면서 진지한 표정으로 말했다.

"법인부는 뭐 하고요? 그쪽 담당이잖습니까?"

"은행장님 명령이야."

"은행장님 명령이요?"

예상치 못한 말을 듣고 한자와는 무의식중에 다음 말을 집어삼켰다.

"자금 운용 사실을 알아차리지 못한 채 대출해준 것에 대해, 은행 내부에서 법인부에 대한 공격이 거세지고 있어. 나카노와 타리 은행장님도 몹시 화가 나셨고. 금융청 감사가 예상되는 한, 법인부에 맡길 수 없다고 판단하신 것 같아. 이번 사건으로 도바라 본부장님도 곤경에 처했어."

한자와는 미간에 주름을 잡고 사에구사를 보았다.

"하지만 제 담당은 우리 은행과 자본이 이어져 있는 대기업입니다. 이세시마호텔은 대형 호텔이기는 해도 상장하지 않은 가족회사이고, 우리 은행의 계열사도 아니며 자본도 이어지지 않았습니다. 애초에 이대로 2기 연속 적자가 난다면 심사부로 소관을 옮기는 게 타당하다고 생각합니다만."

심사부의 별칭은 '병원'으로, 실적이 나쁜 거래처를 전문으로 담당하는 부서다.

하지만 사에구사는 일언지하에 거부했다.

"안 돼. 이세시마호텔의 여신을 심사부에 맡길 수는 없어. 그러면 이세시마호텔에 문제가 있다고 인정하는 꼴이 되잖아? 금융청에 뭐라고 설명할 거야?"

사에구사의 말을 듣고 한자와는 고개를 주억거렸다.

금융청 감사에서 실적이 악화된 이세시마호텔의 대출금 회수가 불안하다는 판단을 받으면, 도쿄중앙은행은 거액의 '충당금'을 적립해야 한다. 그 규모는 수천억 엔 단위에 이르러서 도쿄중앙은행 실적에 치명타를 안겨주게 된다. 그렇게 되면 나카노와타리 은행장의 목이 위험하다.

"더구나 이번 사건으로 우리 은행의 여신 체크 기능에 대한 신뢰도가 크게 하락했어. 더는 밖으로 추태를 드러낼 수 없어. 더구나 이세시마호텔은 영업 2부에서 맡아달라고 은행장님께서 직접 지시하셨고. 앞으로 닥칠 금융청 감사를 반드시 극복하라고 말이야. 이봐, 한자와. 내 말 듣고 있어?"

"물론 듣고 있습니다."

한자와는 한숨을 쉬고 나서 어이없는 얼굴로 투덜거렸다.

"그런데 왜 하필 저입니까? 다른 여신 라인도 있지 않습니까? 몇 번이나 말씀드렸다시피 제 담당은 어디까지나 우리와 자본이 이어져 있는……."

"그건 자네가 말 안 해도 알아!"

사에구사는 한자와의 말을 재빨리 가로막았다. 조바심 나는 목소리에서 그의 급한 성격을 엿볼 수 있었다.

"이건 자네에게만 하는 말인데, 중앙상사가 이세시마호텔과 관련된 사업을 검토하는 모양이야. 아직 중앙상사의 기획부에서 조사하는 단계라서 담당자인 자네 귀에는 들어가지 않았겠지만."

도쿄중앙은행과 같은 자본 계열인 중앙상사는 3대 상사 중 하나로, 한자와가 이끄는 영업 2부가 담당하고 있다.

"어떤 사업인가요?"

"포스터가 이세시마호텔에 관심을 가지고 있어서 출자할지도 몰라."

"포스터가요?"

포스터는 미국 최대의 호텔 체인이다.

"그래. 전 세계에 최고급 호텔 네트워크를 가진 포스터 쪽에서 보면 명문인 이세시마호텔의 간판은 일본 진출의 발판으로 삼기에 딱이니까. 더구나 이세시마호텔은 여행사나 유통회사 등 필요한 회사를 가지고 있잖아?"

"그 정도 호재라면 감사를 통과할 수 있잖습니까?"

"이야기가 그렇게 간단하다면 누가 고생하겠나?"

사에구사는 넓은 이마에 우락부락한 얼굴을 한자와에게 가까이 대고 목소리를 낮추었다.

"한자와, 잘 들어. 이세시마호텔은 창업자인 유아사 집안의 사람들이 대대로 세습하는 회사야. 선대인 유아사 고도는 독재자였지. 아들인 유아사 다케시는 능력은 있지만, 안타깝게도 선대가 남겨놓은 이런저런 악습 때문에 고전하고 있고."

"비상장 기업이기 때문에 TOB도 어렵고……."

TOB는 불특정 다수의 주주로부터 주식을 공개적으로 매수하여 회사를 인수하는 방법을 가리키는데, 비상장 기업인 이세시마호텔은 그렇게 할 수 없다.

"더구나 호텔업은 업종의 성격상 이미지가 중요하잖나? 포스터에선 매수 이야기로 말썽이 생겨서 이미지가 흔들리면 곤란하다고 생각하는 모양이야."

"그건 그렇지요. 다만 이세시마호텔의 사풍이 포스터를 받아들일지 의문입니다. 이렇게 막대한 손실을 냈는데도 재무 담당 임원을 그대로 놔두는 것도 마음에 들지 않고요."

잘못을 저질렀으면 책임을 확실히 규명하고 넘어가야 한다. 하지만 이세시마호텔은 그렇게 하지 않고 담당 과장을 경질했다는 이야기가 들렸을 뿐이다. 물론 그 정도 처분으로 끝낼 만큼 작은 실수가 아니다.

"이건 자네에게만 하는 이야기인데, 현재 이세시마호텔은 그런 것까지 포함해서 이런저런 문제를 껴안고 있어. 그러니까 자네가 봐주지 않겠나?"

고개를 숙이는 사에구사를 보고 한자와의 입에서 한숨이 흘러나왔다.

어쩔 수 없다.

"법인부와 인수인계는 언제 하는데요?"

"오오! 맡아주겠나?"

그제야 사에구사의 얼굴에 웃음이 감돌았다. 그리고 한자와의 마음이 바뀌기 전에 마무리하려고 하는지 황급히 덧붙였다.

"지금 당장이라도 시작하게. 실은 이야기는 이미 다 돼 있어. 담당자는……."

그렇게 말하고 수첩을 들여다보며 말을 이었다.

"도키에다 조사역이야. 이따가 이쪽으로 오기로 했어."

"도키에다요?"

"아는 사람인가?"

"네, 동기입니다."

도키에다는 한자와와 같이 거품 경제 시대에 입행한 사람으로, 최근에는 만난 적이 없지만 얼굴은 알고 있다.

"그렇다면 이야기가 빠르겠군. 인수인계는 이번 주 안으로 부탁해. 어려운 일이라는 건 알고 있어."

사에구사가 돌연 진지한 표정을 지으며 한자와를 똑바로 쳐다보았다.

"그래서 자네에게 부탁하는 거야. 자네 외에 적임자는 없어."

부하직원에게 일을 떠넘길 때 상사들이 흔히 하는 말이었다.

이세시마호텔의 인수인계 자료를 가지고 도키에다가 한자와를 찾아온 것은 사에구사와 협의를 마친 지 얼마 되지 않았을 때였다.

"한자와, 미안해."

도키에다는 한자와의 얼굴을 보자마자 사과부터 했다.

거품 경제가 절정에 도달했던 해에 4백 명이나 되는 정사원을 채용한 옛 산업중앙은행에서는 신입 행원을 40명씩 나누어, 간다와 메구로, 조후 등 세 곳의 연수원에서 연수를 실시했다. 그 연수에서 한자와는 도키에다와 같은 그룹에 속했다. 배정받은 방도 같았다. 하루 스물네 시간 같이 지내는 동안, 한자와는 도키에다가 얼마나 소박하고 따뜻한 사람인지 알게 되었다. 아마 규슈의 국립대학에서 테니스부 주장을 역임한 체육계 출신이었을 것이다.

도키에다는 안타까울 만큼 초췌해 있었다.

"일이 이렇게 됐으니까 어쩔 수 없지 뭐."

한자와는 그렇게 말하고, 도키에다로부터 받은 이세시마호텔의 사업계획을 대강 훑어보았다.

"이런 말이 위로가 될지는 모르겠지만, 운용 손실은 아무리 숫자를 살펴보아도 알 수 없는 법이지."

"이제 와서 말해봐야 어쩔 수 없지만, 이세시마호텔에서 제출한 유가증권 명세서는 자금을 운용하기 이전의 것이었어. 나중에 착오였다고 변명했는데, 어쩌면 의도적으로 옛날 자료를 제출했을지 몰라."

"하지만 똑같은 상황에서 하쿠스이은행은 간파했잖아?"

"문제는 그거야."

도키에다는 힘없이 고개를 떨구었다.

이세시마호텔의 거액의 운용 손실은 하네와 하라다가 도키에다에게 말한 다음 날, 도쿄경제신문의 특종 보도로 세상에 알려졌다. 더구나 도쿄경제신문에서 그 특종을 알아낸 이유는 제2의 주거래은행이었던 하쿠스이은행이, 심사 중이던 이세시마호텔의 수백억 엔의 대출을 중지했기 때문이었다고 한다.

한자와는 인수인계 자료에 있는 재무 분석 자료를 보면서 감탄한 목소리로 말했다.

"그나저나 하쿠스이는 용케 손실을 간파했군. 이걸 아무리 분석해도 120억 엔의 손실을 알아차릴 수 없었을 텐데."

손실은 회계에서 처리해야 비로소 재무에 반영되는 법인데, 이세시마호텔은 그렇게 하지 않았다. 더구나 명세서까지 옛날 자료를 제출한 상황에서, 운용 손실을 간파하기는 불가능에 가깝다.

"하쿠스이에 정보원이 있었던 게 아닐까?"

한자와의 말에 도키에다는 당황한 표정을 지었다.

"정보원?"

"이세시마호텔의 재무부 직원 중 누군가가 손실이 발생했다고 몰래 말해주었다든지."

도키에다는 당황함을 뛰어넘어 아연한 표정을 지었다.

"하쿠스이은행이 운용 실패를 이유로 대출을 보류한 것은 도쿄경제신문이 특종을 내보내기 2주 전이었다고 하던데⋯⋯."

"이세시마호텔은 손실을 은폐하려고 했을지도 몰라. 그런데 하쿠스이은행에 정보가 새어 나가는 바람에 드러난 거지."

순간 도키에다의 안색이 달라졌다.

"그러면 신의성실의 원칙˙에 위배되잖아!"

"이세시마호텔의 기업 체질에 따라서 다르겠지."

도키에다의 초점 없는 시선이 허공에서 흔들리다가 바닥으로 떨어졌다.

˙ 권리의 행사와 의무의 이행은 신의에 좇아 성실히 하여야 한다는 원칙. 일본 민법 제 1조이며, 대한민국 민법에도 비슷한 조항이 있다.

"소문은 들었겠지만 솔직히 말해 성격이 장난이 아니야. 교활하다고 할까, 음흉하다고 할까……."

"그런 상대에게 어떻게 파고 들어갔느냐가 이번 사태의 명암을 갈랐군."

한자와의 말에 도키에다는 눈을 감더니 포기한 듯 짧은 한숨을 쉬었다.

"자네 말이 맞아. 다만 변명을 하자면 그쪽과 인간관계를 쌓을 만한 시간적 여유가 없었어."

"담당자가 교체됐어?"

품의서에 찍힌 도장을 보고 한자와는 미루어 짐작을 했다. 몇 달 전의 서류에는 '도키에다'가 아니라 '고자토'라는 도장이 찍혀 있었다.

"담당자뿐만 아니라 소관 자체가 바뀌었어. 이세시마호텔은 원래 교바시 지점의 거래처였는데 위에서 담당 부서를 바꾸면서 법인부 소관이 된 거지."

한자와는 탄식하면서 가여운 동료를 바라보았다.

"운이 없었군. 불운이 겹쳤을 뿐, 네 잘못이라곤 할 수 없어."

"이제 와서 이런 말을 해봐야 소용없지만, 교바시 지점과의 인수인계도 형식적이었지."

도키에다는 탄식과 함께 불평을 늘어놓았다.

"나중에 쓸데없는 말을 듣고 싶지 않은 건 이해하지만 기업 체질이 어떻다든지, 누가 어떤 성격이니까 조심하라든지, 그런 인수인계가 하나도 없었거든. '당기에는 흑자가 된다니까 그때는 잘 지원해주십시오'라는 말뿐이었지."

이세시마호텔의 결산은 9월이고, 실적이 흑자가 된다는 예측을 근거로 도키에다가 대출 품의를 올린 것은 3월 중순이었다. 임원회의에서 승인한 것은 4월이고, 실행한 것은 같은 달 20일로 되어 있었다.

"이 고자토라는 담당자는 이세시마호텔의 운용 손실에 대해서 전혀 몰랐대?"

문득 의아한 생각이 들어서 한자와가 물었다.

"나도 마음에 걸려서 전화로 물어봤어."

몸을 앞으로 내민 한자와의 눈에 도키에다의 낙담한 표정이 비추었다.

"그런 사실은 전혀 몰랐고 그런 정보도 없었다고 하더군. 그러면서 마지막에는 내 판단 실수를 인수인계 탓으로 돌리면 곤란하다고, 펄펄 뛰며 화를 내더니 전화를 끊었어."

자기 손을 떠나면 책임을 지려고 하지 않는 게 인간의 속성이다. 더구나 처지가 달라지면 말도 달라지는 법이다. 도키에다에게는 안된 일이지만 은행은 원래 그런 곳이다.

한자와의 귀에 조만간 금융청 감사가 있을 예정이라는 정보가 들어온 것은 그 다음 날이었다.

3

어느 업계나 비슷하지만 과거의 대장성*감사나 지금의 금융청 감사를 비롯해 국가기관의 감사는 감사 대상인 은행 쪽에서 보면 귀찮기 짝이 없는 노릇이다.

감사라는 말을 들을 때마다 한자와의 머릿속에서 가장 먼저 떠오르는 것은 신입 행원 시절에 처음 경험한 옛 대장성의 감사였다.

입행 2년차. 니혼바시 지점 융자과 신입 행원이었던 그에게 주어진 일은 어이가 없을 만큼 황당한 허드렛일이었다.

가장 대표적인 것은 팩스 담당이었다. 예전에 은행이 작성하는 서류는 모두 손으로 썼고, 더구나 내용을 확인받기 위해 팩스로 본부에 보내야 했다. 본부의 융자부에 임시로 설치된 감사준비팀에 미리 자료를 보내서 내용을 확인해달라고 하는 것이다.

그런데 모든 지점의 팩스가 한꺼번에 몰리는 바람에, 몇 개나 되는 융자부 회선이 모두 막혀서 팩스를 보낼 수 없었다. 그때 말단인 한자와는 팩스 앞에 진을 치고 있다가 운 좋게 송신하면 "보냈습니다!"라고 큰 소리로 알렸다. 그러면 이것도 보내달라, 저것도 보내달라며 몰려드는 서류를 잇달아 송신 트레이에 집어넣는 것이 그에게 주어진 일이었다. 매일 그런 일을 한밤중까지 계속한 것이다.

• 일본의 옛 중앙행정기관으로 국가예산의 관리, 조세 및 금융 정책을 총괄했다.

애초에 호송선단 방식*이었던 당시의 은행업계에서는 옛 대장성 감사 자체가 우스꽝스러운 연극에 불과했다. 아니, 어쩌면 지금도 그렇지 않을까?

우선 예고 없이 실시해야 하는 감사 예정일이 사전에 새어 나온다. 이 정보를 가져오는 사람들은 예전에 'MOF담*'이라고 불렸던 대장성 담당 엘리트 행원들이다. 고급 요리집을 빙자한 퇴폐업소에서의 파렴치한 접대를 통해 "다음엔 언제 와?" "에이, 좀 가르쳐주라"라는 식으로 이야기를 듣는 것이다. 어이가 없을 만큼 천박하고 부적절한 짓이다.

부정한 방법을 통해 입수한 내부 정보에 근거하여 은행 내부에서는 항상 몇 달 전부터 허둥지둥 소란을 피우며 감사 대책을 세운다. 한자와가 맡은 팩스 담당은 귀여운 편으로, 감사 대책의 중심은 뭐니 뭐니 해도 부정한 정보와 부적절한 대출의 은폐 공작이다. 쉽게 말하면 정부 눈에 띄면 곤란한 서류를 감사받기 전에 감추는 것이다. 그런 서류를 골판지 상자에 담은 뒤, 융자과장 등이 택시를 이용해 집으로 가져가 감사 기간 동안 숨겨둔다. 이것을 은행업계의 은어로 소개(疎開)*라고 한다.

이런 일은 상당히 오래전부터 면면히 이루어진 부정으로, 겉

- 경쟁력이 뒤떨어지는 기업이 낙오하지 않도록 행정기관이 인허가 권한 등을 사용해서 업계 전체를 조종하는 것.
- MOF는 Ministry of Finance의 약자로 옛 대장성이자 지금의 재무성을 말함.
- 원뜻은 공습이나 화재에 대비하여 한곳에 집중되어 있는 주민이나 시설물을 분산하는 것.

으로는 모범생처럼 행동하면서 뒤에서는 천박한 짓을 해서 돈을 버는 곳이 은행업계다. 한마디로 말해 일종의 방편이자 필요악이라고나 할까?

그런데 얼마 전에 AFJ은행을 파탄으로 몰아넣은 금융청 감사에서 이렇게 소개된 자료가 발견되면서, 감사 방해로 고발되는 예상치 못한 사태가 발생했다. 마른침을 삼키며 이 상황을 지켜본 경쟁 은행 사람들은 "왜 금융청이 찾아낼 수 없는 곳에 숨겨놓지 않았지? AFJ도 별거 없군" 하며 차가운 비웃음을 날렸다. 이것이야말로 똥 묻은 개가 겨 묻은 개를 나무라는 게 아닌가! 더구나 당사자일! AFJ은행 행원들 사이에서는 후회는 하지만 반성은 하지 않는다는 소리가 들렸다.

AFJ은행의 감사 중에 은닉 자료가 발견되자 당황한 행원이 자료를 입에 쑤셔 넣었다는 에피소드까지 전해졌다. 신문에서 그 이야기를 읽은 순간, 한자와는 "염소도 아닌데 그걸 먹으면 배탈이 나잖아!"라고 무심코 이마를 찡그렸다.

이 AFJ은행의 감사를 이끈 사람이 주임감사관인 구로사키 슌이치라는 남자였다. 그 일을 통해 구로사키 슌이치는 이름을 날리며 일약 금융청의 인기 스타로 떠올랐는데, 풀리지 않은 수수께끼가 한 가지 남아 있었다.

AFJ은행의 은닉 자료를 어떻게 발견했냐는 것이다.

AFJ은행에서는 오테마치에 있는 본부 건물의 눈에 띄지 않는 곳에 자료를 숨겨두었는데, 어찌된 일인지 그 정보가 구로사키에게 새나갔다고 한다. 왜 새나갔는지, 누가 발설했는지 지금도 진상은 어둠 속에 묻혀 있다.

확실한 것은 구로사키라는 인물이 보통 교활한 상대가 아니라는 점이다.

그 구로사키가 이번 감사에서도 주임을 맡았으며 다음 목표가 이세시마호텔이라는 말을 듣고 도쿄중앙은행 임원들의 마음은 편치 않았다.

참고로 금융청 감사의 규칙은 매우 간단하다.

은행에서는 대출해준 모든 회사를 안전, 약간 위험, 매우 위험, 상환불능의 네 종류로 분류한다. 그리고 실제 감사에서 이 구분이 맞는지 토론한다.

결론부터 말하면 '안전'이라면 아무런 문제가 없다. 그런데 '약간 위험' 이하가 되면 각각 도산했을 때를 대비해 충당금을 마련해야 하는데, 이것이 은행 실적에 직격탄을 날리게 된다.

따라서 어떻게 해서라도 "이 거래처는 안전한 곳이야!"라고 주장하는 은행 측과 "안전하긴 뭐가 안전해? 위험한 곳으로 격하시켜!"라는 금융청과의 치열한 칼싸움이 감사의 메인 이벤트라고 할 수 있다. 참고로 은행 용어로 안전한 곳을 '정상 채권', 위험한 곳을 '부실 채권'이라고 한다.

정상 채권인가, 부실 채권인가.

판단이 갈리는 것은 이세시마호텔 같은 곳이다.

적자……. 이번 적자가 우연히 한 번 발생한 것뿐인가, 아니면 계속될 것인가. 그 판단 하나로 수백억, 수천억 단위의 은행 수익이 달라진다. 사태는 수익에만 머물지 않는다. 이세시마호텔이 위험한 곳으로 '분류'되면 주식시장에서 도쿄중앙은행에 대한 신뢰까지 떨어질 우려가 있다. 주가가 하락하는 날에는 은행의 시가총액이 떨어지면서 경영 문제로까지 발전할 가능성이 높다.

은행장을 비롯해 모든 임원이 이번 금융청 감사에 신경을 곤두세우는 이유는 바로 그것 때문이고, 이번 감사는 도쿄중앙은행에게 절대로 질 수 없는 싸움인 것이다.

막중한 책임감이 한자와의 두 어깨를 무겁게 내리눌렀다.

그날 밤, 한자와의 입행 동기인 도마리 시노부로부터 한잔하자는 전화가 걸려왔다. 두 사람은 진구마에 역에 있는 단골 꼬치구이 집에서 만났다.

"도키에다는 나도 잘 아는데, 이번엔 운이 나빴어. 하지만 아무리 운이 나빠도 너만 하겠어? 한자와, 이세시마호텔을 떠맡았다면서? 네 불운도 여기서 바닥을 뚫고 들어가는군. 삼가 명복을 빕니다."

"왜 그래? 무슨 일 있어?"

도마리의 말투에서 미묘한 느낌을 받고 한자와가 물었다.

"금융청 감사의 구체적인 일정이 정해졌어. 다음 달 첫째 주부터야. 그것만이 아니야."

도마리는 꼬치구이집의 한쪽 구석에서 목소리를 낮추었다.

"구로사키가 주임감사관으로 임명되었대. 그 녀석의 이름은 너도 들어봤지?"

한자와는 말없이 고개를 끄덕였다. 금융청에게는 영웅이고 은행 업계에게는 악당이다.

"기획부 녀석들의 말에 따르면 금융청의 목표는 이세시마호텔이라고 하더군. 거액 손실, 연속 적자. 그럼에도 불구하고 2백억 엔 대출 실행…… . 문제가 있는 정도가 아니라 흘러넘칠 정도야. 한자와, 어떡할래? 부실 채권으로 분류되기라도 하면 영업 2부 차장 자리는 영원히 안녕이야"

"객관적으로 볼 때 분류되어도 어쩔 수 없다면 기를 쓰고 지킬 것까진 없겠지."

"은행장이 그걸 받아들이겠어? 한자와, 잘 들어. 지금 네가 뽑은 건 상상을 초월할 만큼 불행한 카드야. 그걸 행운의 카드로 바꿀 수 있는 사람은 너밖에 없어."

"나 대신 네가 맡아줄래?"

도마리가 눈을 휘둥그레 떴다.

"농담 집어치워. 너 대신 맡았다가는 목숨이 몇 개라도 모자라니까."

"쳇."

한자와는 맥주잔을 들고 단번에 들이켰다.

"그나저나 이세시마호텔은 예전에 교바시 지점에서 담당했잖아? 교바시라고 하니까 그 녀석이 생각나는군. 그 녀석은 괜찮으려나?"

"곤도 말이야?"

입행 동기인 곤도 나오스케는 작년 10월에 오사카 간사이 지점의 시스템부에서 거래처인 중소기업으로 파견 나갔다.

거품 시대에 입행한 동기 중 거래처 파견 제1호다. 입행하고 몇 년간은 높은 평가를 받았지만 거품 경제가 무너질 즈음에 새로 생긴 지점으로 나가서 생각만큼 실적을 올리지 못했다. 그로 인해 마음의 병에 걸리면서 1년간 휴직한 것이 그 이후의 경력에 커다란 영향을 미쳤다.

은행에 있으면 장기 병가로 전선을 떠난 탓에 출세의 계단에서 미끄러진 사람을 가끔 볼 수 있는데, 곤도도 그런 사람들과 비슷한 코스를 걷고 있다고 해도 과언이 아니다. 은행 간 합병에 의해 윗자리가 줄어들면서 올라갈 곳이 없어진 은행원이 넘치는 지금, 그런 과거가 있는 곤도가 맨 먼저 파견된 것은 안타깝긴 하지만 이해하지 못할 일은 아니었다.

그가 파견 나간 곳은 교바시 지점의 거래처로, 분명히 직책은 총무부장이었을 것이다.

"작은 회사니까 부장이라고 해도 은행으로 치면 과장이나 계장 정도야."

파견이 정해졌을 때 수치스러워하던 곤도의 표정이 지금도 한자와의 눈에 선했다.

도마리가 심각한 얼굴로 말했다.

"꽤 고생하는 것 같아."

"곤도를 만났어?"

"어제 전화가 왔었어. 대출을 신청했는데 교바시 지점에서 자꾸 미룬다고 말이야. 담당자에게 문제가 있는 게 아니냐고 하더군. 곤도의 담당은 옛 T래."

도쿄중앙은행은 산업중앙은행과 도쿄제일은행의 합병으로 태어난 은행이다. 합병한 지 이제 곧 3년이 되는데, 그동안 열심히 인재를 교류하면서 행내 화합을 추진하고는 있지만 툭하면 옛 S와 옛 T의 알력이 고개를 내밀었다. 도쿄중앙은행이라는 하나의 간판 밑에 산업중앙은행과 도쿄제일은행이라는 두 은행이 치열하게 눈치 싸움을 하기 때문이다.

"은행장님께서는 화합 노선을 강조하지만 현실은 간판 하나에 은행은 두 개야. 교바시 지점은 옛 T의 명문 지점이고."

도시은행[•]끼리 합병했을 때, 같은 장소에 점포가 두 개 있는 경우가 있다. 그럴 때는 실적이 좋은 한 점포를 남기고 나머지 점포는 폐쇄한다. 도쿄중앙은행에서도 합병 후 몇 년에 걸쳐 이 작업을 추진해왔다.

"그러고 보니 옛 T의 교바시 지점을 남기는 대신, 대형 거래처인 이세시마호텔을 빼앗아서 옛 S가 주체인 법인부로 넘겨주지 않았던가?"

도마리의 이야기를 듣고 이세시마호텔의 소관이 왜 교바시 지

• 도쿄와 오사카 같은 대도시에 본점을 두고, 전국 규모로 업무를 전개하는 일반 은행.

점에서 법인부로 바뀌었는지 한자와도 알게 되었다.

"옛 T 담당자 쪽에서 보면 기껏 확보한 대형 거래처를 빼앗겼으니까 기분이 좋지 않았겠지. 인수인계가 잘 되지 않았던 건 그런 배경 때문일지도 몰라."

도마리의 말투에는 합병 은행의 어려움이 깊게 배어 있었다.

"잘 이겨내면 좋겠는데."

한자와의 말에 도마리는 진지한 얼굴로 고개를 끄덕였다.

"잘 이겨내겠지. 곤도가 쉽게 꺾일 녀석이야? 이제 병도 다 나았으니까."

"그렇다면 다행이고……."

한자와는 점점 시끌벅적해지는 꼬치구이집의 한쪽 구석에서 혼잣말처럼 중얼거렸다.

4

"자료는 이걸로 되겠습니까?"

곤도 나오스케는 플라스틱 파일 케이스에서 3년 치 실적예상표를 꺼내 카운터 위에 올려놓았다. 한자와와 도마리가 진구마에 역 근처 꼬치구이 집에서 술을 마신 다음 날이었다.

고자토는 말없이 서류를 들더니 의자 등받이에 몸을 맡기며 거만하게 다리를 꼬았다. 사각 턱에 노안인 얼굴 안에서 불을 내

뽑기 직전인 눈이 서류와 곤도를 번갈아 쳐다보았다.

"이 숫자는 근거가 있는 거겠죠?"

즉시 가시 돋친 질문이 날아와서 곤도는 경계 태세를 취했다.

"앞으로 3개월 정도까지는 매출을 예상할 수 있지만 솔직히 말씀드려서 그 이후는 잘 모르겠습니다. 일단 사장님과 영업담당자에게 물어서 적당한 수치를 적었습니다."

"적당하다……."

고자토는 빈정거림을 잔뜩 담아서 말하더니, 서류에서 곤도에게로 시선을 옮겼다.

"무슨 회사가 중기 계획이 없지요? 연도 계획도 제대로 없고 말이죠. 댁은 이 회사가 이상하지 않나요?"

"죄송합니다."

곤도는 순순히 사과했다.

"이것 보세요. 다미야전기로 파견 나간 지 벌써 8개월이 넘었 잖습니까? 그 사이에 연 결산도 한 번 거쳤으니 사업계획서 정도 는 만들어야 하지 않나요? 안 그러면 은행에서 파견 나간 의미가 없잖습니까! 옛 S에서는 이렇게 적당히 서류를 내도 대출을 해줬 나 보죠?"

고자토는 멸시하는 눈으로 곤도를 쳐다보면서 '옛 S'라는 부분을 특히 강조했다. 반박하고 싶은 마음은 굴뚝같았지만 곤도는 이를 악물고 참았다. 이 연배의 행원을 화나게 만들어서는 대출 이야기가 진전될 수 없다. 이런 경우에는 여느 때처럼 고자토의 빈정거림이 끊어질 때까지 가만히 기다리는 수밖에 없었다.

"그런데 대출은 언제쯤 될까요?"

"서류는 제대로 내지도 않고 결과는 즉시 알고 싶어 하는군요."

곤도로서는 한참을 기다린 끝에 겨우 물어본 것이지만 돌아온 것은 한숨뿐이었다.

"당신, 은행원 출신이죠? 일단 이 실적예상표의 내용을 차분히 검토해보겠습니다. 결과는 그 다음에 얘기하죠."

이야기를 끝내려는 고자토를 보고 곤도는 다급하게 말했다.

"잠깐만요! 이번 달 말까지 3천만 엔이 필요합니다!"

"그러니까 말이죠!"

고자토는 일어서서 곤도가 제출한 자료를 둥글게 말더니 손바닥을 탁탁 때리기 시작했다.

"그게 그렇게 걱정된다면 일 좀 제대로 하십시오. 애초에 이렇게 중요한 거래처를 왜 옛 S 출신에게 맡겼는지 모르겠군요. 우리 거래처는 옛 S가 잠깐 머물다갈 자리를 제공하는 곳이 아닙니다! 다미야 사장님도 요전에 한탄하시더군요."

다미야의 이름이 나오자 곤도의 마음은 더욱 우울해졌다.

곤도가 3천만 엔을 대출해달라고 의뢰한 것은 5월 중순이었다. 그로부터 벌써 3주가 지났지만 고자토는 이런저런 트집을 잡으며 본부에 올릴 품의서를 쓰지 않았다.

사장인 다미야 모토키는 오늘이야말로 언제 대출해줄지 확실한 대답을 받아오라고 했는데, 아무래도 틀린 것 같다.

다미야만 해도 그렇다. 고자토를 만났다면 언제 대출해줄지 직접 물어보면 되지 않는가? 곤도에 대해 헐뜯고 불평할 시간은 있어도 언제 대출해줄지 물어볼 시간은 없단 말인가!

고자토 앞을 떠나 은행에서 나온 곤도는 차가운 액체가 위의 밑바닥으로 떨어지는 불쾌한 느낌에 시달리면서 하늘을 올려다보았다. 옅은 구름이 얇은 막처럼 하늘을 뒤덮은 가운데, 맞은편 건물 뒤의 하늘이 은빛으로 빛났다.

그와 반대로 지금 그의 뇌에서 흘러나오는 것은 질척질척한 콜타르*였다. 새카만 콜타르가 뇌에서 흘러나와 머리의 구석구석까지 스며들었다. 그를 완전히 집어삼켜 모든 생각을 새카맣게 칠해버린 그때처럼…….

그가 승진을 앞두고 아키하바라 동부 지점으로 부임했을 때의 일이었다.

실적 향상이라는 지상 과제를 목표로 매일 아침 일찍부터 한밤중까지 일했던 지옥 같은 나날들. 그의 정신세계로 스며든 콜타르는 1밀리미터 또 1밀리미터씩 천천히, 그러면서도 확실하게 그의 뇌를 잠식해가더니, 이윽고 모든 감각을 집어삼키면서 그를 어둠의 세계로 몰아넣었다.

"다 나은 게 아니었나?"

그는 원망하는 눈길로 하늘을 쳐다보면서 작게 중얼거렸다.

* 석탄을 건류할 때 생기는 기름 상태의 끈적끈적한 검은 액체.

파견 나가는 회사가 연매출 1백억 엔 대의 중소기업이란 말을 들었을 때, 그렇다면 자신이 있을 곳을 찾을 수 있으리라고 기대했는데…….

하지만 아무리 힘들고 괴로워도 그만둘 수는 없다. 이번 파견 때문에 가족들은 겨우 적응한 오사카에서, 겨우 생긴 친구들과 작별하고 도쿄로 올라왔다. 그것을 물거품으로 만들 수는 없다.

더구나 그만둘지 말지는 자신이 정할 수 없다.

정말로 걱정되는 것은 병이다. 이것은 자신의 의지만으로 해결할 수 없기 때문이다.

만약 병이 재발했으면……?

끝없는 불안이 몰려와서 마음을 어둠 속으로 밀어넣었다. 그는 지금 또다시 정신의 미로 속에서 방황하려고 하고 있었다.

5

"새로운 담당자를 소개하겠습니다. 이쪽은 영업 2부의 한자와입니다."

도키에다의 소개를 받고 한자와는 한 걸음 앞으로 나가서 "한자와입니다. 잘 부탁드리겠습니다"라고 말하며 고개를 숙인 뒤, 부하직원인 오노데라 준지를 실무담당자로 소개했다. 오노데라는 한자와 밑에 있는 젊은 직원들 중에서 가장 우수한 사람이었다. 일도 잘하고 솔직하며 거침없이 말하는 점이 한자와와 비슷해서 죽이 잘 맞았다.

"좀 적응할 만하면 담당자가 바뀌니. 이래서야 도쿄중앙은행을 믿고 일할 수 있겠나? 당신도 금방 바뀌는 거 아닌가?"

업무를 인수인계하면서 인사를 하기 위해 이세시마호텔의 본사를 처음 방문했을 때였다. 하네 전무는 한자와가 내민 명함을 보면서 그렇게 말하더니, 차가운 눈길로 한자와를 흘겨보았다.

"더구나 추가 자료가 필요하다고? 수정이 끝난 결산 예측 자료라면 이미 주었는데, 또 뭐가 필요하단 건가?"

"금융청 감사가 코앞으로 다가와서 그렇습니다. 협조해주시기 바랍니다."

한자와가 그렇게 말하자 오노데라가 몇 페이지에 걸친 추가 자료 목록을 탁자 위로 내밀었다. 자료 목록을 보자마자 하라다의 표정이 창백해졌다.

"이렇게 많습니까?"

"이번 감사는 귀사의 여신에 초점이 맞춰져 있습니다. 대책을 강구하기 위해서라도 협조해주시지 않으면 곤란합니다."

하네가 이마에 세로 주름을 잡았다.

"이봐, 운용 실패는 고의가 아니었고 본업과는 아무 관계가 없어. 이렇게 요란을 떨 필요는 없지 않나?"

하지만 한자와는 냉정하게 대답했다.

"요란을 떨 생각은 털끝만큼도 없습니다. 하지만 이번 문제는 저희 은행이 지금까지 대출해드린 운전자금을 유용했다고 의심받을 수 있는 사태인 만큼, 금융청에선 이번 감사에서 그것에 초점을 맞출 겁니다. 안 그래도 귀사는 적자가 연속해서 발생하게 됩니다. 금융청에서도 그 점을 깊숙이 파고들 겁니다. 사업계획을 재고해주실 수 없을까요? 실적의 기둥이 될 만한 게 있었으면 합니다."

하네의 연갈색 눈동자에 분노가 스며들었다.

"그쪽 감사를 위해 우리 사업계획까지 재고하라는 게 말이 된다고 생각하나? 우리 회사는 그쪽 은행을 위해서 사업을 하는 게 아니야! 금융청 감사는 어디까지나 은행 문제가 아닌가?"

"그럼 대출이 중지되어도 괜찮습니까? 위험으로 분류되면 그렇게 됩니다만."

이것은 협박이 아니라 사실이었다. 하지만 이번 사태가 얼마나 심각한지 하네에게는 전해지지 않는 모양이었다.

"작작 좀 하게. 그렇게 되지 않도록 하는 게 당신들이 할 일이 잖나!"

"지당하신 말씀입니다. 하지만 그러기 위해서는 귀사의 협조가 절대적입니다. 지금 부탁드린 자료도 그렇고요. 또 한 가지, 가능하면 지난번 대출금을 일단 변제해주셨으면 합니다만."

"뭐야?"

머리끝까지 솟구친 분노로 인해 하네의 얼굴이 새빨갛게 물들었다.

"그건 흑자를 전제로 대출해드린 자금입니다. 적자가 났다면 일단 변제해주시고 새로 심사를 받으셨으면 합니다. 그렇다면 감사를 이겨낼 수 있습니다. 그렇지 않으면 변제하겠다고 약속해주시든지……."

하라다 부장이 옆에서 재빨리 끼어들었다.

"이것 보세요, 한자와 차장님. 그건 은행 내부에서 합의된 이야기인가요?"

"아뇨, 제가 부탁드리는 겁니다."

하네가 화를 내며 뿌리치듯 말했다.

"농담은 집어치우게. 지금 당장 그 돈을 갚을 수 있다고 생각하나?"

"운용 손실을 메우기 위해 사용했다는 이유는 여기서 통하지 않습니다."

하네가 눈을 부라리며 고함을 질렀다.

"오늘은 단지 인사를 하기 위해 온 게 아닌가? 내가 보기에 대출금을 변제하라 마라 하는 건 그쪽이 할 얘기가 아니야. 그쪽의 오와다 상무님과 우리 유아사 사장님 사이에서 정하도록 하지."

오와다의 이름을 들먹이면 은행원들이 순순히 물러나리라고 기대했을지도 모른다. 하지만 흠칫 놀란 사람은 도키에다뿐이고, 한자와와 오노데라는 태연한 얼굴로 "그럼 검토해주시기 바랍니다"라고 말하며 그 자리를 마무리지었다.

이세시마호텔에서 나오자 도키에다가 걱정스러운 표정을 지었다.

"혹시 자네가 곤란해지지 않을까?"

하지만 한자와는 아무렇지도 않은 얼굴로 대답했다.

"곤란해질 테면 곤란해지라지. 뭐? 믿고 일할 수 없다고? 지금은 그렇게 말할 때가 아니라 사과부터 하는 게 도리잖아? 오노데라, 어떻게 생각해?"

오노데라도 발끈한 표정을 지었다.

"동감입니다. 오와다 상무님이 잘 구슬려주시면 좋겠는데요."

"그러게 말이야. 정의는 우리에게 있다! 금융청과 대결하는 건 하네 전무가 아니라 우리니까 말이야!"

원래 땀을 많이 흘리는 한자와는 윗도리를 벗은 뒤 손수건으로 이마의 땀을 닦았다. 그리고 무더위가 시작된 6월의 시내를 걷기 시작했다.

6

옛 S 출신이다, 옛 T 출신이다……. 한자와는 이런 식으로 출신을 따질 생각은 눈곱만큼도 없었다. 산업중앙은행 출신이든 도쿄제일은행 출신이든 중요한 것은 은행원의 자세와 자질이 아닌가. 출신 은행으로 구분하는 것에 무슨 의미가 있는가.

그런데 다른 사람들의 생각은 그렇지 않았다. 막상 상대와 머리를 맞대고 일을 할 때, 기업문화의 차이로 인해 문제가 발생하기 때문이다. 그 결과 하나의 간판 밑에 있어야 할 은행원들은 암암리에 출신 은행에 따라 선을 긋곤 했다.

큰 차이라면 오히려 눈에 띄어 금방 해결할 수도 있다. 하지만 일상 업무에서 발생하는 사소한 차이인 만큼 항상 의식에 딱 달라붙어 있었다. 우선 일을 할 때마다 용어의 차이가 발생한다. 신용보증협회의 유보증 대출을 산업중앙은행에서는 '협보'라고 했고, 도쿄제일은행에서는 '신보'라고 했다. 대금징수 어음은 옛 S에서는 '대어'라고 했고, 옛 T에서는 '징어'라고 했다.

참고로 옛 S의 용어인 '대어'는 신입 행원 시절에 들으면 놀라지 않을 수 없다. 선배가 "○○ 씨, 안아줘"라는 말을 했을 때, 당황하지 않을 사람이 있을까!* 순간 숨을 들이마시며 "이런 대낮에 말입니까?"라고 말한 신입 행원도 있었다고 한다. 그래서 합병할 때 쓸데없는 실수가 발생하지 않도록 새로운 은행에서는 옛 T의 '징어'로 통일했다는 거짓말 같은 사실이 남아 있다.

한 가지 덧붙이자면 품의서의 문체도 다르다.

오랫동안 장황한 공무원 말투를 사용하다가 기묘하게 바뀐 산업중앙은행의 문서가 좋은 사례로, 도쿄제일은행의 행원 눈에는 이해할 수 없는 난해한 단어들의 나열일 뿐이었다. 예를 들면……

'이번에 지원을 신청한 자금은 이 회사에 반드시 필요한 자금

---

* '대어[代手]'의 일본식 발음인 '다이테'는 '안아줘'라는 뜻.

이므로, 주요 거래처로서 그동안 친밀하게 거래해온 경위를 감안해서 부디 승인해주기를 바라마지 않는다'라는 내용을 옛 T식으로 쓰면 '오랫동안 거래해왔으므로 이번에는 대출해주는 편이 무난하다고 생각한다'라는 정도가 된다.

옛 S의 기묘한 공무원 말투는 문어체이자 문어체가 아닌 것이 특징이라서 적당히 조절하기가 힘들다. 따라서 옛 T 출신 행원들은 어떻게 해야 좋을지 몰라서, 한때는 '옛날 말투를 사용하면 된다'라는 오해가 생기기도 했다. 합병 초기의 의욕적인 인사 발령에서 옛 S의 융자부로 이동한 옛 T행원이 이런 식으로 오해해서 '이번에 지원을 신청한 것은 몹시 유감이로소이다. 그런 고로 거절해야 한다고 생각하외다……'라고 보고서에 써서 비웃음을 사기도 했다.

비웃음을 사면 누구나 열이 받는다. 열이 받으면 "빌어먹을! 옛 S 녀석들은 정말 한심해"라고 동료에게 불평을 늘어놓는 악순환이 벌어진다.

이런 시시한 일을 비롯해 여신 판단이나 양쪽에 만연하는 수많은 관례들—아침마다 다 같이 체조를 한다든지 하지 않는다든지, 여름휴가나 상여금을 받은 후에 상사에게 인사를 하는 것이 당연하다든지 이상하다든지—이런 기업문화의 차이는 아침 8시가 되기 전부터 때로는 마지막 전철을 탈 때까지 같이 있어야 하는 은행이라는 직장에서는 심각한 문제가 아닐 수 없었고, 이윽고 메우기 힘든 갈등이 되어 행원들 사이에 스며들었다.

그리하여 옛 S와 옛 T라는 호칭에 조금씩 현실성이 생기면서 차별 의식이 뚜렷해진 것이 실제의 경위이자 어쩔 수 없는 현실이다.

크고 작은 문제가 생길 때마다 "저 녀석은 옛 S니까"라는 말로 넘어가고, 그 말을 들은 사람도 "그러면 어쩔 수 없지"라고 대꾸하면서 "옛 S 녀석들은 정말 이상하다니까"라고 마무리된다.

물론 모든 행원들이 그런 케케묵은 의식으로 굳어져 있는 것은 아니다. 어쩌면 오히려 소수일 수도 있다. 한 가지 분명한 점은 옛 S든 옛 T든, 자신의 간판에 긍지를 가졌던 행원일수록 출신 은행에 집착하는 경향이 강하다는 사실이다.

생각해보면 이세시마호텔 건만 해도, 그런 커뮤니케이션의 부족에서 기인한 정보전달의 누락이 여신 판단을 흐리게 만들어 사태를 악화시켰다고 할 수 있다.

도쿄중앙은행 교바시 지점은 이세시마호텔에서 엎어지면 코 닿을 만한 곳으로, 걸어서 몇 분 만에 도착하는 큰 길에 간판을 내걸고 있다.

"이게 누구신가요? 도키에다 조사역님도 오셨나요? 이제 담당도 아닌데, 수고가 많으시군요."

접견실로 들어온 가이세 이쿠오 지점장의 과장된 말투에는 어딘가 무시하는 듯한 느낌이 배어 있었다. 도키에다가 저지른 실수가 얼마나 한심한 일인지, 넌지시 암시하는 듯했다.

가이세의 시선이 영업 2부의 한자와와 오노데라에게 향했다.

한자와가 상대의 눈을 똑바로 바라보면서 말했다.

"이미 들으셨겠지만 이런저런 문제가 있어서 왔습니다."

"이번 금융청 감사에서 주목하는 사안 중 하나라고 하더군요. 당신이 영업 2부의 담당 차장인가요?"

가이세가 기이한 외계인이라도 보는 듯한 눈으로 한자와를 보았다. 입에는 빈정거리는 웃음이 매달려 있었다.

"이거 괜히 죄송하군요. 본래 우리 쪽에서 관리했던 회사이니까요. 그런데 우리가 본부로 이관해달라고 사정한 게 아니니까 기분 나쁘게 생각하지는 마시죠."

"이관한 것에는 문제가 없지 않나요? 다만 그때까지 어떻게 관리하셨는지가 궁금해서요."

"관리요? 이봐요, 지금 그렇게 느긋하게 옛날 얘기랄까……아니, 본론에서 벗어난 얘기를 할 때가 아닌 것 같은데요?"

가이세가 심술궂게 말했을 때 노크 소리가 들리더니, 한 행원이 들어와서 손님이 오셨다고 말했다.

"그럼 난 회의가 있어서 가봐야겠군요. 어떻게 관리했는지는 담당자에게 직접 물어보십시오."

가이세는 그 말을 남기고 회의실에서 나갔다.

"비아냥거리기 위해 일부러 얼굴을 내민 건가요?"

오노데라가 그렇게 투덜거렸을 때, 가이세 대신 한 남자가 들어왔다. 고자토 노리오란 사람은 야윈 체구에 흰머리가 눈에 띄는 사람이었다. 날카로운 눈과 뾰족한 코끝이 어딘지 모르게 맹

금류를 연상시켰다. 직책은 과장대리였지만 나이는 한자와보다 한참 많아 보였다. 아마 쉰 살쯤 되지 않았을까?

"바쁘신데 죄송합니다."

한자와는 간단히 자기소개를 하고 나서 말했다.

"고자토 과장대리님도 아시겠지만 이세시마호텔 건은 이번에 법인부에서 저희 쪽으로 소관이 바뀌었습니다. 무슨 일이 있으면 잘 부탁합니다."

고자토는 처음부터 예민하게 반응했다.

"무슨 일이 있다니, 무슨 문제가 있단 거죠? 인수인계는 도키에다 조사역에게서 받으시기 바랍니다. 이 일은 이미 우리 손을 떠났으니까요. 안 그런가요, 도키에다 조사역?"

"뭐 사무적으론 그렇죠."

도키에다가 떨떠름한 얼굴로 말하자 고자토가 발끈한 표정을 지었다.

"사무적으로라니, 그게 무슨 뜻이죠? 사무적으로 인수인계를 했으면 됐지, 그것 말고 또 뭐가 있다는 겁니까?"

한자와가 고자토를 달래듯이 말했다.

"그건 그럴지도 모르겠지만, 앞으로 고자토 과장대리님의 지혜를 빌려야 할 일도 있을 것 같습니다. 그때는 잘 부탁합니다."

"지혜요? 관할이 달라졌으니까 이제 그쪽에서 책임지고 해주십시오. 아니면 이번에 운용 실패를 발견하지 못했던 책임이 이쪽에 있다는 건가요?"

"그건 당치도 않습니다. 물론 마음에 걸리는 일이 몇 가지 있긴 합니다만."

한자와는 그렇게 말하고 고자토를 뚫어지게 바라보았다.

"계속 지원하기 위해선 흑자가 되어야 한다고, 이세시마호텔에 말씀하셨다고 하더군요. 그 회사의 실적이 흑자가 된다고 맨 처음 들은 건 언제였습니까?"

"아마 일사분기 실적이 어느 정도인지 예상되었을 무렵이었을 겁니다."

이세시마호텔의 결산은 9월이니까 작년 12월쯤이었으리라.

고자토가 눈을 치켜뜨며 달려들었다.

"그래서 뭔가요? 인수인계 때, 내가 흑자가 되면 계속 지원해달라고 말했기 때문에 거액의 손실을 눈치채지 못했다는 뜻입니까?"

"이세시마호텔에서는 손실을 은폐하려고 한 것 같습니다. 혹시 손실을 알아차린 하쿠스이은행에는 정보원이 있었다고 생각할 수 없을까요?"

고자토의 눈이 뒤집힐 것처럼 크게 벌어졌다.

"뭐, 뭐라고요? 정보가 없었기 때문에 담당자로서 책임이 없다…… 지금 그런 뜻입니까? 여신 판단에 정평이 있는 옛 S분들이 그런 말씀을 하다니, 도저히 믿을 수가 없군요."

한자와는 태연하게 받아넘겼다.

"조금 마음에 걸린 것뿐입니다. 다만 금융청 감사도 있으니까 그런 경위도 포함해서 재조사할 생각입니다. 다음에 또 여쭤볼 게 있을 테니까 그때도 잘 부탁합니다."

한자와가 머리를 숙이자 고자토는 팔짱을 낀 채 고개를 휙 돌렸다.

7

영업 2부의 나이토 히로시 부장의 긴급 호출을 받은 것은 한자와가 이세시마호텔을 방문한 다음 날 아침이었다.

"이세시마호텔로부터 대출을 변제받는 것 말인데⋯⋯."

나이토는 찜찜한 얼굴로 한자와를 힐끔 보면서 덧붙였다.

"잠시만 기다려주게."

"오와다 상무님 쪽의 요청입니까?"

"우리 은행에 행내 화합이라는 과제가 있다는 건 자네도 알지? 감사를 위해 우리 부서의 사정을 억지로 밀고 나가는 건 좋지 않다는 의견도 있어."

행내 화합은 나카노와타리 은행장이 부르짖는 가장 중요한 목표다.

한자와는 불만스러운 얼굴로 마지못해 대답했다.

"임원회의에서 그렇게 하라고 한다면 당분간 상황을 지켜보겠습니다. 하지만 그건 잘못된 결론이라고 생각합니다. 이세시마호텔이 누구와 이어져 있든, 적당히 타협하거나 뜻을 굽히면 안 됩니다. 저는 오히려 오와다 상무님께서 이세시마호텔에 한소리 하실 줄 알았는데요."

나이토가 한숨을 섞어서 말했다.

"오와다 상무님은 교바시 지점장 출신이라서 하네 전무와 친하거든. 하네 전무가 간곡히 부탁한다면서 미리 손을 썼나 봐."

한자와는 무의식중에 천장을 올려다보았다. 오와다는 지금 잘못 대처하고 있다.

"부장님 생각은 어떻습니까?"

"한자와, 묻지 마."

"행내의 불협화음을 두려워해서 판단을 굽히다니, 참 좋은 은행이 되었군요. 이런 상태로 감사를 극복하라는 건가요?"

한자와는 노골적으로 한숨을 내쉬었다.

"그래서 특별히 자네에게 이 건을 맡아달라고 부탁한 거야. 대출금 회수는 잠시 뒤로 미뤄. 꼭 해야 한다면 그때 회수하면 돼. 그 전에 해야 할 일이 있잖아? 이세시마호텔을 철저하게 조사해 봐. 그리고 타개책을 찾는 거야. 어려운 일이라는 건 알지만 자네라면 할 수 있어. 아니, 이 일은 자네밖에 할 수 없어. 한자와, 어쨌든 자네만 믿네."

이것으로 끝이라는 듯이 나이토는 눈썹을 움찔거리더니, 책상 위에 있는 서류로 시선을 돌렸다.

8

"여행을 못 간다고? 갑자기 그러면 어떡해! 이유가 뭐야?"

한자와의 아내인 하나는 분노로 새파래진 얼굴로 남편을 바라보았다.

"금융청 감사가 있어. 다음 달 초부터 시작될 것 같아."

"뭐? 지금 장난하는 거지?"

도저히 받아들일 수 없다는 얼굴로 하나는 거칠게 말했다. 성격이 급한 하나는 여름휴가 때 해외여행을 가기로 미리 예약해 놓았다. 그런데 하필 금융청 감사 날짜와 겹치는 것이다.

"돈은 이미 다 냈어. 이제 와서 취소하면 취소수수료를 내야 한다고! 은행이 대신 내준대?"

'바보 아니야?'라고 생각하면서 한자와는 최대한 부드럽게 말했다.

"그럴 리가 없잖아."

"이건 횡포야, 횡포! 왜 하필 여름휴가 때 감사를 나오는 거야? 금융청 공무원은 배려심이라는 것도 없어?"

"그 인간들에게 그런 게 있을 것 같아?"

어이가 없어서 한자와가 피식 웃자 하나가 눈을 치켜뜨고 째려보았다. 여행을 못 가게 되어서 화가 난 것은 이해하지만 이번 일은 한자와 탓이 아니다. 월급쟁이가 위에서 시키는 일을 어떻게 거절하겠는가. 더구나 지금 가장 휴식이 필요한 사람은 한자와 본인이다. 동네 주부들과 테니스도 치고 점심도 먹으러 다니는 하나가 화를 내는 것은 이상한 일이 아닌가? 하지만 그렇게 말하면 하나는 "당신은 자기가 좋아서 일하는 거잖아!"라고 되받아친다. 아무리 힘들고 피곤해도 그것은 어디까지나 한자와 책임이고, 그로 인해 가족을 내팽개치는 일은 말도 안 된다는 것이다.

하나를 이해해보려고 스스로를 달래보지만 "그렇다면 금융청에 취소료를 달라고 해!"라고 소리치는 하나를 보면서, 과연 아내가 제정신인지 의심스러웠다.

"그들이 그걸 줄 것 같아?"

"감사는 언제까지 하는데?"

"아마 한 달쯤 할 거야."

이세시마호텔 때문이라는 말은 입도 뻥긋하지 않았다. 금융청 감사 일정이 정해진 이후, 도마리가 전화를 해서 한 달쯤 될 것이라고 말해주었다.

"한 달이라고! 농담하지 마. 그러면 여름휴가가 끝나버리잖아!"

하나는 이대로 기절하는 게 아닐까 싶을 만큼 절망적인 목소리로 말했다.

"왜 나더러 그래? 내 탓이 아니라니까!"

한자와가 그렇게 말한 순간, 하나가 좋은 생각이 났다는 얼굴로 눈을 반짝이며 말했다.

"여보. 우리가 여행 가는 닷새 동안만 다른 사람에게 부탁하면 안 돼?"

이런 식으로 생각하는 벽 같은 사람에게는 어떻게 설명해야 좋을까? 한자와는 어떻게 해야 할지 몰라서 눈앞이 캄캄했다. 이런 사람을 설득하는 방법은 학교에서도 가르쳐주지 않았다. 경제나 법률이 아니라 기본 상식이 다른 상대를 설득하는 방법을 가르쳐준다면 다시 대학에 다닐 수 있다.

"여보. 그건 불가능해."

"그럼 어떡하란 말이야! 이건 말이 안 되잖아!"

토라진 하나를 어떻게 달래야 할지 몰라서, 한자와는 이날 가장 무거운 한숨을 토해냈다.

2장

철의 커튼

1

곤도 나오스케가 파견 나간 다미야전기는 교바시에 본사가 있는 중견 전기 제조업체다.

중견이라고 해도 매출은 겨우 1백억 엔이 될락말락할 정도라서, 도심에 있는 회사치고 그렇게 큰 규모는 아니다.

다미야전기는 가족 기업으로, 다미야 모토키는 10년 전 창업자이자 사장이었던 아버지가 세상을 떠난 뒤 그 자리를 물려받은 2대째 사장이다. 사장이 되기 전까지 규모가 큰 전기회사에서 일했는데, 고생을 모르고 자란 탓은 아니겠지만 경영자가 되기에는 판단력에 문제가 있는 사람이었다.

그가 주거래은행인 도쿄중앙은행의 의뢰를 받고 파견 직원을 받아들이기로 한 것은 3년 전이었다. 마침 합병으로 인해 인력 감축에 허덕이던 은행의 인사부에게는 반가운 이야기가 아닐 수 없었다. 그 이후 다미야는 도쿄중앙은행으로부터 파견 직원을 세 명 받았는데, 모두 오래 있지는 않았다.

이유는 여러 가지였다. 하지만 가장 큰 이유는 다미야전기의 사원이 되려는 사람에게 '은행원'이라고 부르며 거리를 두는 다미야의 대우 때문이었다. 사장이 그렇게 행동하자 직원들도 모두 그를 따라서 파견 나온 직원에게 거리를 두었다.

곤도가 간사이 지점의 시스템부에서 은행에 소속을 둔 채 다미야전기로 파견된 것은 작년 10월이었다. 이때 곤도는 오사카를 마지막 둥지라고 여기고 단독주택을 짓기 위해 계약금까지 냈지만, 은행이 마련해준 지은 지 30년 된 임대 사택으로 가족과 함께 이사 올 수밖에 없었다. 물론 계약금은 한 푼도 돌려받지 못했다.

"결국 무엇을 위해 계약금까지 냈는지 모르겠어."

아내의 그 말이 지금도 가슴을 무겁게 내리눌렀다.

이삿짐을 보내고 2년간 살았던 오사카의 사택을 떠날 때였다. 두 아이와 아내와 같이 거실 창문 앞에 서서, 창밖에 있는 작은 정원을 바라보았다.

"오래 살진 않았지만 이 집에 살면서 행복했지? 이 정원에서 즐겁게 뛰어놀았잖아. 잊지 않도록 잘 봐두자."

아이들은 아내의 말에 순순히 고개를 끄덕였지만, 곤도의 눈에는 잔혹한 광경으로 선명하게 새겨졌다.

파견 이야기가 나왔을 때, 혼자 가려고 했던 곤도에게 아이들과 다 같이 가자고 말한 사람은 아내였다.

"이제 가족이 뿔뿔이 떨어져서 살기는 싫어."

하지만 곤도가 가족들과 떨어져서 산 적은 그때까지 한 번도 없었다. 입원했을 때를 제외하고는……. 그때 정신의 어둠에 갇혀버린 곤도는 아내에게 머나먼 존재였을지도 모르겠다.

자기를 따라서 도쿄까지 와준 것은 고마운 일이다. 하지만 그로 인해 가족을 힘들게 만들었다고 생각하자 곤도의 마음에 무거운 납덩이가 하나 매달린 것 같았다. 그리고 예전에 들은 적이 있는 소리가 들렸다. 마음이 뒤틀릴 때마다 귀를 파고들던 삐걱거리는 소리다.

곤도는 황급히 마음의 귀를 닫으며 스스로에게 말했다.

'괜찮아. 난 이제 은행원이 아니야. 작은 회사에서 내 자리를 찾았어. 이제 다 끝났어…….'

최근 들어 옛날에 들었던 선배의 말이 가끔 떠오르곤 한다. 산업중앙은행에 합격했을 때, 선배는 이렇게 말했다.

"넌 이제 평생 편하게 살 거야."

그 말의 배경에 있던 사고방식은 옛 대장성의 호송선단 방식이고, 은행은 망하지 않는다는 신화였다. 절대로 쓰러지지 않을 것 같았던 옛 금융시대의 상징인 대장성은 예상치 못한 형태로 해체되고, 당시 13개였던 도시은행은 현재 겨우 세 개의 메가뱅크로 흡수되었다.

평생 편하게 산다는 말은 무슨 뜻이었을까?

은행 건물을 나와 교바시의 주상복합 건물 3층에 있는 회사로 들어가면서 곤도는 생각에 생각을 거듭했다.

먹고살 걱정이 없다는 뜻일까? 그런 뜻이라면 물론 먹고살 걱정은 안 해도 된다. 병에 걸려도 은행에서는 이렇게 일자리를 마련해주었다.

하지만 먹고사는 것의 대가로 입행 당시에 가졌던 꿈과 희망, 그리고 자존심은 어딘가에 던져버려야 했다.

인생의 소중한 것을 잃어버리고 마지막으로 남은 '먹고살 걱정은 없다'는 보증도 바야흐로 바람 앞의 등불이나 마찬가지다.

지금 곤도는 은행에 소속된 채 '조건부'로 다미야전기에 파견 나온 신세였다. 하지만 가장 중요한 '조건'도 앞으로 2년이 있으면 끊어진다. 그 시점에는 은행을 그만두고 다미야전기에 정식으로 전직해야 한다.

다미야전기라는 작은 회사의 일원이 되어서 병이 재발해도 잘리지 않고 다닐 수 있을까? 다미야가 그것을 허락한다는 보증은 어디에도 없다. 다미야는 은행에서 파견 나온 곤도의 말과 행동을 항상 냉소적으로 쳐다보았다.

곤도에게는 어디에도 의지할 데가 없었다. 곤도의 아버지와 장인은 모두 월급쟁이 출신으로, 그들에게는 자식들에게 기대지 않고 노후를 지낼 만큼의 여유밖에 없다. 곤도는 자기 부부가 멀리 떨어진 외로운 바다에서 어린 아이들을 껴안은 채 고무보트를 타고 표류하는 듯한 생각이 들었다. 더구나 그 고무보트에는 구멍이 나 있어 언제 가라앉을지 모른다.

콜타르가 곤도의 뇌를 또 1밀리미터 잠식했다.

곤도가 회사로 들어가자마자 다미야가 오른손을 까딱이며 그를 불렀다.

"곤도 씨, 어떻게 됐나요?"

"일단 고자토 과장대리가 만들어오라는 서류는 제출했는데, 확답은 못 받았습니다."

"뭐라고요?"

다미야는 다소 과장하며 놀라는 표정을 지었다. 그리고 사무실 안쪽에 있는 사장 의자에서 몸을 뒤로 젖히더니, 앞에 서 있는 곤도를 바라보며 어이없는 표정을 지었다.

"이제 어떻게 할 건가요?"

"계속 확인해볼 테니까 조금만 기다려 주십시오."

"이것 보세요, 대체 언제까지 기다려야 합니까? 대출을 신청한 건 지난달이잖아요? 벌써 3주 가까이 지났는데 아직도 결론이 나오지 않다니! 이건 누가 봐도 이상하잖습니까! 말씀해보세요. 당신도 은행원이니까 알 거잖습니까? 왜 대출금이 나오지 않는 거죠?"

은행원. 다미야는 곤도를 결코 우리 회사 직원이라고 말하지 않았다.

"그건 그 지점에서 판단할 문제라서 제가 그 이유까지는 알 수 없습니다."

"그럼 경호원 자격이 없잖습니까!"

다미야는 그렇게 말하며 괘씸하다는 표정을 지었다.

나는 경호원이 아닙니다―곤도는 그렇게 말하고 싶었지만 입을 꾹 다물었다.

다미야는 입만 떨어지면 돈을 빌리지 못하는 것은 곤도 탓이라는 식으로 말했다. 회사 경영에 문제가 있다고 대놓고 말하고 싶었지만, 이 회사에 오래 있어야 한다고 생각하자 자기도 모르게 조심스러워졌다.

"은행이 합병하기 전에는 편하게 빌렸지요. 5년 전이었지만요. 그때는 빌리고 싶은 만큼 마음껏 빌렸습니다. 당시 도쿄제일은행의 지점장님이 좋은 분이었거든요. 지금 높은 자리로 출세하신 오와다 상무님 말입니다. 당신도 알고 있지요?"

오와다를 직접 아는 것은 아니지만 능력이 있다는 소문은 여기저기서 들었다.

"도대체 문제가 뭡니까?"

다미야는 의자의 등받이에서 몸을 일으키더니, 책상 위에서 손을 깍지 끼고 눈을 치켜뜨며 곤도를 쳐다보았다.

"사업계획서도 없고 그때그때 임기응변식으로 경영한다고 합니다. 고자토 과장대리가 요구하는 것만큼 자세한 사업계획서가 필요한지는 별도로 치더라도요."

다미야는 평소에 "우리 회사에는 사업계획서 같은 건 필요 없습니다!"라고 큰소리치는 사람이다. 모든 계획은 자신의 머릿속에 들어 있다는 것이다.

오랫동안 근무했던 대기업 감각에 사로 잡혀 있는 다미야는 아버지로부터 회사를 물려받았을 때, 이렇게 작은 회사는 어떻게든 경영할 수 있음을 깨달았다고 한다. 그것도 술자리에서 흔히 듣는 레퍼토리다.

예상한 대로 다미야는 코웃음을 쳤다.

"흥! 지금 사업계획서라고 했습니까? 곤도 씨, 설마 '그것 봐라. 내가 뭐랬어?'라고 생각하는 건 아니겠지요?"

고자토의 말을 들을 것까지도 없이 곤도는 사업계획서를 작성해야 한다고 틈만 있으면 다미야에게 건의해왔다. 그런 말에 귀를 기울이지 않은 사람은 바로 다미야 본인으로, 그때 온몸으로 거절하는 다미야의 모습을 본 사람이라면 사업계획서가 없는 것을 곤도의 책임이라고 할 수는 없을 것이다.

"난 모차르트의 심정을 이해합니다."

다미야는 다시 등받이에 몸을 기대더니 뜬금없이 말했다.

"〈아마데우스〉란 영화를 보셨나요? 그 영화에 이런 장면이 있습니다. 시카네더가 의뢰한 오페레타가 어떻게 됐냐고 재촉하자 모차르트는 이렇게 말하지요. '걱정하지 마. 이미 완성됐어. 곡은 여기에 있지'라고요."

다미야는 검지로 관자놀이 주변을 톡톡 두들기며 미소를 지었다. 자신을 경영의 천재라고 생각하는 것일까?

"그것과 똑같습니다. 이 정도 규모의 회사는 어떻게든 운영할 수 있지요."

어떻게든 운영할 수 없으니까 자금줄이 막힌 게 아닌가? 하지만 다미야는 그런 사실을 깨닫지 못한다.

"어쨌든 당신을 받아들인 건 필요할 때 자금을 융통하기 위해서란 사실을 아시지요? 아니면 옛 S 사람에게는 역시 어려운 일인가요?"

옛 S, 옛 T라는 은행 용어는 고자토가 슬며시 말해주었음이 틀림없다.

"아뇨, 그런 건 관계가 없습니다."

"그렇다면……"

다미야는 갑자기 무서운 표정으로 곤도를 째려보았다.

"빨리 대출받을 수 있도록 은행에 손을 쓰십시오! 지인에게 부탁해서 뒤에서 손을 써달라고 하든지, 이런저런 방법이 있을 거잖습니까? 머리를 쓰십시오, 머리를!"

"죄송합니다."

왜 자신이 사과해야 하는가?

갑자기 자신이 있을 곳을 잃어버린 듯한 생각이 들어서 곤도는 고개를 갸웃거렸다. 다음 순간, 곤도의 뇌리에서 어둠 속에 있는 콜타르가 검은 빛을 뿌리며 꿈틀거렸다.

"부장님, 이러면 곤란합니다."

곤도가 자기 자리로 돌아가자 부하직원인 노다 히데유키가 비난하듯 말했다. 총무과장인 노다는 1대 사장 때부터 20년 가까이 다미야전기의 경리를 책임지고 있는 사람이다.

곤도는 혐오감이 짙게 배인 고참 직원의 눈길을 받고, 또다시 마음의 어딘가가 잠식되는 감각에 사로잡혔다. 곤도의 직책은 전임자와 똑같은 총무부장이다. 부장이라고 해도 부하직원은 노다를 비롯해 네 명밖에 안 된다.

"회사의 자금 융통은 어떻게 할 겁니까? 늦으면 모든 게 엉망이 됩니다."

대답을 해야 한다고 생각했지만 맨 먼저 곤도의 입을 뚫고 나온 것은 한숨이었다.

"지금 은행에서 심사 중이니까 조금만 더 시간을 주지 않겠습니까?"

"그런 말은 필요 없습니다!"

노다는 책상을 작게 두들기며 고압적으로 말했다. 부하직원이기는 해도 나이는 노다가 열다섯 살이나 많다. 누가 상사인지 모를 잔소리가 시작되었다.

"난 지금 결론을 묻고 있습니다, 결론을! 자금이 필요한 건 이번 달 말입니다. 그때까지 안 되면 어떻게 할 생각입니까?"

당신이 말하지 않아도 알고 있어……. 그렇게 되받아치고 싶었지만 말할 수 없었다. 이 회사에서 총무부장으로 일하는 한, 노다와 잘 지내야 한다는 현실이 있기 때문이다.

섣불리 반박했다가 이 남자의 기분을 상하게 만들면 곤란하다. 그렇게 될 바에야 마음대로 말하게 놔두는 편이 좋다.

하지만 노다의 태도에서는 곤도에 대한 증오심까지 느껴졌다.

이유는 짐작이 되었다.

노다는 20년이나 열심히 일했음에도 아직도 과장 자리에 머물러 있다. 전직 부장이 정년퇴직할 때, 다음은 자기 차례라고 기대했는데 은행에서 낙하산이 내려왔다. 그래도 전임자들은 그럭저럭 물리쳤다. 이번에야말로 자기 차례다! 그렇게 생각한 순간, 또다시 곤도가 온 것이다.

파견자를 받아들인 이유는 도쿄중앙은행의 강력한 요청 때문이란 사실을 알고 있어도, 노다의 마음은 쉽게 정리되지 않았다. '왜지? 왜 내가 총무부장이 아니지?'라는 생각이 노다의 마음속에 뿌리를 내리고 있었기 때문이다.

노다가 반발하는 이유는 그것 말고도 또 있었다. 뿌리 깊은 은행 혐오였다.

오랫동안 은행을 상대로 일하면서 괴롭힘을 많이 당했는지 "은행원 놈들은 개나 소나 똑같아……"라는 것이 술만 마시면 되풀이하는 노다의 입버릇이었다.

그 갈아 마셔도 시원찮은 은행원이 지금 상사가 되어 자기 위에 있다. 이런 상황에서 어떻게 화가 나지 않겠는가!

어떤 회사에 가도 맞지 않는 사람이 있다. 그 정도는 곤도도 알고 있고 미리 각오도 했다. 그래도 노다를 상대하기는 너무나 버거웠다. 곤도에 대한 적개심도 그러하지만 업무에서의 영역 의식도 커다란 장애물로 작용했다.

예전에 이런 일이 있었다.

노다가 외출했을 때, 곤도가 경리용 컴퓨터를 이용해 시산표를 출력한 적이 있었다. 나중에 그 사실을 알고 노다는 펄펄 뛰며 미친 듯이 화를 냈다.

노다는 경리의 정확성과 기밀성을 유지하기 위해 아무리 부장이라도 경리 자료에 손을 대면 곤란하다고 주장했다. 곤도가 아무리 설득해도 듣는 척도 하지 않았고, 다미야도 그것을 묵인하는 태도를 취했다.

그러자 곤란한 사람은 곤도였다. 대출을 받으려면 은행에 실적예상표나 자금운용표를 제출해야 하는데, 그것을 만들기 위한 자료는 모두 노다가 쥐고 있다. 시산표 하나를 출력하려고 해도 노다에게 부탁해야 하는 것이다.

곤도는 생각했다. 자신은 이름뿐인 총무부장이라고. 책상과 직책만 주어진 허수아비라고.

작은 회사에 가면 마음껏 힘을 발휘할 수 있으리라……. 그것만이 유일한 희망이었는데, 눈앞에 있는 현실은 자신의 기대를 멋지게 배신했다.

빗나간 기대. 자기에게 맞지 않는 자리. 정신의 톱니바퀴가 다시 삐걱거리기 시작하면서 곤도를 엉뚱한 방향으로 달리게 만들고 있었다.

도망치려고 해도 퇴로가 없다. 온몸에서 식은땀이 솟구쳐서 숨을 쉴 수 없었다. 그는 넥타이를 느슨히 하며 깊은 숨을 토해냈다. 하지만 그의 모습이 이상해졌음을 알아차리는 부하직원은 아무도 없었다.

미결재함에 들어 있던 서류를 손에 든 채, 그의 눈은 그 위를 몇 번이나 그냥 지나쳤다.

2

"어서 와. ······괜찮아?"

현관까지 마중 나온 유키코는 한눈에 남편이 이상하다고 알아차린 모양이었다. 걱정하는 아내를 보고 곤도는 자기가 어떤 표정으로 집에 왔는지 비로소 알아차렸다.

도다코엔 역 근처에 있는 임대 사택으로, 목조 모르타르 구조의 단독주택이다. 집세는 저렴하지만 싱크대와 욕실 등이 낡아서 불편한 점이 한두 가지가 아니었다.

아내가 이마에 주름을 잡으며 걱정스러운 얼굴로 물었다.

"일이 힘들었어?"

"조금."

"괜찮아?"

"괜찮아. 걱정하지 마."

걱정하지 말라고 한다고 걱정을 안 할 수는 없으리라. 그것은 곤도도 알고 있다. 그는 양복 윗도리를 벗어서 현관 옆방의 옷걸이에 걸고 땅이 꺼져라 한숨을 쉬었다.

나는 계속 한숨만 쉬는군.

문득 그런 생각을 하자 재미있지도 않은데 입에서 짧은 웃음이 새어 나왔다.

웃을 수 있는 동안은 괜찮을까? 그렇게 생각하고 또 웃었다.

자기가 만들고 자기가 연기한 비극과 희극의 주인공. 곤도 극장은 앞으로도 계속 이어질 것이다. 아아, 한심하다…….

자신을 객관적으로 바라보는 것은 최근 몇 년 사이에 배운 감정 조절 방법 중 하나였다.

1인칭으로 생각하지 말고 3인칭으로 생각한다. 주인공이 아니라 그 주인공을 움직이는 작가나 각본가의 눈으로 생각하는 것이다.

소설은 거의 읽은 적이 없지만 자신도 할 수 있을 것이라고 스스로에게 말했다. 인간은 모두 인생이라는 무대에 서 있으니까.

그렇게 생각하면 정신의 어딘가로 도망칠 수 있는 여유가 생겼다. 아주 작은 공간이기는 하지만.

콜타르는 계속 흘러나오고 있지만 아직 모든 것을 뒤덮지는 않았다.

"좀 더 힘을 내보자."

넥타이를 풀고 땀이 스며든 와이셔츠 버튼을 풀면서 그는 작게 중얼거렸다.

그러자 조금이지만 할 수 있을 것 같은 생각이 들었다. 주방으로 들어가자 지친 그를 위해 아내가 다정하게 물었다.

"맥주 마실래?"

항우울제를 먹을까 하던 참이라서 한순간 대답이 궁했다.

"그래, 한잔 마실까?"

아내가 양배추롤을 데우는 동안 350밀리리터짜리 캔맥주를 하나 마셨다. 알코올이 목을 타고 내려가는 감촉은 짜릿했지만 아무리 시간이 지나도 기대했던 취기는 찾아오지 않았다. 기묘하리만큼 머리가 맑아지면서 오늘 일어난 수많은 일들이 단편적으로 떠오를 따름이었다. 모두 비참한 백일몽이다.

식욕이 없어서 그런지 음식에서도 아무 맛이 느껴지지 않았다. 음식을 억지로 입에 넣은 뒤 아내에게 미안함을 느끼면서 "잘 먹었어"라고 작은 목소리로 말했다.

"여보, 의논할 게 있는데……."

아내가 그렇게 말을 꺼낸 것은 식사를 마치고 뜨거운 차를 한 모금 마셨을 때였다.

"요스케가 학원에 다니고 싶대."

그는 찻잔을 테이블 매트 위에 내려놓고 아내를 보았다.

"학원?"

"그래, 입시 학원."

"오호!"

맨 처음에 입을 뚫고 나온 것은 감탄사였다. 다음 순간, 아내가 왜 의논이라는 말을 사용했는지 알아차렸다.

"다카오가 올해부터 요쓰야오즈카에 다니기 시작했거든. 마사

코는 사픽스에 다니고 도모히사는 와세다제미에 다녀."

요쓰야오즈카, 사픽스, 와세다제미. 모두 명문 중학교 입시 학원의 이름이다.

"다들 얼마나 열심히 하는지 몰라. 난 중학교도 공립을 보내도 상관없다고 생각했는데, 요스케가 열심히 공부하고 싶으니까 학원에 보내달래."

"오호!"

곤도의 입에서 또다시 감탄사가 흘러나왔다. 그리고 목구멍까지 나오려고 했던 "학원비 비싸지?"라는 말을 집어삼키고 가까스로 대답했다.

"본인이 공부하고 싶다면 당연히 보내야지."

은행에 다니던 시절, 동료들 사이에 중학교 입시 학원 이야기가 종종 화제에 올랐다. 그 때문에 비용이 얼마나 드는지는 알고 있었다.

조금 벅차긴 하지만 부모의 경제적인 이유로 가지 말라고 할 수는 없었다. 아무리 힘들어도 자식이 공부하고 싶다면 최대한 뒷받침해줘야 한다고 생각했다.

아내가 그의 눈치를 보면서 조심스럽게 물었다.

"여보, 정말 괜찮겠어?"

"괜찮다니까. 어떻게든 될 거야."

기분 좋게 대답하고 싶었는데, 대답에 희미하게 조바심이 섞였다.

얼버무리듯 말한 그의 마음속으로 아내의 불안한 마음이 전해졌다. 승낙하기는 했지만 이것으로 무거운 납덩이를 또 하나 떠안게 되었다.

그래도 어쩔 수 없다. 아무리 생각해도 학원에 다니고 싶다는 아들의 요청을 거절할 만한 이유를 찾을 수 없었다. 단 한 가지, 그의 병이라는 요소를 제외하고는. 하지만 그 이유로 반대하면 소중한 것을 잃어버릴 것만 같았다.

그는 생각에 잠겼다.

이것이 인생이다. 인생에는 괴로운 순간도 있다. 그리고 그 괴로움을 극복하면 반드시 즐거운 미래가 있을 것이다.

꼭 시엠송의 가사 같다. 아니면 케케묵은 청춘 드라마의 주제가인가? 그것도 아니면 한심한 허세인가?

지금 내게 필요한 것은 용기와 희망이다. 그것 말고는 또 뭐가 있지?

그는 고개를 흔들며 생각을 끊고 자리에서 일어섰다.

"목욕할게."

3

"곤도 녀석, 느낌이 별로 안 좋았어."

도마리는 그렇게 말하더니, 종업원이 가져온 맥주를 처음 한 모금에 3분의 1쯤 들이켰다.

가랑비가 보슬보슬 내리는 날, 밤 10시가 지났다. 진구마에 역에 있는 단골 꼬치구이집 카운터에서 한자와는 왜 곤도의 느낌이 안 좋았는지 이유를 기다렸다.

이날 오전에 곤도로부터 전화가 와서 대출에 대해 의논했다고 도마리는 말했다. 이번이 두 번째다.

"교바시 지점에서 올린 대출 품의는 확인했어?"

한자와가 물었다. 어느 지점에서 어떤 품의서를 준비하고 있는지는 온라인으로 확인하면 금방 알 수 있다.

"물론이야. 하지만 등록되지 않았어."

한자와는 깜짝 놀라서 물었다.

"등록되지 않았다고? 무슨 말이야?"

온라인에 등록되지 않았다면 아직 품의서를 준비하지도 않았음을 의미한다.

"나도 알고 싶어. 그래서 한 번 물어봤어. 교바시 지점은 내 담당 지점이기도 하니까. 다미야전기 담당자라는 사람이 전화를 받았는데, 아직 품의서를 쓸 수 있는 단계가 아니라고 하면서 얼마나 재수 없게 구는지……. 일단 서류가 엉망이라는 거야. 장래의 실적 예측도 엉터리고. 또 한 가지, 다미야전기의 실적이 너무 나빠서 도저히 품의서를 쓸 수 없다나 뭐라나……."

도마리는 떨떠름한 표정으로 말했다.

"그럴 리가 없어. 적어도 파견자를 받아줄 정도의 회사잖아.

담당자가 누구야?"

"고자토라는 과장대리야."

한자와는 고개를 들고 도마리를 보았다.

"교바시 지점에서 이세시마호텔을 담당했던 사람이군."

도마리가 미간에 주름을 잡았다.

"곤도가 작성한 서류가 그렇게 엉망일 리가 없어. 고자토가 품의만 올려주면 승인은 틀림없을 거야. 실제로 빨리 품의를 올리라고 말했더니, 그 빌어먹을 자식이 쓸데없는 참견하지 말라고 하더군."

도마리는 화난 얼굴로 꼬치를 접시에 내던지며 덧붙였다.

"그런 녀석들 때문에 '옛 T 녀석은!' 하는 말이 나오는 거야."

"도마리, 한심한 말은 하지 마."

"뭐 어때? 여기엔 너와 나밖에 없는데."

도마리는 그렇게 말하고 나머지 맥주를 전부 입에 털어 넣었다. 피로가 얼마나 쌓였는지 오늘은 유난히 취기가 빨리 도는 것 같았다.

"세력 싸움에서 우리에게 이길 수 없으니까 그런 곳에서 울분을 풀려는 거겠지."

도마리는 그렇게 단정하고, 취한 눈을 한자와 쪽으로 향했다.

"그건 그렇고 문제의 이세시마호텔 건은 어때? 감사는 괜찮겠어?"

"솔직히 말해 지금으로선 출구가 보이지 않아."

상대가 도마리라서 한자와도 솔직하게 대답했다.

"전망은 어때?"

"자료도 제대로 나오지 않아."

"그러면 큰일이잖아. 어떤 이유가 있든 감사에선 결과가 전부니까."

"지금은 일단 정보 수집 단계야. 그런 다음에 해결책을 모색하는 수밖에 없어."

"한자와, 그렇게 느긋하게 말할 시간이 없어. 이번 금융청 감사는 구로사키 대 도쿄중앙은행이라고 하지만 실은 그게 아니야. 구로사키 대 한자와지. 놈은 보통 교활한 게 아닌 것 같아. 마음 단단히 먹고 준비해."

한자와는 대답하는 대신에 말없이 소주잔을 들었다.

4

그 주의 토요일, 오후 6시가 지난 시각. 곤도는 정기 휴일인 회사에 혼자 출근해 자기 자리에서 서류를 펼치고 있었다. 교바시 지점의 대출 담당자인 고자토가 앞으로의 실적을 참고하기 위해 중기 사업계획을 만들어오라고 했기 때문이다.

자랑할 만한 일은 아니지만 이 회사는 앞일을 모르는 중소기업이다. 다미야의 협조를 얻을 수 없는 상황에서 근거가 있는 숫자로 만드는 데에는 한계가 있었다.

6월 말일. 이것이 곤도가 고자토에게 부탁한 대출 희망일이었지만, 곤도의 조바심을 아랑곳하지 않고 고자토는 야멸찬 얼굴로 중기 사업계획안이나 만들어오라고 했다.

"정기예금을 깨서 사용하라고?"

그렇게 말한 순간, 예상한 대로 다미야는 눈을 위아래로 부라렸다.

곤도를 둘러싼 환경은 조금만 참으면 바람의 방향이 바뀌는 느긋한 단계가 아니었다. 곤도에 대한 회사의 평가는 참담한 지경이라서, 이대로 있으면 예전의 피견지와 마찬가지로 다시 은행으로 돌아갈 수도 있다.

"그러는 편이 좋을지도 몰라."

아내는 그렇게 말했다. 억지로 참으며 다미야전기에 다니기보다 다른 파견처를 찾아보는 편이 좋지 않겠냐는 것이다.

"어쩌면 더 좋은 직장이 있을 수도 있잖아."

과연 그럴까? 일단 은행으로 돌아가서 다시 파견을 나간다. 그러면 과연 좋은 회사를 만날 수 있을까? 또 다미야전기와 비슷한 회사를 만나면 어떡하지? 그때 또다시 은행으로 돌아가야 하나?

직장이라는 것은 그런 게 아니라고 그는 생각했다. 더구나 이런 상황에서 부당한 평가를 받고 버림을 받는다면, 일부러 계약금까지 포기하고 도쿄로 이사 온 보람이 없다. 아내와 아이들의 희생을 물거품으로 만들고 싶지는 않았다.

숨을 쉴 수 없을 만큼 답답했던 지난 8개월. 그날들을 지내오며 그가 생각한 가장 큰 문제는 사내에서 소통이 되지 않는다는 점이다.

사장인 다미야에게 인정받지 못하는 것은 어쩔 수 없다. 이 회사에 와서 대단한 실적을 올리지 못했으니까. 문제는 다미야보다 오히려 노다였다.

자료 하나를 만들려고 해도 일일이 노다의 허락이 필요한 상황에서는 곤도가 가지고 있는 능력이나 노하우의 절반도 살릴 수 없다.

노다는 평소에 캐비닛을 잠그고 다닌다. 은행에서는 하루 일과를 마칠 때 책상이나 캐비닛을 잠그는 게 당연하지만 일반 기업에서는 보기 드문 일이다. 사내에서 '철의 커튼'이라고 빈정거릴 만큼 노다는 정보를 철저하게 관리하고 있다.

"뭐 하나를 찾기도 힘들군."

곤도는 혼잣말을 하며 지금 그 캐비닛을 열었다. 열쇠는 노다가 알지 못하게 미리 스페어 키를 입수해놓았다.

재작년 경리자료를 꺼내서 자신이 원하는 숫자를 적어나갔다. 그러다 갑자기 손길을 멈추었다.

뭔가 이상하다. 확실하게 말할 수는 없지만 은행에서 오랫동안 기업 재무를 봐온 감이라고나 할까? 예전에 봤을 때와 느낌이 달랐다.

다시 캐비닛 앞에 서서, 그곳에 나란히 꽂혀 있는 장부의 등 표지를 보았다.

같은 연도에다 이름도 똑같은 등 표지를 하나 더 발견한 것은 그때였다. 복사해놓은 것인가? 아니다⋯⋯. 펼쳐서 내용을 확인해보자 숫자가 달랐다.

곤도는 발견한 장부를 들고 저녁 8시가 넘어 사무실에서 나온 뒤, 지하철과 JR 선을 갈아타고 집으로 향했다.

지하철 안에서 흔들리면서 어두운 아라카와 강의 강물을 내려다보았다.

다미야전기에 온 이후, 그는 최선을 다해 일했다. 하지만 지금 그의 뇌리를 가득 메운 것은 충성심이 아니라 의혹이었다.

노다가 자신의 업무 영역을 성역인 양 침범하지 못하게 하는 이유는 자신에게 알려지면 안 되는 비밀이 있기 때문이 아닐까?

매일 아침, 마치 세무사나 변호사처럼 묵직한 가방을 들고 출근하는 노다의 모습이 눈꺼풀 안쪽에 떠올랐다.

"무슨 일이야? 표정이 왜 그래?"

보리차를 가져온 아내가 걱정스러운 얼굴로 곤도의 표정을 살폈다.

"문제가 좀 있어서⋯⋯."

그렇게 말하자 아내의 얼굴에 그늘이 드리웠다.

"너무 무리하는 거 아니야?"

"걱정 안 해도 돼."

곤도의 정신을 침식했던 콜타르가 가느다란 실만큼 뒤로 물러났다.

정신이 아득해질 만큼 괴로웠던 환경. 이를 악물고 참아야 했던 관계에 새로운 빛이 비치는 듯했다.

다미야전기에는 그가 모르는 비밀이 있다. 은행원 출신인 그에게는 결코 알려져서는 안 되는 비밀이……. 그래서 노다는 그런 태도를 취한 것이다.

그런 사실이 곤도의 마음속에서 오랫동안 잊고 있던 투쟁심의 한 조각을 불러일으켰다. 그는 시간이 가는 것도 잊고 2년 전의 장부를 뚫어지게 바라보았다.

5

"곤도 씨, 뭡니까? 대출을 못 받아 정기예금을 깼는데 또 이런 걸 준비해야 하나요?"

월요일 아침. 곤도가 다시 작성한 중기 계획안을 언뜻 본 다미야는 얼굴을 찡그리며 거부 반응을 보였다.

"앞으로 참고하기 위해 작성해달라고 해서요."

"은행에서 뭐라고 말했는지는 모르겠지만, 시키는 대로 '네, 네' 하지만 말고 우리 회사의 주장이랄까, 그런 걸 적극적으로 밀고나갔으면 하는데요."

"은행에서 만들라고 하지 않아도 중기 계획은 필요하다고 생각합니다."

그렇게 말한 곤도에게 돌아온 것은 탄식이었다.

"어떻게 말해야 내 말을 이해할까요?"

그것은 내가 할 말이다—곤도는 그렇게 생각했지만 반박하지 않고 입을 꾹 다문 채 끈기 있게 사장의 책상 앞에 서 있었다. 노다의 차가운 시선이 등에 꽂히는 것도 알고 있었지만 개의치 않았다.

마음의 어딘가에서 새카만 콜타르가 자신의 존재를 주장하기 위해 또다시 고개를 내밀려고 했다. 하지만 기척만 남기고 이내 어디론가 사라졌다.

나는 달라졌다—곤도는 스스로에게 그렇게 말했다.

"어쨌든 이것을 시안으로 삼아 사내에서 제대로 된 중기 계획안을 만들면 좋겠습니다."

"이런 건 시시하게 뭐 하러 만듭니까?"

다미야는 곤도의 말을 거부하고, 의자에 깊숙이 앉아 여봐란 듯이 한숨을 내쉬었다.

"계획 같은 건 경영자의 머리에 들어 있으면 충분합니다. 물론 세상에는 계획을 세우면 그것만으로 이미 이루었다고 생각하는 한심한 경영자도 있겠지요. 하지만 경영계획을 세운다고 뭐가 되지요? 계획은 어디까지나 계획일 뿐이잖습니까? 중요한 건 형식이 아니라 내용입니다, 내용!"

계획은 어디까지나 계획이다—그렇게 생각한다면 회사의 경영은 잘 되지 않는다. 계획대로, 또는 계획 이상으로 실적을 올리려는 의지가 있어야만 방향성이 태어나는 게 아닌가.

"사장님, 계획은 형식이 아니라 장래의 설계도입니다."

"다 같이 설계도를 만들면, 그 집의 목수는 내가 아니잖습니까?"

다미야의 입에서 비웃음이 흘러나왔다.

"내가 다 알고 있으니 잘못되는 일은 없습니다. 말했잖습니까? 그런 건 여기에 들어 있다고요."

다미야는 그렇게 말하고 다시 자신의 머리를 가리켰다.

곤도는 하늘을 올려다보고 한숨을 쉬고 싶었다. 다미야의 머리에 들어 있다는 설계도는 완전히 엉터리다. 지난 이틀간의 조사를 통해 곤도는 가슴이 아플 만큼 절실하게 깨달았다.

토요일에 비밀장부를 발견한 그는 다음 날인 일요일에도 혼자 출근해 다시 철의 커튼을 열었다. 그렇게 해서 발견한 비밀장부는 전부 다섯 권이었다. 5년 치의 비밀장부에는 크게 수익은 못 올려도 그럭저럭 흑자를 낸 표면적인 결산과 딴판인, 다미야전기의 진실이 숨겨져 있었다.

곤도는 아직도 천재인 양 자신의 머리를 가리키는 남자를 말없이 내려다보았다. 은행을 속이고, 은행에서 파견 나온 자신을 속이려는 남자의 얼굴에는 곤도를 비하하는 이죽거림이 달라붙어 있었다.

거짓과 진실. 두 장부의 차이를 비교하는 작업은 곤도에게 수

많은 정보와 감정을 가져다주었다. 그가 알았던 사실도, 몰랐던 사실도 있었다. 하지만 그것과는 별도로 그가 잊고 있었던 감정도 떠올리게 만들었다.

은행원의 긍지와 분노다.

그는 일단 검토해보겠다는 구두 약속을 받아내고 사장 앞에서 물러났다. 그런 곤도를 힐끔 쳐다보며 노다가 토해내듯 말했다.

"이제 와서 새삼스럽게 중기 계획안을 만들라니……."

"지금까지 없었던 게 더 이상합니다. 노다 과장님, 그렇게 생각하지 않습니까?"

"적당한 숫자를 써서 일람표를 만드는 걸 계획이라고 할 수 있습니까?"

"물론 그럴 수는 없지요. 하지만 그건 계획을 제대로 만든 적이 없는 사람이 하는 말입니다. 우리 회사에는 중기 계획은커녕 연도 계획도 제대로 없으니까 어쩔 수 없지만요."

노다는 눈치를 보듯 곤도를 곁눈으로 쳐다보았다.

평소의 곤도와 분위기가 미묘하게 다르다는 사실을 알아차린 것이다. 아무래도 상관없다. 곤도는 지금 자신의 마음을 옭아맸던 굴레에서 벗어난 듯한 생각이 들었다. 한마디로 말하면…….

편안해졌다.

"그리고 노다 과장님, 좀 궁금한 게 있는데요."

그렇게 말해도 노다가 일어서서 다가오는 기척이 느껴지지 않았다. 곤도의 말을 못 들었는지 무시하는지, 노다는 컴퓨터를 향한 채 마우스를 움직이고 있었다.

"노다 과장님!"

곤도가 다시 한 번 불렀다. 약간 강한 말투였다.

"뭐죠?"

부루퉁한 대답이 돌아왔다.

"결산에 관해서 물어볼 게 있는데요."

들으란 듯이 혀 차는 소리가 한 번 들렸다. 노다는 교사에게 호출당한 불량 중학생 같은 동작으로 느릿느릿 일어서서 곤도의 자리로 다가왔다.

"전기 결산서의 이 숫자가 이상하지 않나요?"

"이상하다니요?"

노다는 "흥!" 하고 짧은 콧소리를 한 번 낸 뒤 도전적으로 말했다.

"어디가 이상하단 겁니까?"

"예를 들면 여기……."

곤도는 노다의 눈앞에서 그해 결산서의 숫자를 볼펜으로 두들겼다. 재고다.

"이 숫자는 재고관리표와 맞지 않는군요. 어떻게 된 거죠?"

"재고관리표요?"

노다의 눈에 경계의 빛이 감돌았다.

"그래요, 재고관리표요."

곤도가 노다의 눈을 들여다보았다. 노다의 눈에는 의심과 시기심이 동시에 배어 있었다.

"부장님에게 그런 걸 드린 기억은 없는데요."

"내가 확인했습니다."

곤도는 노다의 눈이 분노와 의혹으로 물들어가는 모습을 바라보았다. 지난주까지만 해도 노다가 그렇게 대꾸하면 곤도는 낭패감을 드러냈다. 사태를 어떻게 수습해야 할지 몰라서 허둥지둥 당황하기만 했다. 하지만 지금은······.

곤도는 조금도 망설이거나 주저하지 않고 분노를 표출하는 부하직원을 바라보았다.

"어디서 봤습니까?"

"어디서 봤든 상관없잖습니까?"

곤도는 일부러 확실하게 대답하지 않았다.

"자료를 멋대로 보지 마십시오."

"멋대로 보지 말라고요? 지금까지 많이 참았는데, 부장이 자료를 보는 게 뭐가 나쁩니까? 내가 수긍할 수 있는 이유가 있다면 말씀해보십시오."

"그 전에 한 가지 물어보겠습니다. 부장님은 경리 실무에 관해서 얼마나 아시나요? 은행에서는 그런 걸 가르쳐주지 않는다고 하던데요?"

"그래서 하고 싶은 말이 뭡니까?"

곤도는 차가운 표정으로 물었다.

"그러니까······."

노다의 머리에서 김이 모락모락 솟구치는 듯했다.

"아무것도 모르는 문외한이 손대면 어디에 뭐가 있는지 알 수 없게 되거나 자료가 엉뚱한 곳에 꽂히기도 합니다! 그렇게 되면 골치 아프니까 가만히 있으라는 겁니다!"

주먹으로 책상을 내리칠 것 같은 기세로 노다는 버럭 고함을 질렀다. 사무실에 있는 모든 사람들이 곤도와 노다의 대치 상황을 지켜보았다. 사무실 안쪽에 있는 사장 자리에서 다미야도 역시 이쪽을 바라보고 있었다.

"미안하지만 난 그렇게까지 문외한이 아니니까 걱정하실 필요는 없습니다. 그런데 노다 과장님, 내 질문에 대답해주시겠습니까? 왜 숫자가 일치하지 않습니까?"

곤도와 노다가 서로 날카롭게 노려본 순간, 뒤쪽에서 다미야의 목소리가 들렸다.

"곤도 씨, 잠깐만……!"

노다의 얼굴에 이죽거리는 웃음이 떠올랐다. 곤도가 뒤를 돌아보자 다미야가 오라고 손짓을 했다.

곤도가 자리에서 일어나서 다가가자 다미야는 의자 등받이에 체중을 싣고 곤도를 올려다보았다.

"그런 짓을 하면 곤란합니다."

"뭐가 곤란한가요?"

"경리 업무는 노다 과장에게 맡겼습니다. 총무부장인 당신이 월권행위를 하지 말았으면 해요."

"사장님, 경리도 엄연히 총무부 소속입니다. 그런데 월권행위라니. 그건 말이 안 되잖습니까?"

"그렇게 한 건 조직상의 편의를 도모하기 위해서입니다."

다미야가 이해하기 힘든 말을 했다.

"조직상의 편의요?"

다미야는 곤도를 노려보며 대답했다.

"명확하지 않은 게 있다면 노다 과장에게 물어보고, 어쨌든 경리 업무에는 손대지 마십시오."

"그러면 은행에 그렇게 말씀해주시겠습니까?"

다미야가 발끈하며 사무실이 떠나가라 고함을 질렀다.

"뭐라고요?"

"경리 업무는 보여주고 싶지 않다고, 그렇게 말씀해주십시오. 전 은행에서 경리를 포함한 총무부장직이라고 들었습니다. 이러면 이야기가 다르잖습니까?"

"곤도 씨, 그건 은행과 당신의 문제잖습니까? 내게 그렇게 말하면 곤란하지요. 내가 당신에게 바라는 건 어디까지나 자금 조달입니다. 그런데 그것 하나도 제대로 못하면서 어디서 큰소리인가요? 그래도 아직 시험 기간이라서 다행이군요. 안 그런가요, 곤도 씨?"

다미야는 비장의 카드를 슬쩍 내비쳤다. 본인이 그럴 마음만 있으면 은행으로 돌려보낼 수 있다고 말하고 싶은 것이다.

"난 은행에서 파견자를 받아달라고 해서 받아준 것뿐입니다.

그런 식으로 말한다면 나도 가만히 있을 수 없지요. 은행원이 이렇게 회사를 휘저으면 곤란하니까요."

은행원이라…….

"결산에 이상한 점이 있어서 확인하려고 한 게 회사를 휘젓는 일이라고 말씀하신다면 어쩔 수 없지요. 하지만 이런 식으로 하시면 회사는 좋아지지 않습니다."

"다 아는 것처럼 말하지 마시겠어요? 당신이 말하지 않아도 회사 경영은 잘 알고 있으니까요."

곤도가 다미야와 정면으로 맞선 것은 이번이 처음이었다.

곤도는 다미야에게 항상 정중하게 대했다. 아니, 자존심을 버리고 비굴하게 행동했다. 자신을 무시하든 비야냥거리든 함부로 대하든, 그저 한 귀로 흘려보내며 원만하게 지내려고 했다.

또한 한 번도 '노(no)'라고 말한 적이 없었다. 이 회사에 버림받으면 안 된다는 마음이 그를 수동적으로 만들고, 그가 본래 가지고 있었던 적극성을 빼앗은 것이다.

곤도가 수동적으로 변한 것은 여기에 오기 훨씬 이전이었다. 많은 사람의 기대를 한 몸에 받았던 신설 아키하바라 동부 지점에서, 벽에 붙은 목표에 짓눌리며 지점장의 온갖 욕설을 들은 시절부터 그의 인생은 수동적으로 돌아섰다.

적극적이었던 20대. 뒤로 물러섰던 30대. 고개를 숙이기만 했던 40대.

하지만 이번 주말을 기점으로 그는 달라졌다. 아직까지 자신을 '은행원'이라고 부르는 다미야에게 왜 사원으로 대해주지 않느냐고 말하고 싶었다. 나는 이 회사의 사원이 되고 싶다고 하면서…….

하지만 그는 지금 깨달았다. 나는 역시 은행원이다. 구체적으로 말하면 정신적으로 은행원이다. 그런 정신적인 부분까지 이해하고 사원으로 받아주지 않는 한, 어디를 가도 마지막 둥지는 될 수 없다.

경영계획이 자기 머릿속에 들어 있다고 헛소리를 지껄여대는 다미야. 자신을 무시하며 사사건건 반발하는 노다…….

조심스럽게 행동하면 결코 인정을 받을 수 없다. 그렇다면 자신의 원래 성격대로 과감히 밀어붙이는 수밖에 없다. 진정한 자신의 모습을 인정해주지 않으면 어쩔 수 없다.

그렇게 생각한 순간, 어둡고 소극적이었던 곤도의 정신에 어디선지 모르게 한 줄기 빛이 비쳤다. 고개를 숙이기만 했던 40대가 고개를 들고 과감하게 행동하는 40대로 바뀐 것이다.

곤도가 다미야를 똑바로 쳐다보며 물었다.

"그럼 묻겠습니다만 전기의 적자는 얼마였습니까?"

다미야는 곤도의 얼굴을 물끄러미 쳐다보며 시치미를 뗐다.

"전기의 적자요? 무슨 말인가요? 전기는 흑자가 아닌가요?"

"그렇다면 전기 말 결산에서 당사의 재고는 얼마였습니까? 사장님, 말씀해주시지요."

다미야가 입을 열지 않는 것을 보고 곤도가 대신 대답했다.

"2억 4천만 엔입니다. 이건 5년 전의 1.5배 수준이죠. 매출은 거의 변동이 없는데, 이유가 뭘까요? 노다 과장님……."

곤도는 자신의 등 뒤에서 마른침을 삼키며 자신과 다미야의 입씨름을 지켜보는 노다를 불렀다.

"전기의 재고관리표를 가져오십시오."

멀리 떨어진 자리에 앉아서 불쾌한 표정으로 곤도를 지켜보던 노다가 천천히 일어나서 등 뒤의 캐비닛을 열었다. 동작이 굼뜨기 짝이 없다. 노다의 얼굴에는 곤도에 대한 반발심이 노골적으로 깃들어 있었다.

"노다 과장, 빨리 가져오세요!"

곤도가 천둥처럼 호통을 치자 사람들의 시선이 일제히 곤도에게 쏠렸다.

노다는 번개라도 맞은 것처럼 등줄기를 쭉 펴고 눈을 동그랗게 떴다. 그리고 캐비닛에서 파일을 한 권 꺼내 쪼르르 달려가 곤도의 비스듬한 뒤쪽에 섰다. 굴욕으로 얼굴이 새빨개졌다.

"이리 줘요!"

곤도는 그렇게 말하고 재고관리표를 펼쳤다.

"무슨 문제라도 있나요?"

분노로 인해 창백해진 다미야의 얼굴에 경련이 일었다.

곤도가 펼친 재고관리표에는 제품 재고로 2억 4천만 엔이 적혀 있었다.

결산서에 적힌 숫자를 뒷받침하는 가짜 자료다.

"이건 누가 만들었습니까?"

노다는 눈에 증오심을 가득 담고 대답했다.

"누구긴 누굽니까? 당연히 내가 만들었죠. 나 말고 누가 이런 걸 만들겠습니까?"

"사장님 지시로 만들었나요?"

노다는 다미야를 슬쩍 쳐다보았다.

"지시 같은 건 없었습니다. 결산이니까요."

"사장님은 이 숫자를 받아들였습니까?"

다미야가 팔짱을 낀 채 불만이 가득한 얼굴로 곤도를 올려다보았다.

"당연하지요. 곤도 씨, 대체 왜 이러는……."

"이제 솔직히 말씀해주시지 않겠습니까?"

다미야는 눈을 깜빡이는 것도 잊고 상대의 속셈을 탐색하기 위해 곤도를 똑바로 쳐다보았다.

곤도가 노다를 돌아보았다.

"재고관리표가 또 하나 있지요? 가져오세요!"

올해 쉰다섯 살인 노다는 점점 넓어지고 있는 이마를 삶은 문어처럼 새빨갛게 물들인 채 최대한 허세를 부렸다.

"지, 지금 무슨 말을 하는 겁니까! 아무리 이해하려고 해도 이해할 수가 없군요!"

"그래요? 그렇다면 됐습니다."

곤도는 발길을 돌리자 노다의 책상 쪽을 향해 걷기 시작했다.

캐비닛이다! 노다가 그 사실을 알아차리고 허겁지겁 따라왔다. 그리고 곤도를 추월해서 캐비닛 앞에 버티고 섰다.

곤도의 등 뒤에서 다미야도 따라왔다.

"곤도 씨! 당신, 지금 무슨 생각을 하는 겁니까?"

"조용히 하십시오!"

곤도는 다미야를 향해 고함을 친 뒤, 캐비닛 앞에 있던 노다를 힘껏 떠밀었다. 그리고 노다가 엉덩방아를 찧은 것에도 아랑곳하지 않고 캐비닛 문을 활짝 열었다.

장소는 이미 알고 있었다. 곤도가 캐비닛에서 빼낸 초록색 파일을 노다의 책상에 힘껏 내리칠 때까지는 눈 깜짝할 사이였다.

곤도는 그 파일을 펼치고 그곳에 적힌 숫자를 노다에게 보여주었다. 재고다.

2억 엔······.

"노다 씨! 어느 쪽이 맞습니까!"

부풀린 4천만 엔의 재고는 결산서를 만들 때 이익으로 처리한다. 전기에 다미야전기의 이익은 거의 제로에 가까운 흑자였다. 실제로 가상의 재고가 없었다면 4천만 엔의 적자가 되는 것이다.

노다의 눈에서 빛이 사라지고 얼굴은 새파랗게 질렸다.

곤도는 경악한 얼굴로 돌처럼 굳어버린 다미야를 돌아보았다.

"사장님도 알고 계셨지요?"

"그건 그러니까······."

다미야는 낭패한 표정을 감추지 못한 채 필사적으로 변명을 생각했다. 모차르트의 심정을 이해한다고 했던 여유만만한 표정은 어디론가 사라지고, 분식회계가 드러나서 당황하는 어리석은 남자의 모습만 있을 뿐이었다.

"대답하십시오. 아셨는지 모르셨는지 묻고 있잖습니까!"

다미야가 말을 더듬으며 허둥지둥 대답했다.

"이, 이건 어디까지나 우리 내부 자료니까요. 이봐요, 곤도 씨⋯⋯."

"그럼 이건 뭡니까?"

곤도는 자기 책상으로 가서 맨 밑의 서랍에 들어 있던 것을 꺼냈다. 바닥에서 일어선 노다의 입에서 "아!" 하는 짧은 비명이 새어 나왔다. 노다의 입이 멍하니 벌어졌고, 다미야의 입은 노다보다 더 크게 벌어졌다.

설명할 필요는 없다. 아무리 변명하려고 해도 변명할 수 없는 것이기 때문이다.

비밀장부를 앞에 두고 곤도는 천천히 의자에 앉은 채 팔짱을 끼고 다미야와 노다를 바라보았다.

매출 80억 엔, 종업원 3백 명. 창업 40년. 이 회사는 지금 불과 수천만 엔의 이익을 위장하지 않으면 안 될 만큼 밑바닥까지 추락한 상태였다.

거만한 얼굴로 곤도에게 모차르트 흉내를 내며 허세를 부려봤자, 다미야전기의 본질은 진흙 강에 가라앉은 진흙 배처럼 은행에서 대출을 받지 않으면 살 수 없을 만큼 추락해 있었다.

다미야에게 은행의 파견자를 받아들이는 일은 양날의 검이었음이 틀림없다. 은행에서 파견자를 받아들이면 은행과 친해질 수 있다. 그와 동시에 분식회계가 드러날 위험성도 있다.

파견자를 총무부장으로 받아들이면서 결코 경리 실무를 맡기려고 하지 않는—아니, 맡길 수 없는 이유가 바로 이 때문이었던 것이다.

파견자를 '은행원'이라고 부르며 외부인으로 취급하는 다미야에게 그것은 결코 알려져서는 안 되는 비밀이었다. 철의 커튼은 다미야와 노다가 손을 잡고 쌓아올린 방어벽이었다.

하지만 곤도는 지금 그 커튼 너머에 있는 것을 직원들의 눈앞에 드러냈다.

다미야의 눈은 순식간에 빛을 잃고 두 팔은 힘없이 축 늘어졌다. 콘크리트 조각상처럼 굳어 있는 노다는 뭉크의 〈절규〉에서 튀어나온 남자 같은 표정을 지었다.

그렇게 얼마나 대치하고 있었을까? 다미야의 입에서 겨우 목소리가 새어 나왔다.

"으, 은행에…… 포, 폭로할 겁니까……?"

끊어질 듯 가냘픈 목소리는 곤도의 고막에 닿기 전에 바닥으로 떨어질 것 같았다. 공포에 사로잡힌 다미야의 눈동자는 모기향의 연기처럼 지금이라도 꺼질 듯이 가늘게 흔들렸다.

"어떻게 할지는 사장님에게 달렸습니다."

곤도는 다미야의 흔들리는 시선을 보면서 덧붙였다.

"이렇게 부정한 짓을 하지 않고 이 회사를 정말로 재건하려는 마음이 있다면 도와드리겠습니다."

다미야에게 선택의 여지가 있을 리 만무하다.

다미야가 가까스로 목소리를 짜냈다.

"어떻게 하면 되죠?"

"글쎄요. 어떻게 하면 좋을지 사장님께서 말씀해보시죠. 사장님은 모차르트잖습니까?"

곤도는 차갑게 말하면서 2대 경영자를 빤히 쳐다보았다.

다미야가 억지웃음을 지었다.

"물론 적극적으로 재건할 겁니다. 곤도 씨가 도와주신다면 꼭 그렇게 하지요."

"그러면 우선 사장님 머릿속에 있다는 경영계획을 글자와 숫자로 적어주시겠습니까? 내일까지 부탁합니다. 그런 다음에 과장 이상의 간부들을 모아서 자료를 완성하겠습니다."

경영계획이라는 말을 들은 순간, 다미야가 얼굴을 찡그렸다.

"내일까지요? 곤도 씨, 좀 더 시간을 주시지 않겠습니까?"

곤도가 입가에 미소를 머금으며 대답했다.

"시카네더에게 재촉을 받았을 때 모차르트가 그렇게 시시한 변명을 할까요? 이번에는 말이 아니라 행동으로 보여주십시오. 그럴 수 없다면 그때는 이 비밀 장부를 가지고 은행으로 돌아가겠습니다. 시험 기간은 그걸로 끝입니다."

다미야의 아연실색한 얼굴을 바라본 순간, 곤도의 머릿속에서 콜타르의 그림자는 흔적도 없이 사라졌다.

6

도마리가 화들짝 놀라며 소리를 질렀다.

"정말이지, 여기나 저기나 다들 왜 그래? 제대로 경영하는 회사는 없는 거야?"

수요일 밤 10시. 신주쿠 역과 가까운 일식당에서 세 사람은 탁자를 둘러싸고 앉아 있었다.

"물론 찾아보면 어딘가 있겠지. 어쨌든 여기에는 없는 것 같군."

한자와는 가볍게 받아넘기고 곤도에게 물었다.

"그래서 비밀 장부의 분석은 끝났어?"

"거짓과 진실을 대조했다는 의미에선 분석이 끝났어. 다미야 전기는 5년 전에 이미 적자로 추락했더군. 그때 대출을 받기 위해 분식회계에 손을 댄 게 시작이었던 모양이야."

도마리가 말했다.

"분식회계는 한 번 하면 원래대로 되돌리기 힘드니까."

가상 재고를 원래대로 되돌리면 이듬해에 그만큼 이익이 줄어든다. 분식회계로 부풀린 부분을 어딘가에서 맞추어야 하는데, 만년 적자에 시달리는 회사에 그것은 쉬운 일이 아니다.

"분식회계는 재고뿐이야?"

한자와가 물었다. 재고를 부풀리는 분식회계는 가장 고전적인 수법이다.

"아니, 가상 매출도 있고 매입을 계상하지 않거나 외상매출금을 속이는 일까지, 분식회계의 백화점이야. 너무 심해서 기억할 수도 없어. 그래서 비밀 장부를 만들어 관리하고 있었던 거야."

"괜찮겠어?"

도마리가 어이없는 표정으로 물었다.

"일단 얘기는 됐어. 당분간 재건할 수 있는지 도전해볼게."

"곤도, 도전해도 안 되면 은행으로 돌아와."

도마리가 그렇게 말하자 곤도는 생각지도 못했던 반론을 제기했다.

"그렇게 안이한 생각으로 파견자가 일할 수 있을 것 같아? 물론 아무리 노력해도 안 된다면 은행으로 돌아갈 수밖에 없겠지. 하지만 그것 또한 비극이야. 아무에게도 이득이 안 되니까. 나는 파견 나와서 처음으로 내가 얼마나 뼛속까지 은행원인지를 깨달았지. 하지만 돌아가는 티켓은 버렸어. 퇴로를 끊을 만한 각오가 없으면 그 회사는 좋아지지 않아. 몸을 내던지지 않으면 안 된다는 말씀이지."

한자와는 마음속으로 감탄했다. 자신감이 넘치는 곤도의 모습은 얼마 전까지 온몸에 어두운 그늘을 드리우던 사람이라곤 생각할 수 없을 만큼 당당해 보였다.

"하지만 분식회계 건은 은행에 말하지 않을 수 없잖아? 이미 알게 된 이상, 숨길 수는 없을 테니까."

도마리가 걱정스러운 표정으로 말했다.

"교바시 지점 담당자에게는 내일 말하기로 했어. 은행에 말하지 않으면 진정한 해결은 있을 수 없다고 사장을 설득했거든. 개혁의 첫 걸음이지. 탈 비밀주의야."

한자와가 미소를 지으며 말했다.

"그게 정답이야."

도마리가 확인하듯 물었다.

"하지만 곤도, 은행이 분식회계한 회사를 어떻게 하는지는 알고 있겠지?"

"그래, 거래 중지야. 하지만 내가 있는 한 그렇게 하도록 놔두지 않겠어."

곤도는 단호한 얼굴로 말한 다음, 맥주잔을 입으로 가져갔다.

"오! 곤도 선생, 당연히 그러셔야지. 그동안 많이 성장했구나."

도마리가 그렇게 말하고 웃음을 터트렸다.

"원래대로 돌아온 것뿐이잖아? 네가 이렇게 변해서 얼마나 기쁜지 몰라."

한자와가 빙긋이 웃으면서 말한 뒤, 종업원에게 모듬 채소를 주문했다.

곤도가 화제를 바꾸었다.

"이세시마호텔은 어떻게 됐어?"

"내일 사장을 만나기로 했어."

곤도와 도마리가 동시에 고개를 들고 한자와를 보았다.

"유아사 사장 말이야? 고민 많은 가족 회사 경영자의 대명사 같은 사람이잖아?"

"알고 있어. 하지만 재무 쪽 사람들을 상대해봐야 사태가 해결될 것 같지 않아. 이대로 있으면 내가 감사관이라도 부실 채권으로 분류할 거야."

"맙소사! 한자와 선생, 잘 부탁해. 분류되면 수천억 엔의 이익이 날아간다고!"

도마리의 한탄을 듣고 한자와는 진지한 표정을 지었다.

"아직 운용 손실을 처리할 만한 아이디어가 떠오르지 않아. 하지만 이대로 수수방관하면 죽도 밥도 안 돼. 유아사 사장이 얼마나 독재자인지, 얼마나 제멋대로 경영하는지는 모르겠지만 위에서부터 개혁하게 만드는 수밖에 없어."

금융청 감사에 대비해 이세시마호텔 사람들을 몇 번 만나보니, 하네와 하라다 모두 기업 실적에 대한 인식이 안이했다.

"근본적인 타개책이 없는 한, 일회성 적자라고 발뺌하기는 어려울지도 몰라."

도마리의 말이 맞다. 부실 채권으로 분류되면 그것으로 끝이고, 은행의 새로운 지원은 어려워진다. 그러면 이세시마호텔은 자금줄이 끊겨서 휘청거리게 된다.

"이세시마호텔 사람들도 분류되면 안 된다는 것 정도는 알 텐데 말이야."

"그들에게도 나름대로 사정이 있더군."

한자와의 말에 곤도가 호기심 어린 눈길로 몸을 내밀었다.

"사정? 무슨 사정인데?"

"하네 전무를 비롯해 이세시마의 재무를 관장하는 사람들은 선대 시절부터 불만이 있었던 사람들이야. 회사를 창업자 일가가 좌지우지하는 가족 경영에 반기를 드는 사람들이지. 지금 이대로 부실 채권이 되면 이세시마호텔은 위기에 처할 거야. 그러면 유아사 사장의 퇴진이 거론되겠지. 그들 쪽에게 보면 오히려 유리한 상황이야."

도마리가 눈을 빛내며 말했다.

"살을 자르고 뼈를 깎아낸다는 거야? 한자와, 그러면 차라리 그쪽 편을 드는 게 좋지 않겠어? 가족 경영이 계속되는 건 바람직하지 않잖아?"

"하네는 경영자 자격이 없는 사람이야. 대출을 받기 위해 운용 손실을 은폐한 사람이니까. 그런 자를 어떻게 믿고 경영을 맡기겠어? 그건 경영 능력을 따지기 전의 문제야."

도마리는 크게 한숨을 쉬었다.

"그런 상황에서 이세시마호텔의 분류를 막는 게 네 일이야? 솔직히 말해…… 쉽지 않겠군. 내가 너였다면 벌써 위에 구멍이 나든지, 정신이 어떻게 되든지 했을 거야. 그런데 도움이 될지는 모르겠지만 하쿠스이은행 사람을 만나보지 않겠어?"

"하쿠스이은행 사람?"

"요전에 대학 동창들과 한잔했는데, 거기에 하쿠스이 심사부에 있는 사람이 있었어. 이세시마호텔 담당이지."

한자와가 무의식중에 고개를 들었다. 도마리가 그 모습을 보면서 덧붙였다.

"그 사람에게 들으면 뭔가 알 수 있지 않을까?"

"그쪽만 괜찮다면 만나게 해줘."

"알았어."

도마리는 가방에서 수첩을 꺼내더니 비어 있는 날을 찾기 시작했다.

7

다미야는 고급주택이 즐비한 시로카네의 저택에서 그 사내의 휴대폰에 전화를 걸었다.

"큰일났습니다! 분식회계 건을 은행에 말하겠다고 합니다. 그러면 문제가 생길 것 같은데, 어떻게 안 될까요?"

전화기 너머에서는 한동안 아무 소리도 돌아오지 않았다.

이윽고 상대가 약간 놀란 것처럼 물었다.

"분식회계를 인정했나요?"

다미야는 떨떠름한 목소리로 말했다.

"네에, 뭐……. 증거를 잡혀서 어쩔 수 없이……."

"증거?"

"숨겨두었던 장부를 빼앗겼거든요."

"설마……."

전화기 너머에서 숨을 들이마시는 기척과 함께 오디오를 켜놓았는지 어쿠스틱 기타 소리가 들렸다.

"알려진 건 비밀 장부뿐인가요?"

"네에, 일단은요. 그 건에 대해서는 아직 눈치채지 못한 것 같습니다."

"비밀 장부를 빼앗겼다면, 그걸 눈치채는 것도 시간문제가 아닌가요?"

"그러기 전에 바꿔두겠습니다."

수화기를 통해서 나지막한 한숨과 함께 안도의 기척이 흘러나왔다.

"다미야 사장님, 부탁합니다. 그런 일이 밖으로 나가면 곤란해요."

"알고 있습니다. 그건 그렇고 조금 전에 말씀드린 거, 어떻게 해주실 수 없겠습니까?"

전화기 너머의 사내가 생각에 잠기는지 잠시 공백이 있었다.

"예전부터 말했듯이 이쪽도 조직으로 움직여서 말이지요. 절차에 따라야 하는 건 그렇게 하지 않을 수 없거든요……."

이번에는 다미야가 침묵할 차례였다.

"하지만 어떻게든 해보겠습니다."

"폐를 끼쳐서 죄송합니다."

다미야는 수화기를 내려놓고 안도의 한숨을 쉬었다.

3장

금융청 감사 대책

1

비서가 안내해준 사장실에는 불이 켜 있지 않았다.

커튼을 열어둔 실내에는 오후 5시가 지난 하늘에서 붉은 저녁 놀이 쏟아지며, 눈부실 만큼 화려한 그림자를 만들었다.

그 창문을 등진 커다란 책상 앞에 한 사내가 앉아서, 안으로 들어온 한자와를 역광으로 바라보았다.

"도쿄중앙은행의 한자와라고 합니다."

대답은 돌아오지 않았다. 사내는 천천히 일어나더니 한자와에게 말없이 소파를 권했다. 차를 가져온 비서가 불을 켜자 한자와의 눈앞에 눈길이 형형하고 빼빼 마른 남자가 있었다. 이세시마 호텔 사장인 유아사 다케시였다.

"한자와 차장님 눈에는 우리 회사가 어떻게 보입니까?"

유아사는 굳은 의지가 느껴지는 나지막한 목소리로 물었다. 나이는 한자와와 두 살밖에 차이 나지 않는다. 아직 젊은 축에 속하지만 사장이라는 직책 탓인지 동작이나 말투에 위엄이 배어 있었다.

"공격할 방법을 잃어버린 거대한 코끼리라고 할까요? 현상을 타개하려면 새로운 아이디어가 필요하죠. 유아사 사장님께서는 그걸 가지고 계십니까?"

갑작스러운 질문이었으나 한자와는 솔직하고 거침없이 대답했다.

하지만 유아사로부터 한동안 대답이 돌아오지 않았다. 버럭 화를 내도 이상하지 않은 상황이었는데 조용히 눈을 감고 있었다.

"아이디어를 낸다고 해도 실적을 회복하려면 시간이 걸리지요. 그때까지 은행에서 지원해줄 수 있습니까?"

"지원해드리겠습니다. 믿으실지 안 믿으실지는 모르겠지만요."

한자와의 대답에는 망설임이 없었다. 유아사는 진의를 헤아리기 위해 한자와의 눈을 뚫어지게 들여다보았다. 그 순간 한자와는 깨달았다. 유아사에게는 입에 발린 립서비스는 통하지 않는다. 통하는 것은 진심뿐이다.

"순서가 바뀌었습니다만……."

한자와는 그렇게 운을 떼우고 명함을 내밀었다.

유아사는 한자와의 명함을 탁자 위에 내려놓고, 무슨 생각을 했는지 말없이 자기 책상으로 돌아갔다. 그리고 서랍에서 명함을 한 장 꺼내더니 소파로 돌아와서 한자와에게 내밀었다.

한자와는 유아사의 명함이리라고 생각하고 손을 내밀었다. 다음 순간, 한자와의 손길이 허공에서 멈추었다. 놀랍게도 한자와의 명함이었기 때문이다. 직책은 본점 영업 4부 조사역. 10여 년 전일까? 예전에 한자와가 몸담았던 부서의 명함이다.

깜짝 놀라 고개를 든 한자와를 향해 유아사가 나지막하게 말했다.

"나카노와타리 은행장님에게 담당자를 한자와 차장님으로 해달라고 은밀히 부탁한 사람은 저였습니다."

"이걸 어디서……?"

"예전에 대도쿄호텔 기획부에서 근무했던 적이 있었는데, 그때 받았습니다. 그때 차장님을 만난 적이 있지요."

한자와는 명함에서 얼굴을 들고 유아사를 똑바로 쳐다보았다. 대도쿄호텔은 당시 한자와가 담당했던 거래처 중 하나였다.

"대도쿄호텔 기획부라면 그때의……?"

유아사가 엄숙하게 대답했다.

"그렇습니다. 대학을 졸업하고 그 호텔에서 실무를 배웠지요."

대도쿄호텔은 이세시마호텔보다 더 오랜 역사와 전통을 자랑하는 유서 깊은 호텔이다. 하지만 전통을 지나치게 중시한 나머지 고객을 유치하지 못하고 실적이 악화되면서, 주거래은행으로부터 자금을 지원받지 못해 자금난에 허덕이게 되었다.

이윽고 경영진 내부에서 쿠데타가 일어나서 창업자 일가를 쫓아내고, 창업 때부터 있었던 직원들로 새로운 경영진을 구성했지만…….

"그때 주거래은행을 비롯해 그동안 거래했던 은행들이 하나같이 손을 떼는 가운데, 거래다운 거래가 없었던 산업중앙은행만이 적극적으로 지원해주어서 위기에서 벗어날 수 있었습니다. 그때 은행 담당자는 호텔을 지원해주기 위해 미리 은행 내부에서 물밑작업을 했고, 경영기획 회의에까지 참석해서 의견을 말하는 등 재건을 도와주었지요. 나는 지금까지 수많은 은행원을 봐왔지만 그 전에도 그 후로도 그런 은행원은 처음이었습니다. 그게 차장님이었지요. 이 명함은 그 회의에서 차장님께 받은 겁니다."

"그랬던가요?"

듣고 보니 유아사의 얼굴을 어디선가 본 듯했다.

"그때 차장님 덕분에 어려움에서 벗어날 수 있었지요."

그렇게 말하고 유아사는 고개를 숙였다.

"대도쿄호텔은 경영자에게 문제가 있었습니다. 그 문제가 무엇인지, 어떻게 하면 해결할 수 있는지 새로운 경영자들은 잘 알고 있었지요. 나머지는 조직을 어떤 식으로 대대적으로 수술하느냐 하는 문제뿐이었습니다. 그래서 지원해드린 겁니다."

한자와는 담담하게 설명했다.

"차장님은 미래를 내다보았습니다. 나는 아버지로부터, 은행이란 곳은 과거밖에 보지 않는 곳이라고 들었고, 실제로 대도쿄호텔이 곤경에 처했을 때 그런 사실을 온몸으로 깨달았지요. 하지만 차장님은 달랐습니다. 경영진을 쇄신하면 어떤 일이 일어날지, 대도쿄호텔이 어떻게 바뀔지 정확히 간파한 사람은 차장님뿐이었습니다. 그래서 다른 은행들이 모두 손을 떼는 와중에 차장님은 과감하게 지원해주었지요."

"그렇게 평가해주셔서 고맙습니다. 하지만 그렇게 대단한 일은 아니었습니다. 구태여 말하자면 뱅커로서의 후각 같은 거라고 할 수 있겠지요."

"그렇다 해도 그런 후각을 가진 은행원은 없지 않을까요?"

"아닙니다. 있습니다."

한자와는 진지한 얼굴로 유아사의 말을 정정했다.

"그때 대도쿄호텔이 다시 일어서리라고 여겼던 은행원은 저 말고도 있었을 겁니다. 하지만 도와주려고 하지 않았죠. 왜일까요? 만에 하나 실패했을 때 책임 문제가 발생하기 때문입니다. 그걸 두려워한 거죠."

"하지만 차장님은 지원을 해주었습니다. 왜 그러셨지요?"

"다시 일어서리라고 확신했으니까요. 어쩌면 제 모든 힘을 다해서 다시 일어서게 만들겠다고 각오했을지도 모릅니다. 그때는 지금보다 젊었으니까요."

"그렇군요."

유아사는 소리를 내어 가볍게 웃었다. 무서운 얼굴에서는 상상도 할 수 없는, 개구쟁이가 그대로 어른이 된 듯한 웃음이었다.

잠시 후, 유아사는 미소를 거두더니 커다란 책상에 펼쳐 있던 자료를 가져와서 한자와에게 보여주었다.

"우리는 지금까지 고급 전통 호텔이란 간판을 지나칠 만큼 소중히 여겨왔습니다. 그런 면에서 볼 때 대도쿄호텔의 전철을 밟고 있다고 할 수 있지요. 4월부터는 제가 직접 사업개발부와 의논해서 새로운 플랜을 짜보았습니다. 이게 그겁니다. 어떻게 생각하십니까?"

한자와는 재빨리 자료를 훑어보고 나서 눈을 크게 떴다.

"공실률이 내려가고 있군요."

즉, 손님의 숫자가 늘고 있는 것이다.

4월의 공실률은 3월의 절반 이하이고, 5월은 거의 만실에 가까운 상황까지 올라왔다.

"이번 달에도 5월만큼의 실적을 보이고 있습니다. 주요 고객층을 확대했을 뿐인데 이만큼 차이가 났지요. ……아시아입니다."

"아시아요?"

"특히 중국 본토와 홍콩, 대만 고객들이지요. 지금까지 일본의 부유층과 구미의 상류층을 주요 고객으로 삼았던 전략을 수정했습니다. 바야흐로 중국에는 일본을 능가하는 엄청난 부자들이 많으니까 말이지요. 일단 시범적으로 상하이에 본사가 있는 대형 여행사와 계약했더니, 객단가는 다소 떨어지지만 공실을 거의 메울 수 있다는 사실을 알았습니다. 그런 사실을 바탕으로 중국에서 지명도를 높이기 위해 광고를 할 예정입니다. 그와 동시에 IT 기술을 정비해 전 세계에서 인터넷으로 직접 예약할 수 있는 시스템을 가동하고 회원제 서비스를 시작할 예정이지요. 리

무진으로 공항까지 데려오고 데려다주는 송영 서비스, 도쿄의 유명 레스토랑과 컬래버레이션, 일본에서 관광할 때의 우대 서비스, 거기에 중국에서 발행한 신용카드로 결제할 수 있도록 할 계획입니다."

"이 계획에 이름을 붙이자면 이세시마호텔이라는 전통과 격식의 해방이군요."

한자와는 그렇게 평가했다.

"바로 그겁니다!"

그와 동시에 선대 사장이자 회장으로 물러난 유아사 고도가 전개해온 '귀족 장사'와의 결별을 의미한다.

"나는 지난 3년 동안 사장 자리에 있었지요."

유아사는 의자 등받이에 체중을 실은 채 먼 곳을 바라보았다.

"힘든 싸움의 연속이었습니다. 아버지가 만든 껍데기를 깨뜨리고 싶다는 욕구. 아버지가 남겨놓은 임원들과의 갈등. 그 안에서 나의 경영이란 무엇인가를 계속 고민해왔지요. 그때 힌트가 된 것은 대도쿄호텔의 경영 위기였습니다. 고민하는 사이에 그곳에 몸담았던 시절이 떠오르더군요. 그렇게 되고 싶지 않다—그렇게 생각했지요. 호텔은 결국 사람을 대접하는 곳이잖습니까? 그런데 대접할 상대를 차별한다? 이게 진정한 대접이라고 할 수 있을까? 그렇게 생각한 순간, 이 발상이 떠올랐습니다."

"이건 분명히 성공할 겁니다."

한자와는 눈앞에 있는 자료에서 얼굴을 들며 물었다.

"IT 기술을 이용한 인터넷 예약 시스템은 언제 완성됩니까?"

"연내에는 완성해서 가동하려고 합니다. 차장님에게 이 이야기를 하고 싶었지요. 그리고……."

유아사는 그렇게 말한 뒤 자세를 바로 하고 깊숙이 고개를 숙였다.

"운용 손실을 늦게 보고한 점을 정식으로 사과드립니다. 정말 죄송합니다."

"이제는 자금을 운용해서 이익을 올리려는 생각은 하지 마십시오."

유아사가 입술을 깨물고 탁자의 한 곳을 노려보며 그렇게 말했다.

"부끄러운 말씀이지만 저는 그렇게 생각한 적이 한 번도 없었습니다."

"그러면 하네 전무가 독단적으로……?"

"하네 전무가 무슨 생각으로 그랬는지는 알고 있습니다. 본업에서 실적이 부진한 책임을 제게 떠넘기는 한편, 재무부에서 깃발을 올리려고 했겠지요. 그에 동조하는 임원도 적지 않습니다."

유아사는 사내에서 곤란한 처지에 몰려 있는 모양이었다.

"징계해야 한다고 생각합니다만."

"물론 그렇게 할 겁니다. 하지만 그 전에 사내의 교통정리가 필요합니다. 하네 한 사람을 징계하면 원한을 남길 수 있으니까요. 제 계획으론 올해 결산이 끝난 후 주주총회에서 하네 전무를 해임할 생각인데, 그 전에 실적을 올리고 싶습니다."

그러기 위해서 가장 중요한 열쇠는 유아사의 경영계획을 실현하는 것이다.

"그러려면 운전자금이 필요한데, 만약 금융청에서 부실 채권으로 분류되기라도 하면 자금을 조달할 수 없게 되겠지요."

"아뇨, 그렇게 만들지 않겠습니다."

한자와는 유아사를 똑바로 보면서 선언했다.

"감사는 어떻게든 극복하겠습니다. 어딘가에 반드시 해결책이 있을 겁니다."

2

도마리의 주선으로 한자와가 하쿠스이은행 심사부의 반도 히로시를 만난 것은 6월의 마지막 토요일이었다.

감사 대책을 앞두고 평일에 은행에서 빠져나올 수 없는 한자와와 도마리를 위해 반도는 일부러 휴일에 시간을 내주었다. 더구나 약속한 오후 6시보다 먼저 와서 두 사람을 기다리고 있었다. 처음 만나는데도 어딘가 친근감을 느끼게 하는 사람이었다.

"모처럼 쉬시는데 죄송합니다."

같은 메가뱅크의 여신 부문에서 일하는 데다가 같은 연배의 은행원이라는 점도 있어서 대화의 분위기는 상당히 좋았다. 거

품 경제가 절정에 도달했던 시절, 당시 13곳이나 되었던 도시은
행에 취직한 은행원 중에 마흔이 넘도록 아직 출세 레일에 있는
사람은 그렇게 많지 않다. 그런 면에서 볼 때 반도도 아직 출세
코스에 남아 있는 은행원임이 틀림없었다.

은행에 들어온 사람은 모두 눈에 보이지 않는 레일 위를 달리
는 롤러코스터의 승객이다. 처음에 천천히 달리기 시작하지만
점점 길이 험해지면서 이윽고 급류 위를 건너거나 깎아지른 절
벽을 질주한다. 말 그대로 높은 산과 험한 바다를 건너야 하는 긴
여행인 것이다.

입행 4년차쯤에 나타나는 최초의 커브 길에서 탈락한 자들은
이듬해에 동기들보다 기본급을 적게 받고, 과장대리로 승진하는
레이스에서도 뒤처지게 된다.

출세하는 사람과 출세하지 못하는 사람이 이미 20대에 정해
지고, 마흔이 넘으면 롤러코스터의 여기저기에 빈자리가 보이는
것이 현실이다.

대량 채용 시대였던 거품 경제 시대에 입행한 행원들도 예외
는 아니다. 대량 채용인데다 은행의 합병으로 인해 윗자리는 더
욱 줄어들어서, 아직 롤러코스터의 난간을 움켜쥐고 있는 사람
은 얼마 되지 않는다. 그리고 롤러코스터의 탑승팀과 탈락팀 사
이에는 경제적으로나 심리적으로 메우기 힘든 틈이 벌어진다.

"실은 오늘 반도 씨를 만나자고 한 데는 조금 사정이 있어."

도마리가 그렇게 말을 꺼낸 것은 한동안 이야기꽃을 피운 다

음이었다.

맥주에서 고구마소주로 주종을 바꾼 뒤, 반도는 술기운으로 불그스레 달아오른 얼굴로 말했다.

"이세시마호텔 건인가?"

"어떻게 알았어?"

도마리가 눈을 크게 떴다.

반도는 웃으면서 검지로 한자와의 명함을 톡톡 두들겼다.

"도쿄중앙은행 영업 2부는 이세시마호텔을 새로 담당하게 된 부서잖아? 참고로 말하자면 이세시마호텔 내부에서는 악명이 자자하지. 우리만큼은 아니지만."

한자와는 무심코 웃음을 터트렸다.

"누가 그런 말을 했지요? 하네 전무 쪽 사람들인가요?"

"그건 상상에 맡기겠습니다. 그래도 나보다는 나은 편입니다. 그들은 나를 철천지원수처럼 여기거든요."

하쿠스이은행은 운용 손실을 지적하면서 예정했던 대출을 실행하지 않았다. 심각한 문제로까지 이어지지는 않았지만 그로 인해 이세시마호텔의 자금 사정이 나빠진 것은 분명한 사실이다.

"그런데 왜 담당이 법인부에서 영업 본부로 바뀌었지요?"

반도는 엘리트답게 핵심을 예리하게 찔렀다.

포스터의 출자 이야기가 진행되고 있다고는 말할 수 없어서 적당히 얼버무리기로 했다.

"한가한 곳으로 떠넘긴 거죠 뭐."

반도가 그 말을 진짜로 받아들였을 리가 만무하다.

"도쿄중앙은행 영업 2부의 메인은 자본 계열 기업이지요? 그런 관계일까요?"

감이 좋은 사람이다.

"이렇게 예리한 반도 씨에게 묻고 싶은데요, 부끄럽지만 우리 은행 법인부에서는 운용 손실을 간파하지 못했습니다. 반도 씨는 어떻게 그걸 간파했는지, 한 수 가르쳐주실 수 없을까요?"

반도로부터 대답이 돌아올 때까지는 잠시 시간이 걸렸다.

"내부 고발이 있었습니다."

그 대답을 듣고 한자와와 도마리는 무의식중에 얼굴을 마주보았다.

"내부 고발자가 하쿠스이은행에 직접 고발했습니까?"

한자와의 질문에 반도가 되물었다.

"이상한가요?"

도마리가 반도를 똑바로 쳐다보면서 말했다.

"주거래은행인 우리를 제쳐두고 그쪽에 고발을 했다는 게 믿어지지 않아서 말이야. 그리고 고발이라니, 어떤 고발이었지?"

"어떤 사람으로부터, 운용 실패로 거액의 적자가 나왔다는 정보를 들었지."

한자와가 물었다.

"그게 언제였습니까?"

"석 달쯤 전이었을 겁니다."

한자와와 도마리가 다시 얼굴을 마주보았다.

도쿄중앙은행이 이세시마호텔에 2백억 엔을 지원하기 전이다. 당시 이세시마호텔은 투자에 실패했단 사실을 보고하지 않았다.

도마리가 벌컥 화를 내며 말했다.

"젠장! 대출을 받고 싶어서 우리에겐 숨겼군. 아무리 그래도 주거래은행을 제쳐두고 제2의 주거래은행인 하쿠스이에게 고발한다는 건 말이 안 되잖아. 왜 우리가 아니라 그쪽에 고발했지?"

"도쿄중앙은행은 믿을 수 없다고 하던데."

반도는 그렇게 말하고 기묘한 미소를 지었다.

도마리가 발끈하며 투덜거렸다.

"정말 너무하는군. 우리를 그렇게까지 싫어하다니. 고발자가 누군지 알고 있나? 아니면 반도 씨와 친한 경리부 직원인가?"

반도는 어떻게 대답해야 좋을지 몰라서 잠시 생각한 후에 말했다.

"이제 와서 고발자가 누구인지 알아봐야 은행에는 아무런 의미도 없잖아?"

이번에는 한자와가 대답했다.

"그럴지도 모르죠. 다만 고발 내용이 무엇이었는지, 왜 우리 은행에는 알려주지 않았는지 알고 싶습니다. 지금 이세시마호텔과 우리 은행의 문제점이 그곳에 있는 것 같아서요."

"그렇군요."

반도는 잠시 술잔을 바라보고 나서 고개를 들었다.

"이세시마호텔의 자회사 중에 이세시마판매라는 유통회사가 있지요. 그곳에서 일하는 도고시라는 사람을 만나보면 도움이 될 겁니다."

"도고시? 이세시마호텔의 자회사 직원인가요?"

"그 운용 자금을 맡았다가 날려먹은 사람이죠. 하지만 진실이 어땠는지는 본인에게 직접 듣는 게 좋을 겁니다."

의아한 표정을 짓는 한자와를 의미심장한 눈길로 바라보며 반도는 고개를 끄덕였다.

3

이세시마판매는 신주쿠 역 남쪽 출구 근처의 주상복합 빌딩에 입주해 있었다.

접수처 직원은 방문 접수를 마친 한자와와 오노데라를 경리과가 있는 층의 접견실로 안내했다.

약속 시간은 오전 10시였다.

접견실에 들어간 지 얼마 지나지 않아 노크 소리가 들리더니, 안색이 칙칙하고 건강도 나빠 보이는 남자가 나타났다.

"기다리게 해서 죄송합니다. 경리부의 모리시타 과장입니다."

대머리를 숙이며 인사를 했을 때, 다시 노크 소리가 들리고 한 사람이 더 들어왔다. 이세시마호텔의 하라다였다.

"안녕하십니까. 어쩐 일로 두 분이 함께 오셨을까요?"

하라다는 비굴한 미소를 지은 채, 모리시타가 앉은 의자의 뒤를 돌아서 한자와 앞에 앉았다.

"저도 동석해도 되겠죠?"

"한창 바쁘실 텐데 이런 데까지 와주시다니. 수고가 많으십니다."

한자와가 비아냥거림을 담아서 말하자 하라다도 비아냥거림으로 대꾸했다.

"천만에요. 이쪽이야말로 일을 늘려주셔서 감사합니다."

그리고 퍼뜩 생각났다는 얼굴로 덧붙였다.

"참! 지난번에는 대출금을 갚지 못해서 죄송했습니다. 그리고 잊어버리기 전에 말씀드리자면 저희 관계사 직원과 접촉할 때는 이쪽에 말씀해주시는 게 예의가 아닐까요?"

눈에는 비열한 적개심이 담겨 있었다.

"그건 알고 있습니다. 그런데 이번에는 하라다 부장님 귀에 들어가게 하고 싶지 않아서요."

한자와는 이런 데까지 주제넘게 나서는 상대를 배려하지 않고 거침없이 말했다.

"자회사의 자료는 이미 드리지 않았습니까?"

하라다의 말투가 거칠어졌다.

"어떤 회사인지 봐두려고 온 것뿐입니다. 주요 자회사의 경영 내용을 확인하고 싶은데, 부장님이 오시면 곤란하잖습니까? 모리시타 과장님도 말하기 곤란할 테고요."

"제가 있으나 없으나 모리시타 과장이 말씀드릴 내용은 똑같을 겁니다. 안 그런가?"

모회사의 부장이 노려보자 모리시타는 기어들어가는 목소리로 대답했다.

"네……."

한자와는 모리시타에게 몇 가지 질문을 했다. 그리고 상대의 대답에 적당히 고개를 끄덕이면서 진짜 목적을 달성하기 위한 기회를 엿보았다.

이야기가 길어지자 하라다는 서서히 조바심을 내기 시작하더니, 한 시간쯤 지나자 갑자기 이야기를 중단시켰다.

"여기서 이렇게 이야기해봤자 괜히 시간만 걸릴 겁니다. 필요하다면 서류를 복사해드릴 테니까 은행에 가서 검토하는 게 어떠신가요?"

"좋습니다. 그러면 마지막으로 한 가지만 부탁드리죠. 조직도와 사원 명부를 보여주시겠습니까?"

그 즉시 하라다가 경계의 표정을 지었다.

"그런 게 왜 필요하지요?"

"조직의 현황을 파악해둘 필요가 있어서 그럽니다. 지금은 금융청 감사에서 부실 채권으로 분류되느냐 마느냐의 갈림길에 있기 때문에 정보가 많은 편이 좋겠지요. 협조해주시기 바랍니다."

의심의 시선을 거두지 않은 채 하라다는 잠시 생각하더니 이윽고 모리시타에게 명령했다.

"가서 가져와."

이세시마판매의 직원은 약 2백 명이었다. 명단은 이름 순서가 아니라 부서별로 되어 있어서, 찾는 사람을 발견할 때까지는 조금 시간이 걸렸다.

다행히 그 명단에 도고시라는 직원은 한 명밖에 없었다.

도고시 시게노리. 총무과장이다.

"개인정보보호 관계로 직원 명단은 복사해드릴 수 없습니다."

그렇게 말하는 하라다를 향해 한자와는 "괜찮습니다"라고 대꾸한 뒤, 이야기를 적당히 마무리하고 은행으로 돌아왔다. 오노데라가 즉시 도고시의 거래 자료를 출력해서 가져왔다.

"예금계좌는 몇 종류가 있는데, 잔고가 있는 건 보통예금뿐이고 나머지는 모두 제로입니다. 정기예금은 최근에 해약한 것 같습니다."

도쿄중앙은행은 믿을 수 없다…….

반도에게서 들은 이야기가 뇌리를 가로질렀다. 보통예금 하나만 남은 것은 월급 이체 계좌를 도쿄중앙은행에 개설하도록 회사에서 지정했기 때문이다.

"거래는 어느 지점인가?"

"신주쿠 지점입니다."

한자와는 책상 위의 수화기를 들고 신주쿠 지점에 전화를 걸었다.

4

은행 창구에 초로의 사내가 앉아 있었다. 짧게 자른 머리에는 군데군데 흰머리가 섞여 있었고, 위에는 파란색 와이셔츠를 입고 있었다. 예민하고 까칠해 보이는 남자였다.

"실례하겠습니다. 도고시 씨 되십니까?"

응대하던 행원의 뒤에서 말을 걸자 사내가 한자와를 올려다보았다. 시선에는 당신은 뭐냐는 의문이 담겨 있었다.

"잠시 시간을 내주실 수 있겠습니까?"

"보통예금 하나 해약하는 데 무슨 시간이 이렇게 오래 걸려?"

걸쭉한 목소리로 대답한 사내를 향해, 한자와는 들고 있던 명함집에서 명함을 꺼내 내밀었다.

"이세시마호텔 건입니다."

"바보 같은 소리! 이제 와서 무슨……."

도고시는 불쾌한 얼굴로 뿌리치듯 말했다.

"하쿠스이은행의 반도 씨에게 당신에 관해 들었습니다."

도고시의 탁한 눈이 가만히 허공을 응시했다. 그 눈에서는 될 대로 되라는 듯한 조바심 말고는 아무것도 보이지 않았다.

도고시에 관해서 한자와가 알고 있는 것은 예전에 이세시마호텔 경리부에 있었다는 것뿐이다. 15년 전에 보통예금을 개설했을 때의 연락처가 그렇게 되어 있었다. 지금 도고시는 15년에 이르는 거래에 마침표를 찍기 위해 여기에 왔다.

거래를 중단하는 데에는 그만한 이유가 있을 것이다.

"잠시만 시간을 내주십시오. 부탁합니다."

쳇. 도고시는 얼굴을 찡그리며 혀를 찼다. 그리고 사람을 평가하는 눈으로 한자와를 위아래로 훑어보았다.

한자와는 다시 고개를 숙였다.

"이렇게 부탁합니다."

"할 수 없군."

도고시가 허리를 드는 것을 보고 오노데라가 재빨리 접견실로 안내했다.

"빨리 끝내주게. 점심시간이 1시까지니까."

도고시는 그렇게 말하고 한자와 말을 기다렸다.

"이세시마호텔의 운용 실패 경위에 관해 말씀해주시겠습니까?"

도고시는 아무 말도 하지 않았다. 그리고 담배에 불을 붙이더니, 깊이 토해낸 연기 너머에서 눈을 가늘게 뜨고 한자와를 쳐다보았다.

"상처에 소금을 뿌리는 질문이군."

"그럴 수도 있겠죠. 하지만 꼭 듣고 싶습니다. 지금은 제가 이세시마호텔을 담당하고 있습니다."

도고시는 새삼스레 한자와의 명함을 쳐다보았다.

"영업 2부? 거기 담당자가 일부러 내 이야기를 들으러 온 건가?"

한자와는 도고시의 눈을 바라보며 뜨겁게 말했다.

"중요한 정보를 얻기 위해서라면 어디라도 갑니다. 하쿠스이은행에 하신 말씀을 저희에게도 해주실 수 없을까요?"

도고시는 입술 끝을 올리며 "흥!" 하고 코웃음을 쳤다. 그리고 어깨를 흔들며 담배를 절반쯤 피우더니 재떨이에 비벼 껐다.

"타임아웃이 된 일은 의미가 없네. 이제 다 끝났어."

한자와가 흠칫 숨을 들이마시며 얼굴을 들었다. 오노데라도 말문이 막힌 얼굴로 도고시를 쳐다보았다.

"손실이 나온 뒤에 떠들어봤자 의미가 없다는 뜻이야."

도고시는 새 담배에 불을 붙이더니 분노와 불신감이 뒤섞인 눈으로 한자와를 노려보았다.

"내가 총액 5백억 엔의 운용 자금을 맡은 건 작년 1월의 일이었지. 애초에 주식에 투자해서 돈을 벌려고 한 사람은 하네 전무였네. 본업이 부진한 틈을 이용해 재무부에서 승리의 깃발을 올리려고 잔머리를 쓴 거겠지. 어쩌면 증권회사 직원의 감언이설에 넘어갔을지도 모르고. 좌우지간 나는 투자 상황을 전무에게 보고하는 일을 맡았네. 미리 말해두지만 내가 증권회사에 주식 매매를 지시한 적은 한 번도 없었어. 그런 건 내 성격에 맞지 않으니까. 그러던 어느 날, 수십억 엔의 손실이 나오자 그걸 메우기 위해 신용 거래에 손을 대더군. 하네 전무의 지시였네. 하지만 결국 기대와는 반대로 120억 엔의 손실로 이어졌지."

"그런데 왜 도고시 씨가 책임을 지신 거죠?"

도고시는 한순간 한자와를 날카롭게 쏘아보더니 즉시 시선을 돌렸다.

"누군가는 책임을 져야 했지. 내가 자금 운용을 막아야 했다는 말은 틀리지 않으니까."

"실제로 자금을 움직인 사람이 하네 전무라도 말입니까?"

"그게 조직이네. 조직의 지시를 그대로 따른 이상, 내게도 잘못이 없다곤 할 수 없겠지."

도고시는 책임을 지고 계열사로 좌천되었지만 하네와 하라다는 월급 20퍼센트 삭감으로 끝났다. 객관적으로 보면 모든 책임을 도고시 한 사람에게 떠넘긴 것이나 마찬가지였다.

"그들에게는 내가 거북한 존재였을 거네. 하네의 파벌에 들어가지 않은 고지식한 사람이니까. 자네도 알겠지만 하네 전무는 내가 말린다고 해서 운용을 그만둘 사람이 아니야. 만약 그를 말릴 수 있는 곳이 있다면 주거래은행뿐이다……. 그렇게 생각한 내가 바보였지."

도고시는 토해내듯 말했다. 고지식하지만 나쁜 사람은 아닌 것이 분명하다.

다음 순간, 오노데라가 재빨리 한자와를 쳐다보았다. 그렇다. 도고시는 지금 도쿄중앙은행에 운용 손실을 알렸다고 말한 것이다. 그렇다면 그 말을 들은 상대는 당시 거래가 있었던 교바시 지점 사람임이 틀림없다.

한자와가 물었다.

"그런 말씀을 언제 하셨지요?"

"작년 12월에 교바시 지점의 고자토라는 담당자에게 말했지. 그자가 어떻게 처리했는지는 모르네. 어쨌든 그 이후 나는 운용 담당에서 제외되었고, 손실이 밖으로 드러나자 자회사로 좌천되었지."

무거운 침묵이 실내를 뒤덮으면서 시간을 새기는 탁상시계 소리만이 귀로 파고들었다. 초침소리가 열 번 넘게 들리는 동안, 한자와는 기백과 고집이 느껴지는 도고시의 얼굴에서 시선을 떼지 않았다.

어느 의미에서 그는 피해자다.

이세시마호텔이라는 조직에서, 아니 이유가 어떻든 도쿄중앙은행에서도 배신당한 피해자인 것이다.

"12월경에 손실은 1백억 엔이었네. 그 후에도 손실이 커졌는데 회사에서는 나를 담당에서 제외했을 뿐 은행에는 사실을 보고하지 않았지. 뿐만 아니라 운용하기 전의 유가증권 명세서를 제출했어. 왜 그렇게까지 했는지 아나?"

은행 대출을 받기 위해서는 적자로 만들 수 없기 때문이다.

"하지만 이건 사기가 아닌가요? 실제로는 적자로 추락했는데 그렇지 않은 척하면서 대출을 받다니! 이건 명백한 사기이자 악의입니다!"

오노데라가 분통을 터트리며 말했다.

오노데라의 말이 맞다. 하지만 사기와 악의를 은폐하는 일은 얼마든지 막을 수 있었다.

"누가 은폐하라고 지시했습니까?"

한자와가 물었다. 조직 전체가 한통속이 되어서 은폐했는지 알고 싶었다.

"하네일세. 사장님은 내가 운용 담당에서 제외되었을 때 알았을 테고. 그때까지 하네는 어떻게든 사장님의 콧대를 꺾기 위해 이를 악물고 발버둥쳤지. 어느 면에서 볼 때 이건 이세시마호텔의 구조적인 문제라고 볼 수 있네."

도고시는 이세시마호텔의 본질을 정확히 간파하고 있었다.

"이번 금융청 감사에서 이세시마호텔 문제가 초점이 될 것 같습니다."

한자와의 말이 끝나기도 전에 도고시의 얼굴에 긴장감이 감돌았다.

"예상은 어떤가?"

"유아사 사장님의 새로운 경영계획이 성공하고 있습니다. 하지만 그것만으론 거액의 손실을 메울 수 없습니다. 아무리 실적이 좋아졌다고 해도 그것만으론 부족하니까요. 운용 손실을 메울 만한 뭔가가 필요합니다."

"뭔가가 필요하다……."

기백 있는 경리맨이 한자와의 시선을 피하듯 고개를 돌렸다.

"난 이제 이세시마호텔 사람이 아니야. 그건 하네나 하라다에게 물어보게."

오노데라가 간절하게 말했다.

"그 두 사람에게는 이미 물었습니다. 좋은 아이디어가 없기 때문에 도고시 씨에게 묻고 있는 겁니다."

하지만…….

도고시는 결연한 얼굴로 허공의 한 점을 바라보았다.

"두 사람이 아이디어를 내놓지 않는 상황에서 내가 섣불리 말할 수는 없지."

도고시와의 대화는 그것으로 끝났다.

한자와와 오노데라는 도고시를 지점 밖까지 배웅했다. 사람들 사이로 그의 뒷모습이 사라지자 오노데라가 분통을 터트렸다.

"차장님, 교바시 지점에서는 이세시마호텔의 운용 손실을 이미 알고 있었습니다. 그런 사실을 은폐하고 법인부에 이관하다니, 어떻게 이토록 무서운 짓을 할 수 있죠?"

"어떻게 된 일인지 지금부터 차분히 들어보지 않겠나?"

한자와는 도고시가 사라진 곳에 시선을 고정한 채 덧붙였다.

"그 고자토라는 담당자에게 말이야."

5

"이보세요, 나도 바쁘니까 이제 그만 좀 하세요. 이야기를 또 듣고 싶다니. 법인부의 도키에다 조사역에게 들으면 되지 않습니까?"

전화기 너머에서 고자토가 숨도 쉬지 않고 떠들었다.

"이세시마호텔의 운용 손실 건 말입니다만, 아무래도 진행 경위에 석연치 않은 점이 있어서요."

"경위 같은 건 상관없잖습니까? 이제 와서 그걸 따져서 뭐 하려고요?"

고자토는 벌컥 화를 내며 소리쳤다.

"상관없지 않습니다. 가능하면 직접 만나 뵙고 말씀드리고 싶습니다."

"한자와 차장님, 몇 번이나 말했지만 당신의 전임자는 내가 아니라 도키에다 조사역입니다. 왜 나와 이야기하려고 하죠?"

"이세시마에 대해 고자토 과장대리님보다 더 잘 아는 사람은 없기 때문이지요."

수화기 너머에서 못마땅하다는 듯 혀 차는 소리가 들렸다.

"감사에 필요한 일이니까 협조해주시겠습니까?"

"언제 오실 건데요?"

"지금이요. 30분 후에 찾아뵙죠."

"헉! 뭐라고요?"

얼빠진 소리를 무시한 채 한자와는 수화기를 내려놓자마자 오노데라와 같이 본부 건물을 나섰다.

"정말 지긋지긋합니다. 이제 그만 좀 괴롭히십시오."

교바시 지점의 접견실에서 고자토는 귀찮다는 얼굴로 한자와를 흘겨보았다. 하지만 한자와가 "이세시마호텔의 경리과장이었던 도고시 씨를 아십니까?"라고 말한 순간, 눈에서 빛이 사라졌다.

"도고시 씨요? 그래요, 알아요. 그 사람은 왜요?"

고자토는 한자와가 어떻게 나올지 경계하면서 몸을 웅크렸다.

"조금 전에 만나고 왔습니다. 왜 손실이 났는지 이유를 알고 싶어서요."

대꾸는 돌아오지 않았다.

"무슨 말을 하고 싶은지 모르겠군요."

고자토는 얼굴을 돌리며 시치미를 뗐다.

한자와가 갑자기 말투를 바꾸고 단도직입적으로 말했다.

"당신, 알고 있었지?"

"지금 누구한테 반말이야? 그딴 식으로 말하면 내가 가만히 있을 것 같아?"

"도고시 씨가 당신에게 말했다고 하더군."

"난 못 들었어!"

고자토는 붉으락푸르락한 얼굴을 옆으로 휙 돌렸다.

"그런 건 좌천되어서 이세시마호텔을 원망하는 녀석의 헛소리라고! 하네 전무나 하라다 부장한테 물어봐!"

펄펄 뛰며 발뺌을 하는 고자토를 향해 한자와가 목소리를 낮추며 으름장을 놓았다.

"이봐, 고자토. 솔직하게 말할 기회는 지금밖에 없어. 나중에는 용서 안 해."

"흥! 본부 차장이 얼마나 높은지는 모르겠지만 옛 S 주제에 어디 와서 큰소리야? 이세시마호텔은 교바시 지점이 감당하기에 너무 크다는 황당한 이유를 붙여서 억지로 빼앗아갔잖아? 그렇다면 나한테 말도 안 되는 혐의를 뒤집어씌우기 전에 감사 대책이라도 세우는 편이 좋지 않나? 이건 다 당신을 위해서 하는 말이야."

고자토는 그 말을 남기고 황급히 자리에서 일어섰다.

6

"말씀은 잘 알겠습니다. 하지만 이건 보통 문제가 아니군요."

가이세는 그렇게 말하더니, 심각한 얼굴로 곤도가 내민 결산 자료를 보았다. 얼굴은 까무잡잡하지만 단정하게 생긴 남자다. 도마리로부터 들은 이야기에 따르면 외국 지점에 오래 근무했던 뱅커로, 지점장 자리에 앉아 있긴 하지만 실제로는 허수아비에 불과하다고 한다.

독설가인 도마리의 말인 만큼 절반만 믿는다고 해도, 촌스러운 구석이 한 군데도 없는 가이세는 우직하고 고지식한 곤도가 가장 상대하기 껄끄러운 사람이었다. 꼭 피가 통하지 않는 로봇을 상대하는 느낌이 들었다.

가이세의 옆에는 담당자인 고자토가 앉아서 평소처럼 오만상을 찌푸리며 손에 있는 서류를 들여다보았다.

이날 곤도가 다미야 사장과 같이 도쿄중앙은행 교바시 지점을 방문한 것은 오전 10시쯤이었다. 그로부터 한 시간에 걸쳐서 분식회계의 경위와 다미야전기의 현재 상태를 설명했다.

맨 먼저 펄펄 뛰며 항의한 사람은 고자토였다.

"이제 와서 그게 무슨 말입니까? 곤도 씨, 당신이 다미야전기로 파견 나간 게 언제죠? 회사 안에서 이런 부정이 이루어지고 있는데, 태연하게 대출을 신청하다니! 나로선 그런 정신 상태를 이해할 수 없군요!"

"지금으로선 변명할 말이 없으니까 지적을 받아들이겠습니다. 분식회계의 내용은 다음 결산에서 수정하고, 그때 본래의 내용으로 되돌리겠습니다. 앞으로는 이런 일이 없도록 최선을 다하겠으니 이 건에 관해서는 너그럽게 봐주실 수 없겠습니까?"

보고 있던 결산서를 탁자에 내려놓고 가이세는 말없이 소파에 몸을 기댔다. 지금 얼마나 곤혹스러운지는 눈꼬리에 새겨진 깊은 주름이 말해주었다.

"이건 본부에 보고해서 판단을 받는 수밖에 없겠군요."

가이세는 이윽고 그렇게 말했다. 어떻게 하겠다고 결정을 내리지 않는다. 한마디로 말해 도망치는 것이다.

"중요한 것은 앞으로입니다. 아직 적자가 계속되고 있나요?"

"이건 중기 사업계획서입니다."

곤도는 그렇게 말하고 탁자 위로 서류를 내밀었다. 어젯밤에 부과장 이상의 간부들과 같이 머리를 맞대고 회의한 끝에 완성한 계획서였다. 내용에는 자신이 있었다.

"당기에는 가까스로 적자를 면하고 차기부터 흑자인가요?"

사업계획서를 대강 훑어본 가이세는 믿기지 않는다는 말투로 물었다. 사업계획서는 지점장의 손에서 고자토의 손으로 넘어갔다. 그러자 고자토는 땅이 꺼져라 한숨을 내쉬며 이죽거렸다.

"항상 근거가 희박하군요. 미리 말해두지만 곤도 씨, 이건 다미야 사장님의 책임이 아니라 당신 책임입니다. 당신이 논리적으로 누구나 납득할 만한 사업계획서를 만들었다면 아무 문제가 없겠지요. 그런데 여기에는 비전도 없지 않습니까?"

'비전 같은 소리 하고 자빠졌네!'

곤도는 목구멍까지 나온 반론을 가까스로 집어삼켰다.

"마케팅 계획도 없고 매출과 비용 절감이 계획대로 실행된다는 근거도 없습니다. 있는 건 예상이라고밖에 표현할 길이 없는 숫자뿐이죠. 뭐 다미야 사장님께서 이 숫자를 실행하겠다고 하신다면 실현 가능성이 높겠지만요."

고자토는 평소처럼 다미야를 보면서 간살을 떨었다.

옆에서 듣고 있던 가이세가 갑자기 눈을 뜨고 말했다.

"한마디로 말하면 이런 거죠? 적자를 감추기 위해 지난 5년간 분식회계를 해왔다, 그런데 다미야 사장님이 열심히 노력하고 있기 때문에 앞으로 3년 안에 실적이 좋아진다, 그러니까 거래를 중단하지 말고 너그럽게 봐달라…….”

“지점장님께서 힘을 써주실 수 없겠습니까?”

곤도가 고개를 숙이자 가이세는 황급히 눈길을 피했다.

“지금 이렇다 저렇다 말하기보다 이 건은 일단 본부에 올리겠습니다. 이건 어디까지나 융자부 소관이니까요. 그 부서에서 뭐라고 할지는 잘 모르겠습니다. 최대한 원만하게 조치해달라고 부탁하는 수밖에 없겠군요.”

교바시 지점장과의 면담은 결론이 나지 않고 어정쩡한 상태에서 끝났다.

그날 저녁, 노다는 퇴근하는 곤도의 뒷모습을 보자마자 자리에서 일어나 창문 밑을 내려다보았다. 잠시 후, 1층 출입구에서 양복 윗도리를 입고 밖으로 나가는 곤도의 모습이 보였다. 그 모습이 시야에서 사라지기를 기다렸다가 자리로 돌아와 경리 프로그램을 불러냈다.

노다는 모니터에 자신이 원하는 자료를 불러내서 인쇄 버튼을 눌렀다. 프린트가 움직이기 시작하면서 그가 원하는 자료를 뱉어냈다.

다음에는 책상의 맨 위 서랍에서 새로운 열쇠를 꺼냈다.

이 열쇠를 만드느라 이만저만 고생한 게 아니다. 곤도는 스페어 키를 포함해 책상 열쇠를 직접 관리하고 있었기 때문이다.

“은행원 녀석들은 경계심이 너무 강해서 탈이라니까.”

다만 곤도의 행동에도 구멍이 있었다. 낮에는 책상 서랍을 잠그지 않고 맨 위 서랍에 열쇠를 넣어두었던 것이다.

오전에 곤도가 다미야와 같이 은행에 간 틈을 이용하여, 노다는 곤도의 책상에서 열쇠를 꺼내 스페어 키를 만들었다.

"염병할 은행원 녀석! 사람을 괜히 개고생시키고 말이야!"

노다는 욕설을 퍼부으며 곤도의 책상을 열더니 맨 아래 서랍에서 비밀장부를 꺼냈다. 노다가 관리했던 비밀장부는 곤도에게 빼앗긴 뒤, 곤도의 책상 서랍 안에서 곤히 잠들어 있었다.

작업은 간단했다. 노다는 원하는 페이지를 빼내고 새로 인쇄한 종이를 끼워 넣었다. 준비하는 데에는 시간이 제법 걸렸지만 자료를 바꾸는 작업은 순식간에 끝났다.

장부는 원래 장소에 돌려놓았다. 그리고 장부에서 빼낸 자료는 한쪽 구석에 있는 문서분쇄기에 집어넣었다.

노다는 문서가 갈기갈기 찢기는 소리를 듣고 가슴을 쓸어내린 뒤, 책상으로 돌아가서 전화를 걸었다.

"사장님, 지금 끝냈습니다."

"수고했습니다."

대화는 그것으로 끝났지만, 결국 회사를 구한 사람은 곤도가 아니라 사장과 자신이라는 생각에 가슴이 벅차올랐다.

컴퓨터를 끄고 재빨리 책상 위를 정리했다. 노다가 회사를 나온 것은 곤도가 퇴근하고 불과 15분 후의 일이었다.

"까불지 마. 넌 뛰어봐야 부처님 손바닥 안이야."

밖으로 나오자 6월의 끈적한 습기가 순식간에 노다를 휘감았다. 노다는 넥타이를 느슨하게 한 뒤, 종종걸음으로 지하철역 계단으로 내려갔다.

7

"다미야전기의 분식회계 건, 교바시 지점에서 융자부로 보고서가 올라왔어. 상당히 악질이더군. 거의 사기에 가까워. 지금까지 대출해준 돈을 전부 갚으라고 말하고 싶을 정도야."

도마리가 어이없는 표정을 지었다.

한자와를 비롯해 도마리와 곤도가 모인 것은 토요일 낮이었다. 장소는 도마리의 단골집인 신주쿠의 메밀국수 가게였다. 이 가게에는 메밀국수만이 아니라 튀김이나 어묵도 있어서, 세 사람은 그것을 안주 삼아 대낮부터 술을 마시고 있었다.

"번거롭게 해서 미안해. 예상은 어때?"

곤도가 차분한 얼굴로 물었다.

"파견자를 받아주고 있으니까 그걸 감안해야 한다는 의견이 많아. 나도 거기에 한 표 던졌고. 네가 파견 나가지 않았으면 이렇게 괘씸한 회사와는 당장 거래를 끊으라고 말하고 싶지만 말이야. 그런데 한편으론 강경파도 있어. 가장 강경한 사람은 교바시 지점장이야. 거래 중지도 불사하겠다고 부정적인 의견을 내놓았더군."

가이세의 엘리트인 척하는 냉철한 표정을 떠올리면서 한자와는 젓가락을 멈추었다.

"정말이야? 그 자식……."

도마리가 대수롭지 않은 듯이 말했다.

"원래 그런 녀석이야. 도키에다와 방문했을 때도 은근슬쩍 비아냥거렸다고 했잖아? 현장이 거래 중지라도 좋다고 하니까 중지하자는 의견도 있었지. 한참을 옥신각신한 끝에 결국 거래를 계속하기로 했는데……."

곤도가 안도의 한숨을 토해냈다.

"무슨 일이 있었어?"

도마리의 말투에서 미묘한 느낌을 받고 한자와가 물었다.

"위쪽에서 그냥 봐주라는 얘기가 미리 있었던 것 같아."

"위쪽?"

한자와가 곤도를 쳐다보며 물었다.

"누구에게 부탁했어?"

곤도가 고개를 옆으로 흔들었다.

"아니. 내가 그런 인맥이 어디 있어?"

"정치적으로 결판이 난 게 조금 이해가 안 되지만 어쨌든 다미야전기 건은 그걸로 해결됐어. 단, 다미야전기에서 신청한 3천만 엔을 대출해줄지 말지는 다른 문제야. 그쪽은 다시 처음으로 돌아가겠지. 그건 둘째 치고 문제는 이세시마야."

도마리가 한자와를 슬쩍 쳐다보았다.

"한자와, 교바시 지점에서 한 방 얻어맞고 잘도 털레털레 돌아왔더군."

"그 자리에서 말싸움을 한다고 해결될 문제는 아니니까."

도마리가 한자와를 거칠게 몰아붙였다.

"그럼 어떻게 할 거야? 예전 경리과장의 조언을 무시했을 뿐만 아니라 손실을 은폐했어. 사실이라면 할복이라도 해야지. 고자토라는 녀석을 추궁해서 그렇게 만들어!"

"그렇게 순순히 자백할 녀석이 아니잖아? 옛날 파벌의식으로 똘똘 뭉친 녀석이야. 뒤틀린 자존심도 장난이 아니고. 녀석은 잡아뗄 수 있을 때까지 잡아뗄 거야. 어쨌든 증거가 없으니까."

"빌어먹을! 알면서도 손을 쓸 수 없다는 거군. 그 녀석 때문에 도키에다는 눈물을 흘리며 운용 손실을 발견하지 못했다는 오명을 뒤집어써야 하는 거야?"

한자와는 희석한 메밀소주를 한 모금 마시며 강하게 말했다.

"그렇게 만들지 않겠어! 증거가 없으면 찾아내면 돼!"

"좋은 생각이라도 있어?"

"고자토가 혼자 움직이진 않았을 거야. 오만한 얼굴로 큰소리치고 있지만 녀석은 어차피 피라미야. 이번 운용 손실 은폐에는 아직 내가 모르는 뭔가가 있어. 그걸 조사하겠어!"

"좋아! 철저하게 파헤칠 생각이군."

도마리의 말투에 기대감이 넘쳤다.

"금융청 감사와 관계없이 부정을 찾아내는 것도 담당자가 할 일이니까."

도마리가 너만 믿는다는 눈길로 힘주어 말했다.

"한자와, 네 말이 맞아. 네가 납득할 때까지 철저하게 파헤쳐. 잠자코 있으면 언젠가 불똥이 날아올지도 몰라. 치우려면 지금 치워야 돼."

8

시간이 이른 탓인지, 니시신주쿠의 그 가게에는 아직 손님이 많지 않았다.

4인용 테이블 자리는 옆자리와 유리로 구분된 반(半) 개인실로, 천장에서는 고풍스러운 조명등이 밝은 빛을 뿌리고 있었다.

지금 그곳의 한쪽 테이블에 커다란 맥주잔을 앞에 두고 한 사내가 앉아 있었다. 짧은 머리에는 군데군데 흰머리가 섞여 있었고, 예리한 눈에는 타협을 허용하지 않는 엄격함이 자리하고 있었다.

"일행분 오셨어요."

종업원이 그렇게 말하고 새로 등장한 사람의 그림자가 보여도 사내는 미동조차 하지 않았다.

"도고시 씨, 이게 얼마 만인가요? 그동안 통 연락을 못 했군요.

늦어서 미안합니다."

고자토는 친밀하게 말하더니 거리낌 없이 사내 앞에 앉아서 종업원에게 "나도 맥주 줘"라고 말했다. 그리고 종업원이 물러가자 가볍게 한숨을 쉬며, 왜 성가시게 사람을 오라 가라 하냐는 듯이 말했다.

"내가 요즘 얼마나 바쁜지 아시나요? 금융청 감사 때문에 일이 많거든요. 이런 때 갑자기 불러내시면 곤란하죠."

도고시는 태연하게 말했다.

"미안하군. 듣자 하니 이세시마호텔이 이번 감사 대상이라고 하더군."

테이블에 놓여 있던 물수건으로 얼굴을 닦던 고자토의 손길이 멈추었다. 물수건을 천천히 접어서 테이블에 놓았을 때, 그의 얼굴에는 간교한 표정이 배어 있었다.

"잘 아시는군요. 덕분에 그렇게 됐답니다."

"뭐가 덕분에지?"

도고시가 차갑게 말해도 고자토는 표정 하나 바꾸지 않았다.

"에이, 이제 와서 왜 그러세요? 도고시 씨도 이미 본채에서 별채로 나갔잖습니까?"

도고시의 시선이 날카로워졌다. 고자토는 아랑곳하지 않고 종업원이 가져온 맥주를 살짝 들어 올리며 "건배"라고 말했다. 목젖을 올리며 3분의 1 정도를 마시더니 입에 묻은 거품을 손등으로 닦았다. 다시 도고시를 바라보는 눈에는 어딘지 모르게 빈정거림 같은 것이 배어 있었다.

"새로운 곳에서 지내기는 어떠십니까? 이세시마호텔에서 맨날 이리 치이고 저리 치이는 것보다는 마음이 편해서 좋지 않나요?"

"지금 진심으로 말하는 건가?"

도고시는 짤막하게 말하고 맥주를 들이켰다.

"적어도 하네 전무나 하라다 부장 밑에서 일하고 싶지는 않을 거잖습니까?"

"그자들 주위에선 썩은 냄새가 풀풀 나지. 골치 아픈 직원 하나를 처리해봐야 회사는 좋아지지 않아."

"하지만 덕분에 대출은 받았지 않습니까?"

"돈을 빌리면 그걸로 장땡인가?"

도고시의 목소리가 커지자 고자토가 재빨리 달랬다.

"진정하십시오. 이제 와서 그런 말을 해봐야 버스 떠난 다음에 손 흔들기죠 뭐. 애초에 유아사 사장님의 경영 전략에 문제가 있으니까 이렇게 된 거 아닌가요?"

"당신은 아무것도 몰라. 그러니 그렇게 말하지."

"글쎄요. 아무것도 모르는 사람은 과연 누구일까요? 주제넘게 참견해봐야 좋은 일은 별로 없지 않을까요?"

고자토가 비웃음이 잔뜩 담긴 미소를 지었다.

"지금 나를 비꼬는 건가?"

도고시의 안색이 변하자 고자토는 눈을 크게 뜨며 놀란 표정을 지었다.

"에이, 설마요! 하쿠스이은행을 말하는 겁니다. 제가 왜 도고시 씨를 비꼬겠어요?"

"이세시마의 운용 손실에 관해서는 당신에게도 말했잖나?"

도고시가 송곳처럼 날카로운 눈길로 고자토를 쏘아보자 그때까지 고자토의 입가에 맴돌던 미소가 사라졌다.

대답은 돌아오지 않았다.

"왜 그냥 내버려뒀지? 눈을 감은 건 누구 의견이야? 당신인가? 아니면 은행인가?"

"어차피 마찬가지지요 뭐."

고자토는 겨우 입을 열고 부루퉁한 얼굴로 말했다.

"상사에게 보고했겠지?"

"당연하죠."

"누구에게 보고했지?"

"그건…… 지점의 위쪽입니다."

고자토는 모호하게 얼버무렸다.

"가이세 지점장은 알고 있었나?"

"보고는 했습니다."

"지점장은 왜 손을 쓰지 않았지?"

"왜라니……."

고자토는 진절머리가 난다는 표정을 지으며 머리 위의 전등을 올려다보았다.

"화장실도 갈 수 없을 만큼 바쁠 때 왜 불러내나 했더니 또 그 얘기입니까? 도고시 씨, 이미 끝난 일을 왜 또 들먹이고 난리입니까!"

"담당이 교바시 지점에서 본부로 넘어갔다면서? 당신이 그토록 치를 떠는 옛 S로 말이야. 그때 손실 건은 덮어둔 채 말을 안 했다고 하더군."

"그건 도고시 씨하고 관계가 없잖습니까?"

고자토는 적반하장으로 입에 거품을 물고 소리쳤다.

"손실이 나올 것을 뻔히 알면서 보고하지 않은 건 은행원으로서 문제가 있지 않나?"

"그것도 그쪽과 관계가 없지 않나요? 결국 양쪽 모두 사실을 알게 됐으니까요. 더구나 이세시마호텔도 대출을 받아서 다행이었잖습니까? 계속 교바시 지점에서 담당했다면 분명히 대출도 불가능⋯⋯."

그때 고자토가 흠칫 놀라며 입을 다물었다. 아무도 없다고 생각했던 옆자리에서 헛기침 소리가 들렸기 때문이다.

"은행원 중에 이렇게 얼빠진 놈이 있을 줄이야!"

다음 순간, 고자토의 얼굴에서 핏기가 사라졌다.

"옆에 누가 있는지도 모르는데 큰 소리로 내부 정보를 말하다니. 정신상태가 의심스럽군."

삐삐 말라서 뺨이 움푹 들어간 고자토의 얼굴이 그대로 얼어붙었다.

"손실을 알면서 보고하지 않다니! 그러면 곤란하지 않나, 고자토 과장대리!"

한 남자가 야유하듯 말하더니 호탕하게 웃음을 터트렸다. 그러자 다른 남자가 그 말에 장단을 맞추었다.

"이거 죄송해서 어쩌죠? 제 머리가 텅 비어서 그런 것까진 생각도 못 했네요. 도고시 씨가 이세시마호텔의 분식회계에 대해 말해줬는데도 가만히 있었어요. 전 바보예요. 죽어도 싸요!"

옆자리에서 "아하하하!" 하고 두 남자가 웃음을 터트리자 고자토의 얼굴이 새파랗게 변했다.

도고시가 차가운 눈길로 쳐다보는 가운데, 옆자리에서 사람이 움직이는 기척이 들렸다.

옆자리와 구분해놓은 유리에 얼굴 두 개가 나타나서 도고시와 고자토의 테이블을 쳐다보았다. 한자와와 곤도였다.

"앗……!"

고자토가 입을 벌린 채 시멘트 반죽처럼 그대로 굳었다.

이윽고 콘크리트 바닥에 널부러진 깨진 유리 파편처럼 표정이 흐트러지고, 공포와 낭패스러움으로 눈동자가 얼어붙었다.

한자와와 곤도는 옆자리에서 나와서 고자토가 있는 쪽으로 천천히 들어왔다.

"이봐요, 여기 생맥주 두 잔이요!"

곤도가 소리치자 멀리서 "네에!"라는 대답이 들려왔다.

고자토가 사시나무 떨듯 온몸을 바들바들 떨기 시작했다. 한자와가 차가운 눈길로 그 모습을 바라보면서 입을 열었다.

"고자토 과장대리님, 지금 놀라운 말을 하시더군요."

"그게 아니라…… 지금 그 말은 말이죠."

"이런 상황에 이르러서까지 어설픈 변명을 하려고 하다니! 보기 흉하니까 입 닥쳐!"

그렇게 호통을 친 사람은 곤도였다. 곤도는 고자토의 옆에 털썩 주저앉아 종업원이 가져온 맥주를 들고 "건배"라고 말했다.

그에 대응해 술잔을 부딪친 사람은 한자와와 도고시뿐이었다.

한자와가 말을 꺼냈다.

"그럼 어디 말해보실까?"

"마, 말해보라니…… 뭐, 뭘 말하라는 거야?"

고자토는 최대한 허세를 부렸다.

"운용 손실 건을 왜 보고하지 않았지?"

"몰라. 난 보고했어."

"요전에는 모른다고 했잖아?"

한자와가 다그치자 고자토는 우물쭈물했다.

"그건 거짓말이었어?"

대답은 돌아오지 않았다.

"대답해! 어떻게 된 거야?"

조용한 술집 안에서 감정을 최대한 억제한 한자와의 목소리가 낮게 울려 퍼졌다.

어깨를 늘어뜨린 고자토의 입에서 이런 말이 새어 나왔다.

"미안해. 어쩔 수 없었어. 당신도 내 처지가 되면 인정할 수 없었을 거야."

"이세시마호텔의 운용 손실을 눈감아주라고 지시한 사람이 누구지?"

한자와가 위협하듯 말했다. 목소리는 조용했지만 뜨거운 분노가 담겨 있었다.

"지, 지점장이야."

"가이세인가?"

고자토의 얼굴이 일그러졌다.

"아마 이세시마호텔로부터 부탁을 받았을 거야."

그러자 곤도가 옆에서 끼어들었다.

"거짓말하지 마! 법인부를 물 먹일 작정이었겠지."

고자토가 황급히 몸 앞에서 두 손을 흔들며 반박했다.

"난 아니야! 난 도고시 씨가 털어놓은 사실을 그대로 보고했어. 정말이야!"

한자와가 고자토를 뚫어지게 노려보았다.

"가이세의 독단인가?"

고자토는 잠시 생각에 잠겼다가 "그건 잘 모르겠어"라고 대답했다.

한자와가 상황을 지켜보던 도고시에게 물었다.

"가이세가 이세시마호텔에 운용 손실에 대해서 사실이냐고 물어본 적이 있습니까?"

"적어도 나는 못 들었네. 그리고 위쪽에서 그런 이야기가 있었대도 내 귀에까지 들어오지는 않았겠지."

"어, 어쩔 생각이야?"

고자토의 눈동자가 허공에서 이리저리 방황했다. 허세의 껍데기가 벗겨지고 사람들의 예리한 눈길을 받는 사이에 연약한 속마음이 새어 나온 것이다.

"제발 부탁해. 이 건은 이 정도에서 넘어가주지 않겠나? 내게도 처지라는 게 있잖아?"

"당신 처지 같은 건 알 바 아니야."

한자와가 그렇게 말하자 고자토는 절망적인 표정을 지었다.

"지금 가이세 탓으로 돌리고 있지만 애초에 도고시 씨의 정보를 뭉개버린 장본인은 당신이잖아?"

"아, 아니야!"

고자토는 황급히 부정하며 간절하게 한자와를 쳐다보았다.

"그렇다면 증거를 보여줘."

"증거?"

"당신이 상사에게 보고했다는 증거 말이야. 설마 구두로 보고한 건 아니겠지?"

"그, 그건……."

고자토는 말문이 막혔는지 뒷말을 잇지 못했다.

"보고한 서류는 어떻게 했지?"

물론 법인부의 도키에다가 받은 자료 안에는 그런 보고서가 들어 있지 않았다.

"이번 금융청 감사 때문에 소개한 자료 안에 있을 거야."

"소개 자료는 어디에 있는데?"

고자토의 얼굴이 일그러졌다.

"가이세 지점장 자택에 있어."

곤도가 한숨을 쉬며 천장을 올려다보았다.

한자와가 차갑게 말했다.

"가져와."

경악하는 표정이 고자토의 얼굴을 가로질렀다.

"말도 안 돼! 그걸 어떻게 가져와?"

한자와는 본성이 썩어빠진 고자토를 노려보며 선언하듯이 말했다.

"잔소리하지 말고 가져와! 이유는 어떻게라도 붙일 수 있잖아!"

고자토는 미간에 주름을 잡으며 입술을 깨물었다.

"그걸 가져오지 않으면 당신이 중요한 정보를 뭉개버렸다고 보고하겠어. 그때 가이세가 당신을 감싸줄까? 그런 보고서 같은 건 흔적도 없이 처리해버리겠지. 그 전에 당신이 가져와. 그것 말고 당신이 우리 은행에서 살아남을 길은 없어."

"보고서를 찾아오면 나를 지켜줄 거야?"

한자와는 차가운 눈길로 고자토를 쏘아보았다.

"내가 왜 당신 같은 사람을 지켜줘야 하는데? 보고서를 가져오면 처분이 조금 나아지는 것뿐이야."

"만약 가져오지 않으면……?"

"퇴직금을 한푼도 주지 않고 은행에서 쫓아내겠어. 징계 해고
로 말이야."

공포로 인해 고자토의 눈이 크게 벌어졌다.

"아, 알았어."

고자토는 어깨를 축 늘어뜨리며 작은 목소리로 대답했다.

한자와가 고참 과장대리를 쳐다보며 화제를 바꾸었다.

"그리고 다미야전기의 대출 품의서를 자꾸 뒤로 미루고 있다
면서? 왜지?"

고자토는 당황함과 초조함이 뒤섞인 눈으로 조심스럽게 곤도
를 쳐다보았다.

"일부러 뒤로 미루는 건 아니고……. 필요한 자료가 갖추어지
지 않아서……."

한자와가 고자토의 말을 끊고 강압적으로 말했다.

"써!"

고자토가 흠칫 놀라며 얼굴을 들었다.

"지금 품의서를 써서 내일 아침에 융자부에 제출해. 당신 같은
사람은 여신을 판단할 자격이 없어. 계속 말도 안 되는 이유로 지
연시키면, 철저하게 때려눕혀주겠어!"

고자토는 공포에 질린 얼굴로 깜빡이는 것도 잊은 채 눈을 크
게 떴다.

"아, 알았어······."

"나 참, 자네에게는 두 손 두 발 다 들었네."

힘없이 밖으로 나가는 고자토의 뒷모습을 보고 나서 도고시가
말했다.

"하지만 마음에 들었어."

"고맙습니다."

한자와는 고개를 숙이고 나서 덧붙였다.

"하지만 이세시마호텔과 과거에 있었던 불미스러운 일을 밝혀
냈다고 해서 감사를 극복할 수는 없습니다. 그것과 이것은 별개
니까요."

"문제는 손실을 어떻게 메우느냐는 거군."

도고시는 그렇게 말하고 벽의 한 곳에 시선을 고정했다.

"하지만 한자와 차장. 내가 그걸 말한다고 해서 하네와 하라다
가 들을 것 같나?"

"짐작되는 자산이 있습니까?"

도고시는 잠시 생각에 잠겼다가 입을 열었다.

"본업과 상관없는 잉여자산 중에 운용 손실을 메울 만한 자산
을 말하는 거라면 없지는 않네."

한자와는 마음에 걸려서 물어보았다.

"하네와 하라다가 모르는 자산인가요?"

"아니, 알기는 알지만 조심스러워서 말을 못할 거야."

"조심스러워서요?"

"선대와 관계가 있으니까. 이세시마호텔의 성역이거든. 과연 유아사 사장님이 그걸 무너뜨릴 수 있을까? 문제는 그거네."

도고시는 스스로에게 묻듯이 중얼거리더니, 눈을 빛내며 생각에 잠겼다.

9

그날 한자와가 이세시마호텔을 방문한다는 것을 하네와 하라다에게는 말하지 않았다.

"당신은……."

한자와와 같이 온 도고시를 보자마자 유아사는 즉시 설명을 구하는 눈길로 한자와를 쳐다보았다. 표정은 딱딱하게 굳어 있었다. 유아사의 머릿속에 도고시는 운용 실패의 책임자라고 입력되어 있었기 때문이다.

"하네 전무로부터 무슨 말씀을 들으셨는지 모르겠지만 저희에게 꼭 필요한 분입니다. 이세시마호텔을 재건하는데 도고시 씨의 의견은 빼놓을 수 없습니다."

"관계사 리스트가 있나?"

도고시가 그렇게 말하자 한자와는 준비해온 회사 이름과 자산 내용이 적힌 일람표를 보여주었다.

말없이 일람표를 살펴보는 도고시의 표정은 진지하기 이를 데 없었다. 이윽고 낡은 양복 안주머니에서 볼펜을 꺼내 한 회사씩 체크해나갔다. 리스트에 있는 회사는 전부 150여 개에 가깝다. 오랫동안 그 회사들을 관리해온 도고시의 머릿속에는 각 회사의 실적과 자산 내용이 들어 있음이 틀림없다.

그의 손이 한 회사에서 멈추었다.

유아사실업주식회사―유아사 집안의 자산관리회사다. 도고시가 천천히 얼굴을 들었다.

"그림이 있을 거네. 땅도 있고."

"그림과 땅이요?"

한자와는 그렇게 말한 뒤, 복잡한 표정으로 지켜보던 유아사에게 시선을 돌렸다.

"어떻게 된 거죠?"

유아사는 복잡한 표정을 지으며 변명하듯 말했다.

"회장님 취미가 그림입니다. 회삿돈을 이용해 전 세계에서 그림을 사들였지요. 회장님에게 그림은 삶의 보람이나 마찬가지입니다. 그걸 누구보다 잘 아는 만큼, 그림을 팔자는 말은 차마 입이 떨어지지 않더군요. 회장님의 마지막 꿈을 깨뜨리는 것이니까 말이죠."

"마지막 꿈이요?"

"미술관입니다. 이세시마미술관을 만드는 것. 그게 회장님의 꿈이거든요. 땅도 이미 확보해두었습니다. 당신이 알고 있는 것처럼······."

유아사는 마지막 부분을 말하면서 도고시를 쳐다보았다. 도고시는 표정도 바꾸지 않고 사무적으로 대답했다.

"이 회사는 백 퍼센트 이세시마호텔에서 출자했습니다. 고갱, 고흐, 마네, 모네, 르누아르 등 인상파 화가들의 명화를 가지고 있지요. 그림의 매각 대금을 회사에 넣으면 특별 이익이 올라갑니다. 아마 1백억 엔 정도는 손실을 메울 수 있을 겁니다."

"아주 간단히 말하는군요."

화를 낼 줄 알았는데, 유아사는 뜻밖에 어이없는 웃음을 터트렸다.

도고시가 간절하게 말했다.

"사장님, 지금이 기회입니다. 실적은 나쁜 것보다는 당연히 좋은 것이 좋겠지요. 하지만 이 일은 실적이 나쁠 때가 아니면 할 수 없습니다. 잘못된 악습을 끊어내고 사장님의 진짜 색깔을 만들어나갈 수 있는 기회는 지금밖에 없습니다."

유아사는 팔짱을 낀 채 심각한 표정을 짓더니, 이내 혼잣말처럼 중얼거렸다.

"그동안 무의식중에 저도 악습에 물들어 있었는지 모르겠군요. 지금 그걸 깨달았습니다. 한자와 차장님, 아버지를 설득해서 그림을 매각할 절차에 들어가지요. 그러면 되겠습니까?"

"이렇게 대단한 그림이 금방 팔릴까요?"

한자와의 질문에 유아사는 즉시 대답했다.

"아마 금방 팔릴 겁니다. 국내외 미술관이나 수집가로부터 양도해달라는 이야기가 셀 수도 없었으니까요. 마음만 먹으면 연내에 매각하는 건 문제가 없습니다."

어둠 속에 갇혀 있던 이세시마호텔의 감사 대책에 겨우 한 줄기 빛이 비추었다.

10

고자토는 미타카 역에서 멀지 않은 호화주택의 현관 앞에서 송구스러운 얼굴로 서 있었다. 집 안에서 나온 사람은 가이세의 아내로, 가이세는 지금 거래처를 접대하느라 집에 없었다.

한자와가 보고서를 찾아오라고 해서 어쩔 수 없이 오긴 왔지만, 거짓말이 들키지 않을까 해서 고자토의 등줄기에서는 식은 땀이 줄줄 흘러내렸다.

"필요한 서류가 소개 자료에 들어간 것 같습니다. 죄송하지만 댁으로 가지러 가도 될까요?"

그렇게 말했을 때 가이세는 경멸에 가까운 눈으로 고자토를 쳐다보았다.

'이 얼빠진 녀석!'

가이세의 입에서는 당장이라도 그런 욕설이 튀어나올 것만 같았다.

가이세는 부하직원의 실수를 용납하지 않는 사람이었다. 자신의 평가로 이어지는 실수에는 더욱 그러했다. 그래도 다행히 더는 화를 내지 않고, 그 자리에서 아내에게 전화를 걸어 직원이 갈 테니까 서류가 있는 방으로 안내해주라고 말했다.

"수고가 많으시네요. 들어오세요."

외국에서 오래 살았던 탓인지, 저택 안은 세련된 서양식 가구로 장식되어 있었다. 지바에 있는 고자토의 낡은 집이나 낡은 가구와는 비교를 할 수 없었다. 원래 집안도 좋다고 들었는데, 그래서 그런지 한적한 주택가 안에서도 유난히 눈에 띄는 호화주택이었다. 심지어는 아내마저도 입을 다물 수 없을 정도의 미인이었다.

가이세의 아내가 안내해준 곳은 1층의 맨 안쪽 방이었다. 가이세의 서재 같은 그곳에는 골판지 상자가 열 개쯤 쌓여 있었다. 화려한 저택에 지저분한 골판지 상자는 어울리지 않았지만, 누구에게도 눈에 띄면 안 되는 서류가 들어 있는 만큼 창고에 방치할 수는 없었을 것이다.

"실례하겠습니다."

고자토는 그렇게 말하고 가까운 상자부터 열기 시작했다.

이 상자 중 어딘가에 그 보고서가 들어 있을 텐데, 어디에 있는지는 알 수 없었다. 눈 깜짝할 사이에 30분이 지났다. 에어컨이 켜져 있음에도 고자토의 이마에는 커다란 땀방울이 맺히기 시작했다.

도중에 가이세의 아내가 내준 시원한 보리차를 마시고 다시 찾기 시작했다.

한 시간쯤 지나서 상자를 다섯 개쯤 열었을 때 '이세시마호텔'이라고 쓰인 파일을 발견했다. 업무에 필요한 파일은 이미 영업 2부로 이관했으므로, 여기에 있는 것은 남은 자료들이다.

"젠장! 어디에 있는 거야?"

시간은 이미 저녁 9시가 지났다. 아직 이른 시간이긴 하지만 행여 가이세가 돌아올까 봐 입 안의 침이 바싹바싹 말랐다.

서류를 한 장씩 넘기던 고자토가 겨우 자신의 도장이 찍힌 보고서를 발견한 것은 다시 30분쯤 지난 무렵이었다.

"찾았다……."

그는 온몸의 힘이 빠져서 그 자리에 털썩 주저앉았다. 에어컨에서 냉기가 흘러나오는 조용한 소리가 들렸다. 집안 환경을 비롯해 하나부터 열까지 전부 다른 가이세의 서재에 앉아 있자 공연히 화가 치밀었다. 그는 평범한 월급쟁이 아버지 밑에서 삼형제 중 둘째로 태어났다. 부모로부터 물려받을 재산도 없고, 30년 대출로 겨우 장만한 아파트도 거품이 꺼지면서 반값으로 떨어졌다. 자신의 인생은 가이세 같은 사람들의 발판이 되는 듯한 비참한 기분이 들었다.

"염병할."

자신도 모르게 입에서 욕설이 튀어나왔다. 그는 찾아낸 보고서를 서류가방에 넣은 뒤 골판지 상자를 원래대로 쌓아놓았다.

이제 볼일은 끝났다. 그는 가이세의 아내에게 고맙다고 인사하고 재빨리 밖으로 나왔다. 장마철이라서 그런지 하늘에는 별이 보이지 않고 유난히 어두컴컴했다. 공복과 피로를 느끼며 역까지 걸어간 뒤, 마침 도착한 주오 선의 쾌속 전철에 올라탔다. 냉방이 잘 된 열차 안의 빈자리에 앉아서, 뒷머리를 창문에 붙이고 안도의 숨을 내쉬었다.

어쨌든 한자와가 시키는 일을 해냈다. 이것을 한자와에게 넘겨주면 나머지는 자신에게 불똥이 튀지 않도록 기도하는 수밖에 없다.

그나저나 이 서류가 밖으로 드러났을 때, 얼마나 큰 소동이 벌어질 것인가.

상상하려고 하다가 한숨과 함께 생각을 멈추었다. 생각하기조차 무서웠기 때문이다. 한자와가 보통 사람이 아니라는 소문은 이미 들었지만, 바야흐로 자신의 온몸으로 깨달았다.

하지만 행내의 지위와 인맥으로 보면 가이세도 한자와에게 뒤지지 않을 것이다.

어쨌든 이제 그가 할 수 있는 일은 조만간 시작될 공방전을 숨죽이고 지켜보는 것뿐이다.

11

이세시마호텔 운용 손실 발생 건

교바시 지점 융자 1부 고자토 노리오

금일 오후, 이세시마호텔의 도고시 경리과장이 지점으로 찾아와 동 회사 경리부에서 진행한 주식 투자에서 거액의 손실이 발생했다고 보고했다.

동 회사의 하네 전무와 하라다 부장의 지시로 주식 종목을 특정해 운용했는데, 자금 규모는 5백억 엔에 이른다고 한다. 그런데 투자 종목의 주가가 하락하면서 신용 거래에까지 손을 대는 바람에 이미 1백억 엔이 넘는 손실이 발생했으며, 이대로 있으면 수십억 엔의 손실이 더 생길 가능성이 있다고 한다.

이번 자금 운용은 유아사 사장의 동의를 받기는 했지만, 투자 금액은 당초의 예상을 크게 뛰어넘어 계속 증가하고 있다.

주식 투자는 하네 전무가 몸담았던 재무부에서 관리하면서 투자 종목을 변경하기도 했지만 이미 신용 거래의 추가 증거금이 발생했고, 주식 시세를 감안하면 이번 분기 안에 손실을 회복하기는 거의 불가능에 가깝다.

손실을 회복하기 위해 재무부에서는 계속 운용할 방침이지만, 도고시 경리과장의 생각으로는 계속 운용해봐야 손실만 더욱 확대될 뿐, 현재 체재에서 원금을 회복하는 일은 거의 불가능에 가깝다고 한다.

동 회사의 당기 손실은 현재의 흑자 예상에서 적자로 추락할 것이 거의 확실하고, 그런 경우에 2기 연속 적자가 되어 여신 관리상 매우 위험한 상황에 접어든다. 손실의 확대를 막기 위해 우리 은행에서 동 회사의 운용 방침에 조언을 해주었으면 한다는 도고시 경리과장의 요청이 있었다.

동 회사는 앞으로 수백억 엔 규모의 운전자금이 필요한데, 적자로 추락하면 당연히 지원받기 힘들기 때문에, 자금 융통에 막대한 지장이 있을 것임이 분명하다.

이 건에 대해 어떻게 대응할지 급히 검토해주기 바란다.

이상.

12

고자토가 작성한 간단한 보고서에는 "어떻게 대응할지 나중에 지시하겠음"이라는 가이세의 손글씨와 함께 열람했다는 도장이 찍혀 있었다. 날짜는 작년 12월이다.

은폐하라는 지시가 있으리라고는 보고서를 올린 고자토도 예상하지 못했음이 틀림없다.

"이거 재미있게 됐군. 지금부터 교바시 지점으로 쳐들어가기라도 할 건가?"

영업 2부의 회의실에서 도마리가 놀리듯 말했다. 교바시 지점의 고자토로부터 행내 우편으로 보고서가 도착한 것은 조금 전이었다. 곤도가 파견 나간 다미야전기의 대출 품의서도 그 다음 날에 융자부로 올라왔다. 이쪽은 도마리가 미리 물밑작업을 해놓아서 즉시 승인이 되었다.

한자와는 보고서의 문장을 다시 자세히 검토한 뒤, 혼잣말로 중얼거렸다.

"도저히 이해할 수 없군. 가이세란 녀석은 분명히 마음에 들지 않지만, 녀석이 독단적으로 깔아뭉개기에 사건이 너무 커."

"즉, 가이세의 판단이 아니라는 거야? 그렇다면 문제는 누가 얽혀 있느냐는 거로군. 그 녀석을 알아내야 해. 한자와, 언제 터트릴 생각이야? 설마 금융청 감사 도중에 터트릴 속셈은 아니겠지?"

한자와가 신중하게 대답했다.

"만약 이 보고서가 구로사키의 눈에 띄면 그것만으로 업무 개선 명령이 나올 거야. 그러면 금융청 감사 대책은 물거품이 되겠지. 지금 밖으로 드러낼 수는 없어."

도마리가 끌끌 혀를 찼다.

"이거 참, 골치 아프군. 그나저나 이 보고서를 이세시마호텔의 신용파일에 끼워둘 수는 없잖아? 그러면 당장 감사관에게 들킬 거야."

"소개할 거야."

한자와의 결단을 듣고 도마리는 작게 고개를 끄덕였다. 도마리의 눈은 그럴 수밖에 없다고 말하고 있었다.

"교바시 지점의 목줄을 죄는 건 그 다음이야. 하지만 그 전에 가이세에게 가벼운 인사 정도는 해야 하지 않겠어?"

도마리가 장난거리가 생각난 개구쟁이처럼 웃었다.

"이제야 평소의 너답군. 옛 T인지 명문 지점인지 모르겠지만 이렇게 말도 안 되는 짓거리를 하다니. 한자와, 무참하게 짓밟아 버려!"

"당연하지."

한자와는 기본적으로 성선설을 믿는다. 하지만 당하면 배로 갚아준다……. 그것이 한자와 나오키의 방식이다.

도마리가 장난기를 거두고 진지한 얼굴로 말했다.

"한자와, 소개 장소를 잘 선택해야 돼. 구로사키에게 들키면 네 뱅커 생명은 그날로 끝이야. 녀석들은 바보가 아니야. 우리에게 소개 자료가 있다는 것 정도는 알고 있어. 이건 양날의 검이야. 하긴 너에게 이런 말을 하는 건 번데기 앞에서 주름 잡는 것이겠지만."

도마리는 한자와의 어깨를 가볍게 두들기고 회의실에서 나갔다.

13

전날 접대에서 과음한 가이세는 가벼운 두통과 메슥거림을 참고 평소처럼 8시 반에 출근했다.

의자 등받이에 윗도리를 걸치고 지점장 자리에 앉자 데스크매트에 전화가 왔다는 메모가 끼워 있었다.

상대는 영업 2부의 한자와 차장이고, 10분 전인 8시 20분이라고 쓰여 있었다. 용건 칸은 비어 있어서 왜 전화를 걸었는지 이유는 모른다. 다만 '전화해달라'는 한마디가 적혀 있을 뿐이었다.

그는 앞자리에 앉은 융자과장에게 물어보았다.

"이봐, 한자와가 뭐래?"

"글쎄요. 용건은 말하지 않았습니다."

"그래?"

그는 잠시도 망설이지 않고 메모지를 구겨서 쓰레기통에 던져 넣었다.

'용건도 말하지 않고 전화해달라고 하다니, 건방이 하늘을 찌르는군. 내가 누군 줄 알고!'

그렇게 생각하면서 평소처럼 미결재함에 있는 융자계 업무일지를 읽고 있자 책상 위의 전화벨이 울렸다.

"조금 전에 그쪽 융자과장에게 출근하시는 대로 전화해달라고 부탁했는데요."

전화기 너머에서 한자와가 차가운 목소리로 말했다.

"아아, 그랬던가? 메모는 봤는데 용건도 쓰여 있지 않아서 나중에 하려고 했어. 급한 용건이라면 그렇게 말했어야지. 한가한 본부와 달리 지점은 워낙 바쁘거든."

가이세는 빈정거림으로 대꾸했다.

"그건 죄송합니다. 하지만 전화를 받은 융자과장에게 말할 수 있는 내용이 아니라서요."

"빙빙 돌려서 말하는 건 그만두시지. 어차피 또 이세시마 건이겠지 뭐."

"눈치가 빠르시군요."

한자와의 야유하는 듯한 말투를 듣고, 자존심 높은 가이세의 분노에 불이 붙었다.

"이봐, 한자와 차장. 다시 말하지만 이세시마호텔의 전임은 우리가 아니라 법인부야, 법인부! 틈만 있으면 전화를 걸어서 고자토를 귀찮게 하는 모양이지만……."

그건 고자토의 업무일지에 쓰여 있었다.

"세 살 난 어린애도 아니고, 일일이 우리 지점에 묻지 말았으면 좋겠어. 자네들의 대응 능력이 의심스럽군."

"지금 대응 능력이 의심스럽다고 하셨습니까?"

전화기 너머에서 한자와가 크게 웃음을 터트렸다.

"뭐가 그렇게 우습지? 이건 실례가 아닌가?"

가이세가 시뻘겋게 달아오른 얼굴로 거칠게 말했다. 앞자리에 앉은 행원들이 깜짝 놀라 가이세를 돌아보았다.

161

"빨리 용건이나 말하게!"

"보고서 하나를 확인하고 싶어서 말이죠."

"보고서?"

"제목은 '이세시마호텔 운용 손실 발생 건'입니다."

다음 순간, 위장이 뒤틀리는 듯한 불쾌감이 가이세의 온몸을 휘감았다.

한자와의 말투가 거칠어졌다.

"그 시점에서 이세시마호텔의 과장이 운용 손실을 보고했더군. 가이세 지점장, 당신이 열람했다는 도장을 찍고 손으로 지시 사항까지 적어뒀더군. 운용 손실 건은 몰랐던 게 아니었나?"

가이세는 말문이 막혔다.

어떻게 시치미를 떼야 할까? 아직 숙취가 빠져나가지 않은 머릿속을 아드레날린이 뛰어다녔지만 교묘하게 빠져나갈 말은 떠오르지 않았다. 그의 입에서 일단 부정하는 말이 튀어나왔다.

"무슨 말인지 모르겠군. 아무 말이나 마음대로 하지 말게."

"그럼 지금 팩스를 보낼 테니까 봐줘. 그러면 기억이 나겠지. 그걸 보고 기억이 나면 전화하든가."

그 말을 끝으로 전화가 끊겼다.

상대가 없는 수화기를 멍하니 움켜쥐고 있던 가이세의 심장이 백 미터를 전력질주한 사람처럼 쿵쾅거렸다.

"지점장님, 왜 그러십니까? 안색이 안 좋으신데, 한자와 차장이 무슨 말이라도……."

앞자리의 융자과장이 걱정스러운 얼굴로 물었다.

"아무것도 아니야."

그때 사무실 끝에 있는 팩스에서 수신음이 들렸다. 가이세는 벌떡 일어나서 정신없이 뛰어갔다. 팩스가 토해낸 서류를 본 순간, 그는 온몸에서 핏기가 사라지는 것을 느꼈다.

그것은 바로 그 서류─외부인의 눈에 띄지 않게 봉인했던 서류였다.

그 서류가 하필 한자와의 손에 들어가다니.

"고, 고자토 과장대리……."

가이세는 갈라진 목소리로 고자토를 부른 뒤, 먼저 지점장실로 들어갔다.

"이, 이 서류 말인데…… 어디다 보관했지? 어디에 있냐고!"

지점장실로 따라 들어간 고자토는 백짓장처럼 창백한 얼굴로 침묵을 유지했다.

"설마 한자와에게 준 건 아니겠지!"

가이세의 목소리는 비명에 가까웠다.

"지점장님, 죄송합니다. 저도 어쩔 수 없었습니다."

고자토가 고개를 푹 떨구었다.

"멍청한 녀석!"

가이세는 이성이 마비되어 괴상한 소리를 질렀지만, 그와 동시에 스스로도 알고 있었다.

이미 때가 늦었음을.

4장

여우와 너구리

1

7월 첫째 주, 금융청 감사가 시작되는 날이다. 금융청 감사관
인 구로사키 슌이치는 천박하고 역겨운 엘리트 냄새를 풀풀 풍
기며 그 자리에 있는 행원을 무시하는 눈길로 바라보았다. 좋은
집안 출신이라는 것은 한눈에 알 수 있었다. 그와 동시에 마음 한
쪽이 뒤틀려 있다는 것도 역시 한눈에 알 수 있었다.

"오늘부터 금융청 감사를 실시할게요."

표정은 진지했지만 눈빛에는 상대를 함정에 빠뜨리려는 간교
함이 배어 있었다.

분위기가 묘한 남자였다. 한자와는 처음에 권력을 등에 업은
오만한 공무원을 상상했다. 가령 국세국 사찰관 같은 패거리나
어두운 색 양복으로 몸을 감싼 도베르만 같은 녀석.

그런데 구로사키는 그런 자들과 달랐다.

밝은색 양복을 입고 행원들 앞에 서 있는 모습은 어딘지 모르
게 허수아비 같기도 하고, 동안이라서 그런지 세상을 모르는 철

부지 어린애가 그대로 어른이 된 것 같기도 했다.

구로사키는 아침 일찍 도쿄중앙은행에 쳐들어오자마자 이례적인 명령을 내렸다.

"회의를 할 테니까 융자부 책임자들은 한 사람도 빠짐없이 모이세요."

회의 시작 시간은 9시 반부터였다. 그런데 두 사람이 조금 늦게 도착했다. 그러자 구로사키는 모든 사람들이 지켜보는 가운데 입에 거품을 물고 두 사람을 비난했다.

"이봐요! 내 말을 뭐로 들은 거예요? 9시 반에 모이라고 한 말을 못 들었어요?"

외모와 어울리지 않는 과장된 여자 말투였다.

그 말을 들은 상대는 한자와도 잘 아는 융자부 차장인데, 이 갑작스러운 공격에는 다들 아연실색할 수밖에 없었다.

"죄송합니다. 막 나오려고 할 때 문제가 생기는 바람에……."

구로사키는 차장의 변명을 단칼에 물리쳤다.

"변명을 들을 생각은 없어요!"

그는 서른이 될까 말까 한 젊은 사람이다. 아무리 은행을 감독하는 국가기관이라곤 하지만 은행으로 보면 조사역이 될까 말까 한 젊은 감사관이 도쿄중앙은행 안에서도 엘리트라고 소문난 차장에게 큰소리를 치다니. 처음부터 분위기가 심상치 않았다.

생각지도 못한 상황에 회의실 테이블을 둘러싼 사람들은 모두 숨을 들이마시며, 그 자리에 있는 업무통괄부의 기무라 부장대리를 쳐다보았다. 한자와가 오사카 서부 지점의 융자과장으로 있었던 시절, 교묘한 말장난으로 한자와를 몰아세웠던 사람이다. 업무통괄부는 행내의 금융청 감사 대책을 총괄하는 핵심 부서로, 기무라는 그중에서 중추적인 역할을 맡고 있었다.

하지만 강한 자에게는 약하고 약한 자에게는 강하게 행동하는 전형적인 인물답게 상황을 중재하기는커녕 "이봐, 구로사키 감사관님께 제대로 사과해!"라고 예상치 못한 말을 해서 그 자리에 있는 모든 행원들을 실망하게 만들었다.

"늦어서 죄송합니다."

차장의 사과를 구로사키는 코끝으로 비웃었다.

"흥! 그렇게 사과할 바에는 처음부터 지각하지 마세요! 도쿄 중앙은행은 행원들 관리를 어떻게 하는 거예요?"

보기만 해도 오장육부가 뒤틀리는 녀석이다.

"구로사키 감사관님, 면목이 없습니다."

기무라가 손수건으로 이마의 땀을 닦으며 방아깨비처럼 연신 머리를 조아렸다.

은행에게 감독 기관인 금융청은 가장 신경 쓰이는 상대이긴 하지만, 아무리 그래도 기무라의 태도는 너무 비굴하지 않은가.

테이블의 한쪽에서 상황을 지켜보던 한자와 그의 맞은편에 있던 도마리의 시선이 잠시 부딪혔다.

이것은 여러 의미에서 강렬하고 충격적인 구로사키 슌이치의 데뷔전이라고 할 수 있었다.

금융청의 재수 없는 녀석. 은행 업계의 원성을 한몸에 받는 자가 마침내 도쿄중앙은행에 입성한 것이다.

구로사키가 모든 차장급들을 아침 일찍 한 자리에 모은 이유는 자신의 권위를 과시하는 퍼포먼스를 하기 위해서다. 하지만 그것 말고도 숨겨진 이유가 있는 게 아닐까 하고 한자와는 생각했다.

이날 아침, 금융청의 현장감사팀이 도쿄의 세 지점을 비롯해 삿포로, 센다이, 나고야, 오사카, 다카마쓰, 후쿠오카까지 모두 아홉 지점에 들이닥쳤다는 정보가 이미 들어왔다.

어느 지점에 감사가 들어올지는 당일이 되지 않으면 모르지만, 감사 대상 지점에는 업무통괄부의 감사대책팀이 도착할 때까지 멋대로 행동하지 말라고 지시해놓았다. 지점에서 감사 대책을 분리해 분업 체제를 확립해놓았는데, 임시 회의를 소집함으로써 그 체제가 가동하지 않게 된 것이다.

기무라를 비롯해 업무통괄부 차장들의 얼굴이 새파랗게 변한 것은 한시라도 빨리 지점으로 달려가야 하는데 생각지도 못한 일로 발이 묶였기 때문이었다.

지금쯤 금융청의 감사관들은 지점으로 들어가 지점장을 비롯해 우왕좌왕하는 행원을 무시하며 자기들 마음대로 들쑤시고 있을 것임이 틀림없다.

책상 서랍을 마구 뒤지고 컴퓨터 자료를 마음대로 들여다보며, 창구의 잔고나 행원의 태도를 평가하고, 본래라면 입단속을 해놓았을 젊은 행원들로부터 허점이 주르르 나올 만한 말을 끌어내는 것이다.

구로사키의 이런 퍼포먼스가 그런 사태를 전부 예상한 행동이라면, 이자는 보통 녀석이 아니다.

평소에 오만방자하게 행동하던 기무라의 눈에 초조함이 떠다녔다. 그 시선이 한순간 한자와에게 향했지만, 아무리 한자와가 싫어도 지금은 불쾌한 표정을 지을 여유가 없는 듯했다.

"구로사키 녀석, 말투가 왜 저래? 소름 끼쳐!"

구로사키의 일장연설을 한 시간쯤 듣고 겨우 회의실에서 해방되자 도마리가 어이없는 얼굴로 말했다.

"소문보다 백배는 더 심하군. 이번 감사, 아주 즐겁겠어."

한자와가 이세시마호텔 담당자로서 금융청의 호출을 받은 것은 다음 날 오후였다.

탁자 맞은편에 앉아 있는 감사관은 모두 세 명이었다. 우두머리인 구로사키는 맨 끝에 앉아 의자 등받이에 몸을 맡긴 채 거만하게 다리를 꼬고 있었고, 나머지 두 명은 참고인을 조사하는 경찰관 같은 얼굴로 한자와와 오노데라를 맞이했다.

그들의 등 뒤에서 기무라가 긴장이 역력한 얼굴로 따라왔다. 감사관이 이번 감사의 핵심인 이세시마호텔 담당자를 호출하자 감사 대책의 총본산인 업무통괄부 부장대리가 동석하지 않을 수 없었던 것이다.

이번 금융청 감사는 흑과 백, 어느 한쪽밖에 없다. 구로사키의 얼굴을 보면 서로의 안색을 살피며 어떻게 결론을 내릴지 탐색하는 회색 결론이 존재하지 않는다는 것은 분명했다.

"당신이 이세시마호텔의 담당 차장인가요?"

구로사키는 업무통괄부가 준비해놓은 담당자 명부와 한자와를 번갈아 쳐다보았다.

"미리 말씀드리자면 이세시마호텔의 자산 조사는 이번 감사의 가장 중요한 포인트예요. 이번 조사에 따라 귀 은행의 실적이 크게 흔들릴 수도 있으므로 본건에 관해서는 신중하고 철저하게 검토할 거예요. 아셨죠?"

구로사키가 이세시마호텔의 두터운 자료를 펼치는 것을 보고 한자와가 입을 열었다.

"그러면 먼저 이세시마의 여신 내용에 관해서 설명하겠습니다. 과거의 실적은 첨부한 자료에 있는 대로입니다. 최근에는 실적이 부진해서, 결국 20년 만에 적자로 추락했습니다. 전기 실적이 부진한 최대 이유는 호텔 숙박객이 감소했기 때문인데, 그 배경에는 고객층이 젊어지면서 이세시마 브랜드력이 저하되었다는 요인이 자리하고 있습니다."

한자와의 설명은 막힘이 없었다.

"이에 대해 이세시마호텔에서는 국내의 고소득자 층에서 해외, 특히 아시아 여행객으로 타깃을 확대해 새로운 시장을 개척했는데, 시산표를 보시면 아시겠지만 계속 추락하던 공실률에

올 4월부터 브레이크가 걸렸습니다. 그 결과, 본업에서는 반기(半期)에 흑자, 당기 전체로 계속 흑자가 되는 사업 기반을 확립했습니다. 불행하게도 당기에는 120억 엔의 운용 손실이 있었는데, 자산 매각에 따른 특별 이익으로 충당해서 최종 손익은 흑자가 될 것임이 거의 확실합니다. 당기 이후 예상되는 이익은 첨부한 자료와 같아서, 저희 은행의 여신은 충분히 회수할 수 있습니다. 따라서 이세시마호텔에 대한 여신은 정상 채권으로 결정했습니다."

구로사키는 숫자를 물끄러미 쳐다보면서 이죽거렸다.

"그럴까요? 반기가 흑자라고 해서 당기 전체를 흑자라고 보는 건 안이하지 않을까요?"

한자와가 재빨리 반박했다.

"중국 최대 여행사인 상하이중국여행공사와 3년간 계약했습니다. 이익률을 다소 희생하더라도 결론적으로 보면 이익은 덧셈이 아니라 곱셈이 되니까요. 당기 전체가 흑자가 될 것임은 확실합니다."

"한 가지 말해둘 게 있어요."

구로사키가 의자에서 천천히 몸을 일으키며 말을 이었다.

"난 이익에도 손실에도 특별한 건 없다고 생각해요. 흑자는 흑자고 적자는 적자죠. 한 번 특별 손실이 난 회사는 자주 나는 법이죠. 그러면 그것은 특별 손실이 아니라 이유야 어떻든 매년 발생하는 손실이라고 봐야 하지 않을까요? 그 점에 관해선 어떻게 생각하나요?"

"사정에 따라서 다르지만 그렇게 생각할 수도 있겠지요."

한자와는 구로사키가 무슨 의도로 그렇게 말하는지 짐작할 수 없었다.

"그럼 상하이중국여행공사와 계약한 호텔이 앞으로도 계속 흑자를 낸다는 근거가 있나요? 그리고 몇 년 후까지의 이익 계획에는 인터넷 예약 시스템이 기여하는 부분도 포함되어 있을 텐데, 그 예상이 맞는다고 어떻게 장담할 수 있죠?"

"현재 상하이중국여행공사와 계약한 국내 호텔은 한 군데도 없습니다. 참고해야 할 사례가 없는 만큼 예상 매출은 지난 몇 달간의 실적으로 유추할 수밖에 없는데, 여기에 적힌 숫자는 상당히 낮추어서 정한 겁니다."

그래도 구로사키는 회의적인 시선을 거두지 않았다.

"하지만 매출이 떨어질 수도 있지 않을까요? 예기치 못한 손실이나 사고가 일어날 수도 있고요. 계약한 대로 여행공사 쪽에서 대금을 지급한다는 보증도 없고 말이에요. 더구나 주식 투자로 돈을 벌려고 했다니, 이 회사는 모험심이 꽤 강한가 보군요. 이번 운용 손실의 대응을 봐도 회사를 제대로 관리하는 것처럼 보이진 않아요. 그런 회사의 사업계획은 절반이나 80퍼센트 정도로 봐야 하지 않을까요?"

상당히 날카로운 지적이다. 하지만 어떤 사업계획도 트집을 잡으려면 얼마든지 잡을 수 있다.

한자와는 기죽지 않고 대답했다.

"비판적으로 보면 어느 회사의 사업계획도 믿을 수 없겠죠. 그 것이 과연 올바른 평가일까요?"

"그러면 당신이 말하는 올바른 평가는 뭔가요? 이런 있지도 않은 사업계획을 그대로 받아들이는 건가요?"

구로사키의 눈빛이 칼날처럼 날카로워졌다.

"그러면 있지도 않은 사업계획이라고 말씀하시는 근거는 뭡니 까? 일방적인 비판은 누구라도 할 수 있지요. 이유 없는 비판은 중상모략에 가깝습니다."

구로사키가 손으로 턱을 받치면서 말했다.

"이유 없는 비판이라……. 그럼 묻겠는데, 인터넷 예약 시스 템의 발주처는 어디죠?"

뜻밖의 질문이었다.

한자와의 옆에서 오노데라가 재빨리 자료를 들춘 뒤, 해당하 는 정보가 적힌 페이지를 펼쳐서 건네주었다.

"나루센이라는 시스템 개발회사입니다. 본사는 시나가와 구의 고탄다에 있습니다."

"이세시마호텔에선 이미 이 회사에 1백억 엔이 넘게 투자했군 요. 그에 대해 당신들은 어떻게 관리하고 있나요? 나루센이라는 회사에 대해 조사한 적이 있나요?"

한자와는 고슴도치처럼 온몸을 웅크리고 경계 태세를 취했다. 구로사키는 한자와가 의도치 않은 방향으로 대화의 키를 틀려고 하고 있었다.

"신용조사를 했냐는 뜻이라면 물론 했습니다. 드린 자료에 첨부되어 있습니다."

그러자 구로사키의 입에서 생각지도 못한 폭탄이 날아왔다.

"나루센은 곧 파산하거든요."

지금 구로사키가 무슨 말을 한 것일까? 상대의 말이 한자와의 머리에 스며들 때까지 조금 시간이 걸렸다.

"무슨 말씀이시죠?"

"나루센의 매출은 4백억 엔이고, 당기에 예상되는 경상 손실•은 80억 엔이에요. 그런 것도 조사하지 않았나요?"

구로사키의 입에서 나온 숫자를 듣고 한자와는 깜짝 놀라 자료에서 고개를 들었다. 신용조사표에는 작년까지의 업적 추이가 간단하게 적혀 있을 뿐이었다. 즉 구로사키는 자료에도 없는 사실, 한자와가 상상도 못했던 사실을 입에 담은 것이다.

"손실이 난 이유는 대형 거래처인 웨스트건설에게서 개발비를 못 받았기 때문이에요. 이세시마호텔은 지난 3년간 나루센에게 개발비를 1백억 엔 투자해서 자산으로 처리했는데, 나루센은 지금 파산한 거나 다름없어요. 무슨 뜻인지 아시겠어요? 잘 들으세요. 나루센은 지금 파산 신청을 한다는 소문이 있고, 실제로 고문 변호사 사무실에서 검토하고 있어요."

구로사키는 몸을 앞으로 내밀고 의기양양한 눈길로 한자와를

• 기업의 운영을 통해 발생한 손실.

바라보았다.

"한자와 차장님, 만약 나루센이 파산하면 이 개발 자금은 어떻게 될까요? 인터넷 예약 시스템 개발이 물 건너가도 사업계획이 제대로 진행될까요? 운용 손실과 예약 시스템 개발의 투자 실패. 이세시마호텔에 이 거액의 적자를 메울 수 있는 자산이 남아 있을지 모르겠네요."

"나루센은 기업 회생인 법정 관리가 아니라 파산을 검토하고 있습니까?"

오노데라가 창백한 얼굴로 질문했다.

"그래요. 기업 회생이 아니라 파산이에요, 파산!"

한자와가 입술을 깨무는 것을 보고 구로사키는 희희낙락한 표정을 지었다.

"그럼 이 경영계획을 다시 살펴볼까요?"

대화는 점점 더 한자와에게 불리한 방향으로 나아가고 있었다. 이대로 가면 한자와는 손도 써보지 못하고 항복해야 한다.

"당기는 흑자가 된다고요? 흑자가 얼마인가요? 50억 엔인가요? 이 계획에 나루센의 파산이 들어가 있나요? 특별 손실이라서 관계가 없다, 그렇게 잡아떼진 마세요. 또한 인터넷 예약 시스템의 투자 실패로 경쟁 호텔과 격차도 벌어질 거예요. 상하이 중국여행공사와의 제휴도 예상대로 된다는 보장은 거의 없고요. 이런 상태에서는 미래의 실적 회복 시나리오도 안이하다고 볼 수밖에 없지 않나요? 그럼에도 불구하고 정상 채권이라고 주장하신다면, 근거를 말씀해주시겠어요? 이세시마호텔 담당자님, 어떠신가요?"

구로사키의 새된 목소리가 회의실을 가득 메웠다.

"근거가 있습니까?"

한자와는 조용히 되물으면서, 오른손으로 입을 막고 웃음을 참는 감사관의 얼굴을 뚫어지게 쳐다보았다.

"뭐라고요?"

"근거를 제시해주시겠습니까? 나루센이 파산한다는 이유가 뭐지요? 지금 감사관님이 말한 정보가 확실하다는 근거를 묻고 있습니다."

구로사키가 발끈하면서 목청이 찢어질 것처럼 소리쳤다.

"이봐요, 한자와 차장님! 지금 질문할 사람은 나예요. 당신에겐 질문할 권리가 없다고요! 자신의 정보 부족을 탓하지 않고 금융청의 정보를 거짓으로 취급하다니! 어이가 없어서 말을 할 수가 없네요. 거짓 정보라고 생각한다면 한번 조사해보세요. 이제 와서 조사한다고 해서 이세시마호텔이 흑자가 되는 건 아니겠지만요."

"알겠습니다. 저희도 나루센의 상황을 확인해보겠습니다. 그런 다음에 지금 지적하신 부분에 대해 수긍할 만한 대답을 내놓겠습니다. 그렇다면 문제가 없는 것 아닙니까?"

"흐음. 이 정도면 백기를 들 줄 알았는데, 계속 버틸 생각인가 보군요. 수건을 던지지 않아도 될까요?"

178

구로사키는 옆에서 움찔거리며 상황을 지켜보고 있는 기무라에게로 시선을 돌렸다.

"닥터 스톱*이라도 해야 하는 거 아닌가요? 이세시마호텔은 어차피 분류될 운명에 있으니까요. 차라리 남은 감사 기간 중에 다른 방책을 강구하는 편이 좋지 않나요? 현명한 사람이라면 보통 그렇게 하겠지요."

"네, 그게 그러니까……."

허둥지둥하는 기무라의 말을 재빨리 가로막고 한자와가 대답했다.

"충고는 겸허히 받아들이겠습니다. 하지만 감사관님에게도 한 말씀 드리겠습니다. 금융청 감사관님이나 되는 분께서 아무런 근거도 없이 한 개인기업의 신용 정보를 마음대로 말해도 되는 겁니까?"

구로사키는 한자와를 무시하듯 치아를 드러내며 웃음을 터트렸다.

"그런 말은 나루센의 실적을 확인한 다음에 하는 게 어떨까요? 그러면 당신의 태도도 조금 바뀌지 않을까요?"

금융청 감사관과의 면담을 마치고 회의실에서 나오자 기무라가 시비를 걸듯 말했다.

• 권투 경기에서 선수가 부상을 입었을 때 심판이 부상 정도를 판단해 경기를 중단시키는 것.

"이봐, 한자와. 자네가 지금 무슨 짓을 했는지 알기나 해? 감사관에게 그런 지적을 받다니. 하마터면 분류될 뻔했잖아!"

한자와는 불꽃처럼 활활 타오르는 눈으로 기무라를 쳐다보며 말했다.

"지금 그게 문제가 아닙니다! 그건 지금 확인하면 되니까요. 그보다 아무런 근거도 없이 사죄만 하는 감사대책팀은 필요 없습니다. 그럴 바에는 당장 해산하는 편이 낫지 않겠습니까?"

"뭐라고? 이놈이 정말……."

그때 기무라의 욕설을 가로막으면서 한자와와 오노데라가 탄 엘리베이터 문이 조용히 닫히자 그 자리에는 기묘한 침묵만이 남았다.

엘리베이터 안에서 오노데라가 팔짱을 낀 채 석연치 않는 표정을 지었다.

"차장님, 어떡할까요?"

"이세시마로 가야지."

10분 후, 한자와는 오노데라를 데리고 은행 앞에서 택시를 잡았다.

2

"나루센이 파산한다고요?"

유아사는 아연한 얼굴로 물었다.

"혹시 나루센의 실적에 대해 못 들으셨습니까?"

"설마……."

유아사가 사장실 전화기로 하네에게 전화를 하자, 잠시 후 하네가 하라다를 데리고 들어왔다.

"나루센이 파산한다는 정보가 있다고 합니다. 하네 전무, 알고 있었나요?"

하네가 이마에 세로 주름을 잡으며 말했다.

"나루센이 파산한다고요? 안 그래도 재무부 직원 한 명을 그쪽으로 파견 내보냈는데, 실적이 별로 좋지 않다고 하더군요. 아무리 그래도 파산이라니……. 그건 어디서 나온 정보인가요?"

"금융청이랍니다."

"금융청이요?"

하네가 의아한 얼굴로 하라다와 시선을 나누었다.

"금융청이 그런 걸 어떻게……."

"나루센의 거래 은행에서 정보가 새어 나갔을지도 모르지요."

"그곳의 주거래은행은 하쿠스이은행일 텐데요."

하쿠스이은행이 그렇게 말했다면 정보는 틀림없을 것이다.

유아사가 안색을 바꾸며 비난하듯 말했다.

"어쨌든 실적이 나쁘단 건 이미 들었다는 거군요. 왜 보고하지 않았죠?"

"그곳은 컴퓨터 시스템을 개발하는 회사입니다. 당연히 실적이 좋을 리가 없지요. 하지만 파산하리라곤 생각도 못했습니다."

"지금 파산하면 우리 재무 상황은 어떻게 됩니까?"

"지금까지 투자한 금액은 모두 자산으로 처리했는데, 그걸 전부 손실로 처리해야겠지요. 1백억 엔 정도입니다만."

"투자금도 문제지만…… 큰일이군요……."

유아사의 어깨가 힘없이 축 늘어졌다. 그의 침울한 옆얼굴을 보고 한자와는 어떻게 말해야 좋을지 알 수 없었다.

오노데라가 물었다.

"손실을 메울 수 있는 방법은 없습니까?"

"생각해보겠지만 어려울 겁니다."

지금 유아사의 머릿속에서는 이세시마호텔의 미래가 크게 휘청거리고 있을 것이다.

"됐습니다. 나가보세요."

유아사는 무거운 한숨을 내쉬며 하네와 하라다를 내보냈다. 그런 다음에는 유아사와 한자와, 오노데라 세 사람만 남았다.

"이제 어떻게 해야 좋을지……."

유아사는 스스로에게 묻고는 다시 한숨을 내쉬었다.

한자와가 위로하듯 말했다.

"일단 나루센의 상황을 조사해보겠습니다. 그런 다음에 대응책을 생각해보지요. 분명히 해결의 실마리가 있을 겁니다."

"그렇다면 좋겠지만요……."

유아사는 매달리는 눈길로 한자와를 쳐다보았다.

3

"한자와 차장, 오와다 상무님 집무실로 와주게."

다음 날 오전 9시. 한자와가 전화를 받자 기무라 부장대리가 그렇게 말했다.

비서의 안내를 받아 오와다 상무의 집무실로 들어간 순간, 한자와의 눈에 맨 먼저 들어온 것은 불쾌감이 역력한 오와다의 얼굴이었다.

대학시절에 스모부에서 단련했다는 탄탄한 몸을 짙은 감색 양복으로 감싼 오와다는 씨름판 위에서 상대를 노려보는 듯한 칼날 같은 눈빛으로 한자와를 쏘아보았다.

오와다의 옆에는 업무통괄부장인 기시카와 신고가 다리를 꼰 채, 외국 생활을 오래한 사람 특유의 거들먹거리는 모습으로 앉아 있었다. 옷차림에 신경 쓴다는 소문대로 외국계 은행에 다니는 은행원처럼 셔츠와 넥타이가 유난히 화려했다. 눈이 나쁜 사람이 아닌 이상 멀리서라도 다른 사람과 착각할 일은 없을 것이다.

"어제 감사 상황에 관해 보고했네."

오와다의 옆에서 조직폭력단의 똘마니처럼 서 있던 기무라가 심술궂은 얼굴로 말했다. 누구도 앉으라고 하지 않아서 한자와는 계속 서 있었다.

기시카와가 한자와를 힐끔 쳐다보면서 말했다.

"이세시마호텔의 감사에서 감사관에게 미비하다는 지적을 받았다면서? 어떻게 된 건가?"

"그것에 관해서는 현재 조사 중입니다."

"이제 와서 조사해서 어떡하나! 금융청에선 이미 알고 있었잖아! 이유가 어떻든 자네가 사실을 제대로 파악하지 못한 사태는 정당화할 수 없어! 어제 금융청에서 자네의 감사 대응에 대해 이례적으로 지적이 있었지. 감사 태도를 고치라고 말이야."

금융청의 지적이 아니라 구로사키의 지적일 것이다.

그때 기시카와의 정면에 앉아 있던 오와다가 포효하는 것처럼 말했다.

"한심하기 짝이 없군!"

머리칼이 거의 없는 큼지막한 머리는 흥분으로 빨갛게 물들어 있었다. 오와다는 옛 T 진영의 정점에 있는 사람이다. 겉으로 보기에도 정력적이고 불같은 성질로도 유명하다.

"금융청 감사관보다 정보가 적다니! 한자와 차장, 수비가 너무 약한 것 아닌가?"

"상무님, 이건 정보가 적어서 지적을 받은 단순한 이야기가 아닙니다."

한자와가 반론을 제기하자 오와다가 눈을 부릅떴다. 그러자 기시카와의 눈빛이 예리해지면서 얼굴에 분노가 배어나왔다. 그는 아까보다 더 빈정거리는 말투로 한자와를 비난했다.

"자네……. 자신의 실수를 인정하기는커녕 그 건방진 태도는 뭔가?"

"제가 실수를 했다면 사과하겠지만 이건 이세시마호텔의 경영 체질과도 밀접한 관계가 있는 문제입니다. 책임은 나중에 한꺼번에 질 테니까 걱정하지 마십시오."

기시카와가 입술을 일그러뜨리며 소리쳤다.

"지금 그걸 변명이라고 하나! 감사는 그런 게 아니야. 평소부터 규칙을 잘 지켰더라면 상대가 어떤 정보를 말해도 문제없어야 하잖아!"

허울 좋은 말이자 이상일 뿐이다. 그런 사실을 아는지 모르는지 기시카와는 계속 떠들었다.

"은행이라는 곳은 항상 올바르게 일하지 않으면 안 돼. 운용 손실을 알아차리지 못해서 은행 얼굴에 먹칠을 했다고 하던데 아직도 정신을 못 차리다니. 평소에도 물에 물 탄 듯 적당히 일하니까 이런 때 허점이 드러나는 게 아닌가! 더구나 그걸 남의 탓으로 돌리고 말이야. 자네는 차장 자격이 없어!"

한자와는 상대의 눈을 똑바로 쳐다보면서 대답했다.

"운용 손실에 대해선 나중에 제대로 보고하겠습니다. 그런데 이번 감사관은 조금 특이한 상대 같습니다. 제대로 대처한다고 해도 극복할 수 있을 것 같지 않습니다."

기시카와가 어이없는 표정을 지었다.

"지금 그런 태도가 문제라는 거야! 모든 걸 상대 탓으로 돌리다니! 자네가 어떻게 생각하든 상관없어. 하지만 자네 멋대로 감사관이 특이하다고 단정해서, 나중에 감사 방해로 문제가 생기는 건 아니겠지?"

기시카와는 소개 자료가 발견될까 봐 우려하는 것이다.

"평소에 해야 할 일은 제대로 하고 있습니다."

자료는 이미 소개했다고 은밀히 암시하자 기시카와가 무표정한 얼굴로 말했다.

"자네가 평소에 어떤 식으로 일하는지는 알 바가 아니야. 하지만 자료를 은닉할 필요가 있다는 건 자네의 여신 태도에 문제가 있다는 게 아닌가?"

"주제넘은 말씀입니다만 이번에 초점이 되고 있는 이세시마호텔의 여신 태도에 문제가 있다면 그건 제 잘못도, 법인부 잘못도 아닙니다. 금융청에 보여줄 수 없는 서류는 거의 교바시 지점에서 작성한 것이니까요."

한자와의 말이 끝나기도 전에 오와다가 입에 거품을 물고 소리쳤다.

"이 자식, 지금 무슨 말을 하는 거야? 입에서 나오는 대로 함부로 지껄이지 마!"

오와다가 교바시 지점의 지점장으로 부임한 것은 지금으로부터 7년 전. 그로부터 3년간 지점의 급격한 성장을 높이 평가받아 출세의 계단을 뛰어올랐다. 옛 T 사람들에게 교바시 지점은 임원 코스로 올라가는 등용문이었던 것이다.

"함부로 말씀드린 적은 없습니다. 소개 자료가 모두 공개되어도 저는 상관없습니다. 그러면 곤란한 사람은 교바시 지점 관계

자들이겠지요. 두 분 모두 교바시 지점의 지점장을 역임하셔서 잘 아시겠지만 그래도 되겠습니까?"

오와다가 얼음 칼처럼 날카로운 눈으로 한자와를 노려보았다.

"이거 한 귀로 흘려들을 수 없군. 무엇 때문에 그렇게 말하는지 설명해보게."

"교바시 지점은 이세시마호텔의 내부 고발자를 통해 작년 12월에 이세시마호텔의 운용 손실을 이미 파악하고 있었습니다."

순간, 그 자리의 공기가 얼어붙은 것처럼 사람들의 표정이 딱딱하게 굳었다.

"그런데 대응책을 강구하지 않고 손실이 발생했다는 사실을 감춘 채 법인부로 이관했습니다. 가이세 지점장의 지시라고 하는데, 저는 지점장이 단독으로 그렇게 판단했다고는 생각하지 않습니다."

"하고 싶은 말이 뭔가?"

기시카와가 갈라진 목소리로 말했다. 기껏 차려입은 화려한 옷이 칙칙해 보일 정도였다.

"이세시마호텔은 교바시 지점과 친한 거래처입니다. 가이세가 누구의 지시로 그렇게 했는지, 지금부터 철저하게 조사할 생각입니다."

오와다가 물었다.

"증거가 있나?"

"가이세 지점장이 손실에 적절히 대응하지 않았다는 증거는 있습니다."

오와다는 한자와를 뚫어지게 쳐다보았지만 증거가 무엇이냐
고 묻지는 않았다. 한자와의 뇌리에서 모락모락 피어오르던 관
계도가 조금씩 분명해졌다. 오와다의 뒤를 이어서 교바시 지점
장이 된 사람이 업무통괄부의 기시카와였다. 기시카와의 뒤를
이어 지점장이 된 가이세는 아무 일도 없으면 본부의 부장으로
승진할 예정이리라.

즉, 이 두 사람에게 이세시마호텔은 아주 중요하고도 친밀한
거래처였을 것이다.

"누가 관여했는지 반드시 밝혀내겠습니다. 다만 정보를 은닉
했다는 사실을 금융청 감사에서 밝힐 수는 없습니다."

기시카와가 차갑게 말했다.

"지금 자네가 할 일은 금융청 감사를 극복하는 거야. 우선순위
가 바뀌지 않도록 해주게. 현재 이세시마호텔을 담당하는 사람
은 자네니까."

한자와는 고개를 숙이고 오와다의 집무실을 뒤로했다. 집무실
문이 닫히기 직전에, 분통을 터트리는 오와다의 목소리가 한자
와의 등에 꽂혔다.

"저 염병할 녀석! 뭐가 저리 당당해!"

언제나 그렇듯이 기무라의 변명 같은 사죄가 들렸지만 한자와
가 알 바는 아니었다.

4

도고시가 한자와에게 연락을 한 것은 그날 저녁이었다.

"금융청의 정보가 맞았네. 나루센 안에서 그런 움직임이 있다고 하더군."

두 사람은 도고시의 회사와 가까운 신주쿠의 한 술집에서 만났다.

"바쁘신데 이렇게 오시라고 해서 죄송합니다."

"아냐, 우리 회사도 출자한 곳이니까 나도 알아야지. 오히려 말해줘서 고맙네."

도고시는 그렇게 말하더니, 이날 낮에 나루센 본사까지 가서 얻은 정보를 말해주었다.

"나루센이 웨스트건설의 시스템을 개발해줬는데, 웨스트건설이 실질적으로 채무 불이행 상태에 빠진 모양이야. 그쪽에서 70억 엔을 못 받는 바람에 자금줄이 막혔다고 하더군. 경영자와 은행 측이 비밀리에 대책을 짜고 있는 모양인데, 소문에 따르면 파산의 방향으로 나아가고 있다네."

"지금으로선 소문의 단계인가요?"

"그래. 내게 이야기를 해준 경리부의 지인도 자세한 건 모른다고 하더군. 부실 채권을 어떻게 처리할지, 이야기가 어느 정도 진행되었는지 유감스럽게도 확실한 건 알 수 없었네."

그렇다면 외부인 중에 내용을 정확히 알 수 있는 사람은 은행

쪽 사람들뿐이다.

금융청 감사를 통해 여러 기업의 내부 사정에 접근할 수 있는 구로사키 같은 사람이라면 그런 극비정보를 얻는 것도 불가능하지는 않다.

한자와의 말에 도고시가 고개를 끄덕였다.

"그럴 가능성이 높아. 또한 이세시마호텔에선 재무부 직원을 나루센에 임원으로 보냈으니까 하네는 그 사람을 통해 파산한다는 정보를 얻었을 거야. 하지만 파견자로부터 얻은 정보는 정확하지 않을 수도 있어. 나루센은 가족 기업이거든. 경영에 참여하는 사람은 사장을 비롯해 상무까지의 친척과 그 밖에는 하쿠스이은행에서 파견 나온 경리담당 이사뿐이지. 다른 임원들은 관여할 수 없네."

"파산한다는 소문이 있는데 하네는 왜 잠자코 있었을까요?"

한자와의 질문에 도고시는 고개를 갸웃거렸다.

"글쎄……. 불확실한 정보였기 때문이든지, 아니면 무슨 사정이 있든지…… 자세한 건 모르겠네."

"그리고 도저히 이해할 수 없는 게 있습니다만, 왜 법정 관리가 아니라 파산으로 검토하는 거죠? 나루센 정도의 규모라면 우선적으로 법정 관리를 생각할 텐데, 회사를 살리려고 하지 않고 망하게 할 만한 이유가 있습니까?"

"실은 나도 그걸 이해할 수 없었네. 그런데 오늘 이야기를 듣고 이유를 알았지. 이건 자네만 알고 있게."

도고시는 목소리를 낮추며 덧붙였다.

"나루센의 배후에는 관동진성회라는 조직폭력배가 있어. 사장의 동생이 젊었을 때 집을 나가서 한심한 짓을 저지르고 다니는 모양이야. 벌써 10년 넘게 컨설팅이란 명목으로 연간 수억 엔의 자금이 그쪽으로 흘러들어갔지."

"하쿠스이은행은 그걸 알고 있나요?"

"웨스트건설을 담당하는 하쿠스이은행 담당자가 알아내서, 경리담당 이사에게 은밀히 확인했다고 하더군."

"하쿠스이은행도 계속 지원해주려고 해도 지원해줄 수 없는 딜레마가 있군요."

조직폭력배에 자금을 대주는 기업을 지원해주면 은행의 준법감시*에 문제가 생긴다.

"하네 전무는 그걸 알고 있나요?"

"아마 모를 거네. 애초에 아는 사람은 얼마 안 돼. 하지만 정보원이 하쿠스이은행이라면 그 감사관이 알고 있어도 이상할 게 없겠지."

도고시는 팔짱을 끼며 심각한 얼굴로 말했다.

"아무튼 이대로 가면 나루센의 파산은 피할 수 없어. 이세시마에는 수백억 단위의 손실이 생길 거네."

"도고시 씨, 그걸 메울 방법이 없을까요? 이대로 있으면 적자를 이유로 금융청에서 짓눌러버릴 겁니다. 그러면 곤란합니다."

---

* 회사의 임직원 모두 제반 법규를 철저히 지키도록 상시적으로 통제 및 감독하는 것.

하지만 베테랑 경리맨에게서는 좋은 대답이 돌아오지 않았다.

"이번 건은 어려울 거야. 본업 이외의 자산은 거의 다 매각해서, 이제 자금을 만들 수 있는 잉여 자산은 거의 없거든. 막다른 길에 봉착했군."

어딘가에 해결책이 없는가…….

그때 한자와의 머릿속에 이세시마호텔을 맡아달라고 말하러 온 사에구사 부부장의 유유자적한 모습이 떠올랐다.

도고시가 '무슨 일인가?'라고 묻듯이 한자와를 쳐다보았다.

"오늘은 상무님 혼자 오셨습니까?"

임원실 옆에 있는 화려한 접견실에 발을 넣은 순간, 유아사는 미묘한 분위기를 알아차렸다. 은행의 영업시간이 끝난 저녁 7시가 넘었는데, 그것에 개의치 않고 찾아오는 점은 독불장군인 오와다다웠다. 처음 전화가 걸려 왔을 때 저녁식사라도 같이 하자고 말했지만 오와다는 완곡하게 거절했다. 마음 편한 이야기가 아니란 것은 대강 짐작이 되었다.

"사장님, 늦은 시간에 찾아와서 죄송합니다."

오와다가 일어서자 그와 동시에 먼저 와 있던 하네 전무도 일어나서 유아사가 자리에 앉기를 기다렸다.

"이번에는 여러모로 폐를 끼치고 있습니다."

용건은 금융청 감사에 관한 것이리라. 지금까지 영업 2부와 대책을 의논해왔는데, 유아사가 가장 믿는 한자와는 지금 이 자리에 없다. 오와다가 일부러 이 시간에 찾아온 것이다.

오와다가 화살 같은 눈으로 유아사를 쏘아보았다.

"오늘은 그 건에 관해 한 말씀 드리려고 왔습니다. 솔직히 말씀드리면 상황이 많이 안 좋습니다."

"부실 채권으로 분류된다는 겁니까?"

오와다는 무표정한 얼굴로 유아사를 보았다.

"그렇게 만들고 싶진 않습니다."

오와다의 입에서 나온 무거운 한마디는 은행의 절박한 사정을 보여주었다.

"다만 그러기 위해서는 사업계획을 재고할 필요가 있습니다."

사업계획을 재고하라는 말을 듣고 유아사는 마시던 찻잔에서 얼굴을 들었다.

오와다가 심각한 목소리로 선언하듯 말했다.

"나루센 건이 드러난 이상, 지난번 사업계획은 너무 안이하다고 생각됩니다."

"그럼 어떻게 하라는 겁니까? 솔직히 나루센이 파산할 줄은 몰랐습니다만 사업계획을 변경한다고 될 문제가⋯⋯."

오와다가 중얼거리듯 말했다.

"그럴까요? 나루센을 도산시키지 않으면 되잖습니까?"

그 말은 유아사의 의표를 찔렀다.

"도산시키지 않으면 된다⋯⋯? 실례지만 무슨 말씀인지 잘 모르겠습니다만."

물음표가 떠오른 유아사의 눈동자에, 여유만만한 오와다의 모습이 비추었다.

"매수하면 됩니다."

숨을 들이마시는 유아사의 모습을 보고 오와다가 뒤이어 덧붙였다.

"그러면 비용을 낮출 수 있지요."

유아사는 즉시 반박했다.

"농담이시죠? 오와다 상무님, 그 회사 직원이 몇 명인지는 모르겠지만 고정비를 껴안을 생각은 없습니다. 그럴 돈도 없고요."

"사장님, 그렇게 말씀하시면 안 됩니다. 지금은 오와다 상무님의 의견을 검토해야 합니다. 그것 말고 길이 있습니까?"

옆에서 듣고 있던 하네의 목소리는 기묘할 만큼 위압적이었다.

"지금 1백억이 넘는 투자가 물거품이 된다면 우리 회사의 실적은 땅에 떨어지게 됩니다. 이건 단지 손실만의 이야기가 아닙니다. 인터넷 예약 시스템도 뒤처지게 되지요."

"아무리 그래도 그 회사를 매수하라니……"

유아사가 뒷말을 잇지 못하는 것을 보고 오와다가 타이르듯 말했다.

"사장님, 지금 당장 결론을 내리라곤 하지 않겠습니다. 하지만 이대로 있으면 금융청 감사에서 확실하게 분류되겠지요. 그렇게 만들고 싶지는 않습니다."

"상무님, 지금 무슨 말씀을 하시는 겁니까? 나루센은 매수할 마음도 없고 그럴 돈도 없습니다. 우리 본업은 호텔업입니다. 시스템 개발은 주변 업무도 아니지 않습니까?"

"언뜻 보기에 관계가 없는 것 같지만 실은 해결의 지름길이 될 수도 있지 않을까요?"

오와다가 의미심장하게 말하자 하네가 재빨리 덧붙였다.

"사장님, 주제넘은 말씀이지만 돈이라면 있습니다. 도쿄중앙은행에서 2백억 엔 대출을 받았지 않습니까?"

유아사가 눈을 휘둥그레 떴다.

"그 돈을 나루센 매수에 사용하면 당장 운전자금은 어떡하고요? 그건 곤란합니다. 은행에서도 묵과하지 않을 테고요."

오와다가 몸을 앞으로 내밀며 유아사를 설득했다.

"은행이 받아들일지 말지는 오직 사장님에게 달렸습니다. 자금 용도를 변경해서라도 이세시마호텔을 회복시킨다면 은행 쪽은 내가 알아서 하겠습니다. 은행장님은 내가 설득하지요. 하지만 거기에는 한 가지 조건이 있습니다."

오와다가 위협적인 눈길로 유아사를 쳐다보았다.

"여기서 확실히 매듭을 짓고 싶습니다. 유아사 사장님, 무슨 뜻인지 아시겠죠?"

"저더러 물러나란 겁니까?"

오와다는 대답을 하지 않고 눈앞에 있는 보리차를 마시며 시계를 보았다.

"이건 우리끼리만 하는 얘기인데, 지금은 시간이 별로 없습니다. 금융청을 설득하지 않는 한, 지금 상황에서 분류는 피할 수 없지요. 아니면 손실을 메울 만한 특별 이익이라도 있습니까?"

유아사는 말문이 막혔다.

"그건……."

"경영체제를 바꾸지 않고 이 난국을 극복할 수 있을지 곰곰이 생각해보시기 바랍니다."

너무도 갑작스러운 이야기를 듣고 유아사는 반론을 제기했다.

"한자와 차장은 그런 말을 한 적이 한 번도 없었습니다."

오와다는 눈을 가늘게 뜨고 먼 곳을 바라보았다.

"아아, 한자와요? 한자와는 귀사를 담당하기에는 역량이 부족한 것 같더군요. 이쪽에서 처분을 내리려고 합니다."

유아사는 깜짝 놀라며 숨을 들이마셨다.

"처분이요?"

"입만 떼면 금융청 대책, 금융청 대책이라고 노래를 부르면서 일은 제대로 하지 않더군요. 덕분에 내가 직접 나설 지경이 되었지요. 한자와를 담당에 앉히라는 이례적인 지시 때문에 그랬지만, 실망이 이만저만이 아닙니다. 역시 이세시마호텔은 옛 T 라인에서 돌봐줘야 합니다. 어쨌든 내가 하고 싶은 말은 여기까지입니다, 유아사 사장님, 잘 생각해보시기 바랍니다. 사장님의 결정에 이세시마호텔의 흥망이 달려 있습니다."

그 말을 끝으로 오와다가 일어서자 하네가 접견실 밖까지 배웅하러 나갔다.

혼자 남겨진 유아사는 사장실로 돌아와 얕은 숨을 쉬면서 오와다의 제안을 생각했다. 어두운 창문에 자신의 쓸쓸한 모습이 비추었다.

그의 입에서 나지막한 중얼거림이 새어 나왔다.

"그런 것인가……."

하네와 오와다의 합작품이리라. 하네가 이번 주주총회에서 자신을 해임하려는 유아사의 움직임을 간파해서, 반대로 유아사의 퇴진을 압박하는 비장의 카드를 꺼낸 것이다.

이렇게 교활한 짓을 하다니…….

하지만 속수무책인 자신의 처지가 너무도 안타까웠다.

그렇게 얼마나 앉아 있었을까? 책상의 전화벨 소리를 듣고 그는 깊은 생각에서 현실로 돌아왔다.

전화를 받자 상대방이 말했다.

"도쿄중앙은행의 한자와입니다. 드릴 말씀이 있습니다. 잠시 시간을 내주시겠습니까?"

5

인사부장인 이토 미쓰키가 영업 2부 부장인 나이토에게 할 말이 있으니까 시간을 내달라고 말한 것은 이례적인 일이었다.

"자네에게 의논할 게 있어. 아직 검토 단계이긴 하지만 자네의향을 들은 다음에 결정해야 할 것 같아."

이토는 우아한 동작으로 책상 위에 있던 궐련 케이스에서 담배를 꺼내 불을 붙였다. 나이토보다 5년쯤 먼저 입행한 선배다. 일의 분야는 다르지만 두 사람은 도쿄중앙은행의 엘리트 뱅커 동지다.

인사부장이라는 직책에다 냉철하게 생긴 외모를 보고 이토를 물밑작업을 잘할 것이라고 생각하는 사람이 많은데, 실제로 상당한 수완가로 알려져 있다. 공격적인 타입에 어울리지 않게 옷차림도 세련되었다.

이토가 조심스럽게 말을 꺼냈다.

"실은 오와다 상무에게 인사 지시가 내려왔어. 자네 부서에 있는 한자와야."

한자와에 관한 이야기일 것이라고 예상했던 나이토는 말없이 인사부장의 눈을 바라보았다.

"경질하라고 하시더군."

"어디로요?"

"그건 몰라. 단, 은행 밖으로 내보내라고 하셨어."

"한자와를 파견으로 내보내라고요?"

"어떤가?"

나이토는 개구쟁이처럼 웃으면서 이토를 쳐다보았다.

"이토 부장님, 지금 진심으로 묻는 건가요?"

서로의 눈을 똑바로 바라보면서 속마음을 탐색하는 시간이 흘렀다. 잠시 후, 감정을 억제했던 이토의 표정에 다른 표정이 깃들었다.

입에서 담배 연기를 내뿜으면서 이토가 말했다.

"내가 설마 진심이겠어?"

나이토는 의자에 기댔던 상체를 일으키고 진지하게 대답했다.

"감사 대책에 문제가 있다는 건가요? 그렇다면 저도 같이 경질하시는 게 어떤가요? 상무님이 뭐 때문에 그러시는지는 모르겠지만 한자와를 내보내는 건 반대입니다."

"자네도 알다시피 이세시마호텔 건에서 실패는 용납되지 않아. 만약 오와다 상무님이 미는 사람이 그 일을 맡으면, 설령 실패했다고 해도 우리의 상처는 크지 않을 거야."

한자와를 경질하는 방안이 오와다의 책략이라면, 그곳에 아전인수 격으로 핑계를 대는 이토도 상당히 교활한 사람이 아닌가? 이렇게 되면 여우와 너구리의 대결이라고 할 수 있다.

"이세시마호텔을 억지로 떠맡겨놓고 이제 와서 그러면 말이 안 되지요. 그건 힘들게 걸어놓은 사다리를 치우는 꼴이나 마찬가지입니다."

나이토가 어이없는 표정으로 말했다. 은행의 파벌 의식이 이렇게까지 극에 달하다니…….

"자네도 알다시피 그게 은행이라는 조직 아닌가?"

"알고는 있지만 그게 좋다곤 생각하지 않습니다. 부장님도 그렇다고 생각하시겠지만요."

이토는 그 말에 반박하지 않고 자신의 예상을 입에 담았다.

"실제로 이세시마호텔의 감사는 대단히 불리해. 이대로 있으면 분명히 부실 채권으로 분류될 거야."

나이토는 표정 하나 바꾸지 않고 물었다.

"그래서 어떻게 하실 생각이십니까?"

"금융청 감사에서 계속 문제가 생긴다면 상황으로 볼 때 경질하지 않을 수 없어."

"한자와를 이세시마호텔 담당자로 지명한 사람은 유아사 사장이고, 은행장님은 그 의견을 받아들였습니다. 그 이후 한자와는 유아사 사장에게 파트너로서 전폭적인 신뢰를 얻었지요. 후임이 한자와만큼 신뢰를 얻을 수는 없을 텐데요."

"이세시마호텔은 원래 옛 T의 거래처야. 오와다 상무님은 한자와가 아니더라도 그쪽과 친한 행원이 얼마든지 있다고 생각하는 모양이더군. 이건 자네에게만 하는 말인데……."

이토는 목소리를 한층 낮추며 말을 이었다.

"오와다 상무님은 이세시마호텔과 의논해서 조직을 과감하게 정리하려는 것 같아. 이미 융자부 기획팀에 검토하라고 지시했다더군. 물론 슬쩍 들었기 때문에 사실인지 아닌지는 모르겠지만."

나이토는 얼굴을 찡그렸다. 영업 2부를 제쳐놓고 자기들 마음대로 일을 진행하다니!

"왜 융자부인지 아나?"

"또 옛 T인가요? 언제까지 그런 적폐에 사로잡혀 있을 겁니까? 파벌 인사는 백해무익하단 걸 아시잖습니까? 상무님은 은행의 이익보다 파벌의 이익을 우선하시는 겁니까?"

나이토의 말투에서 조바심이 묻어나왔다.

이토가 타이르듯 조용히 말했다.

"자네 의견에는 나도 충분히 공감해. 하지만 지금 한자와의 방식으론 열세를 뒤집기 힘들어. 금융청을 상대로 계속 실수를 하면 한자와를 배제하지 않을 수 없지. 그리고 그때는 한자와를 정리하지 않을 수 없다는 걸 자네도 미리 알아두게."

나이토는 입술을 깨물었다. 그것은 한자와만이 아니라 자신의 인사 문제에도 관계되는 일이다. 이토가 하고 싶은 말은 바로 그것이라고 나이토는 즉시 이해했다.

6

"안 그래도 연락하려던 참이었습니다."

밤 8시가 지난 시각. 그때까지 이세시마호텔의 사장실에 있던 유아사는 자신을 찾아온 한자와를 보고 그렇게 말했다.

"실은 조금 전에 오와다 상무가 찾아왔습니다."

"상무님이요?"

"나더러 사장 자리에서 물러나라고 하더군요. 내가 물러나면 지난번에 운전자금으로 빌려준 돈을 나루센의 매수자금으로 인정해준다면서요."

너무나 황당한 말을 듣고 한자와의 뱃속에서 부글부글 분노가 끓어올랐다.

피곤에 지친 유아사의 눈에 붉은 핏발이 가로질렀다. 유아사는 침울한 표정으로 다시 입을 열었다.

"그래서 생각해봤는데요. 내가 물러남으로써 이세시마호텔을 살릴 수만 있다면 사장 자리에 연연할 생각은 없습니다. 그게 최선의 방법이라면 깨끗하게 물러나겠습니다. 어떤가요?"

"그건 오와다 상무의 제안이자 그와 동시에 하네 전무의 제안이기도 하겠지요. 아닌가요?"

유아사는 입을 굳게 다문 채 시선을 발밑으로 떨구었다.

"그렇습니다. 그 두 사람은 나이도 비슷하고, 오와다 상무가 교바시 지점장이었던 시절에 상당히 친하게 지냈다더군요. 오와다 상무의 속셈은 도쿄중앙은행에서 대출해주는 조건으로 나를 퇴임시키고 하네 전무를 경영자로 앉히는 거겠지요."

유아사는 오와다의 속마음을 냉정하게 간파했다.

"그것까지 아신다면 말씀드리겠는데, 그 매수는 불가능합니다."

유아사가 눈을 크게 뜨고 숨을 들이마셨다.

"매수가 불가능하다고요? 왜죠?"

"나루센은 조직폭력배와 관계가 있어서 매수할 수 없습니다. 유감스럽게도 오와다와 하네는 그걸 모르는 것 같군요."

유아사는 실망의 표정을 감추지 못한 채 어깨를 떨구었다.

"어떻게 이런 일이……. 내 목을 내놓아도 회사를 구할 수 없다는 말인가요?"

좌절에 빠진 경영자를 잠시 바라보다가 한자와는 정중하게 말했다.

"유아사 사장님, 실은 긴히 의논드릴 게 있습니다. 어쩌면 오와다와 하네의 제안보다 훨씬 황당하게 들릴 수도 있고, 어쩌면 그보다 받아들이기 어려울 수도 있습니다. 이 말씀을 드리기 전에 저도 사장님 처지가 되어서 과연 할 수 있을까, 어떻게 해야 할까 고민하고 또 고민했습니다. 그런 다음에 지금 말씀드릴 제안이 이세시마호텔을 구하고, 앞으로 이세시마호텔이 한층 더 도약하기 위한 최선의 선택이라는 확신을 가지고 있습니다."

유아사는 무표정한 얼굴로 한자와의 다음 말을 기다렸다.

중대한 국면에서 피폐한 경영자의 눈을 똑바로 쳐다본 다음, 한자와는 숨을 한 번 내쉬고 나서 마음속의 복안을 꺼냈다.

"포스터의 자본을 받아들이십시오."

순간, 유아사는 너무나 놀라서 숨도 제대로 쉴 수 없었다.

"포스터 측의 의사는 이미 확인했습니다. 유아사 사장님의 사장직 유지가 기본 조건이고, 포스터에서 이미 사용하고 있는 글로벌 예약 시스템과 필요한 인재 및 노하우를 제공받기로 했습니다. 그쪽은 이세시마호텔을 통해 일찌감치 일본에서 수익을 올릴 수 있고요."

시간이 얼마나 지났을까? 유아사가 담담한 얼굴로 말했다.

"잠시 시간을 주시겠습니까? 차분히 생각해보겠습니다."

한자와는 유아사를 남겨놓은 채 말없이 사장실을 나섰다.

5장

월급쟁이의 예스

1

"그래요? 생각보다 오래 걸렸군요."

곤도가 교바시 지점의 고자토로부터 대출이 승인됐다는 연락을 받은 것은 니시신주쿠의 술집에서 한판 대결을 벌인 지 사흘 후의 일이었다.

대출이 승인되었다는 이야기는 도마리로부터 이미 들었다. 하지만 더 기뻐하리라고 여겼던 다미야의 태도는 고개가 갸웃거려질 만큼 냉담했다.

"어차피 대출은 승인될 거였는데, 부장님이 이야기를 복잡하게 만든 것뿐이잖습니까?"

그렇게 말한 사람은 곤도의 부하직원인 노다였다. 물론 다미야나 노다 모두 고자토와의 일에 대해 알 도리가 없으므로, 겨우 3천만 엔의 대출에 쩔쩔매는 전 은행원의 모습이 우스꽝스러웠을지도 모르겠다.

무엇 때문일까?

분식회계를 밝혀내면서 현안이었던 사업계획서를 완성했을 때는 하나로 뭉친 듯한 기분이 들었다. 하지만 그런 관계는 어느새 모래처럼 손가락 사이로 빠져나가더니 신기루처럼 사라졌다.

다미야는 요즘 무슨 생각을 하는지 알 수 없고, 노다는 노골적으로 부루퉁한 표정을 지었다. 그와 동시에 곤도에게 마음을 열지 않고 거리를 두었다.

서로 마음을 터놓고 말하면 이해할 수 있다고 생각했다. 하지만 눈에 보이지 않는 장벽이 가로막고 있어서 그런 곤도의 마음이 그들에게 닿지 않았다.

그래도 대출 승인 소식은 최근 들어 계속 긴장에 휩싸였던 곤도의 마음에 잠깐의 안도를 가져왔다.

돌이켜보면 지난 며칠간의 일들이 믿어지지 않았다. 한자와의 아이디어에 편승해 우여곡절 끝에 목표를 이루었다. 그런데…….

곤도는 서랍에 보관해둔 결산 자료에서 가장 최근의 자료를 꺼내려고 했다. 그런데 파일 밑에서 서류 한 장이 구겨져 있는 것을 알아차리고 손을 멈추었다.

며칠 전에 봤을 때는 이렇게 되어 있지 않았다.

곤도는 노다 쪽으로 시선을 돌렸다. 조금 떨어진 책상에서 모르는 척하며 모니터를 들여다보는 남자의 옆얼굴이 눈에 들어왔다.

파일을 펼쳐 보았다.

언뜻 보기에 달라진 곳은 없었다. 하지만 어느 페이지에서 곤도의 손길이 멈추었다. 그의 시선이 한 곳을 응시했다.

페이지 번호였다.

'1'…….

그 앞의 페이지 번호는 '294'였고, 다음 페이지 번호는 '296'이었다. 그렇다면 그곳에는 '295'라는 숫자가 쓰여 있어야 한다.

결산 자료의 명세다. 계정과목은 장기대여금. 금액은 7천만 엔 정도다. 대부분 다미야전기의 하청기업에게 빌려준 돈이다.

그런데 페이지가 바뀌어 있었던 것이다.

"노다 과장님, 잠깐 나 좀 보십시오."

노다가 곤도 쪽으로 시선을 돌리더니, 곤도의 책상 위에 펼쳐진 결산 자료를 보고 딱딱하게 굳었다.

"내가 없을 때 이 자료를 봤습니까?"

노다가 기이하리만큼 갈라진 목소리로 대답했다.

"네? 책상이 잠겨 있었잖아요? 그런데 어떻게 보겠어요?"

"잠시 이것 좀 보시겠습니까?"

노다는 노골적으로 성가신 표정을 지으면서 자리에서 일어섰다. 그리고 곤도가 가리킨 페이지를 보고 퉁명스럽게 말했다.

"이게 어떻다는 겁니까?"

"페이지 번호를 보십시오."

노다의 얼굴에서 표정이 사라졌다. 곤도가 다시 물었다.

"왜 이렇게 됐죠? 이 명세를 보고 싶으니까 경리부 컴퓨터에서 출력해주시겠습니까?"

노다는 어색한 동작으로 자리로 돌아가 경리 프로그램을 이용해 같은 연도의 장기대여금 명세를 불러냈다.

인쇄된 것과 똑같았다.

"뭐가 이상하단 겁니까?"

노다는 거칠게 말했지만 곤도는 속지 않았다.

분개(分介)* 번호가 이상했기 때문이다. 분개를 하면 경리 프로그램이 자동적으로 일련의 번호를 매기는데, 명세에 있는 분개 중 하나에 이런 번호가 붙어 있었다.

37651.

"분개의 입력 페이지를 보여주시겠습니까?"

"그런 걸 봐서 뭐 하려고요?"

노다는 불만스러운 표정을 감추려고 하지 않았다.

"잔말 말고 보여주십시오!"

노다는 곤도를 노려보더니, 마우스를 조작해 곤도가 요청한 화면을 불러냈다.

입력된 분개의 마지막에는 '결산 분개'를 나타내는 '13월'이라는 날짜가 들어 있었다. 본래라면 이보다 뒤의 분개 번호가 붙을 리가 없다. 만약 붙는다고 하면 그것은 결산 이후에 자료를 추가했을 때뿐이다.

따라서 마지막이 되어야 할 결산의 분개 번호는 37650이다.

• 부기에서 거래 내용을 차변과 대변으로 나누어 적는 것.

이것이 무엇을 의미하는지는 생각할 필요도 없었다. 장기대여금 항목은 그 이후에 입력한 것이다. 물론 조작한 사람은 노다 말고는 있을 수 없다.

"이제 됐습니까?"

곤도는 조바심이 깃든 노다의 눈을 지그시 바라보았다.

"최근에 이 결산 자료를 추가했나요?"

노다가 움찔거리면서 곤도에게서 시선을 피했다.

"그런 적 없습니다."

노다는 황급히 경리 프로그램을 조작해서 화면을 바꾸었다. 하지만 그곳에 표시되어 있던 자료는 이미 곤도의 눈에 뚜렷하게 새겨져 있었다.

분개 번호 37651. 장기대여금 3천만 엔. 대여처, 주식회사 페이스전기공업…….

노다는 무엇인가 감추고 있다.

2

곤도는 페이스전기공업을 담당하는 영업부의 모기라는 젊은 직원을 불렀다.

"여기는 뭐 하는 회사지?"

"시제품(試製品)을 만드는 회사입니다. 제조업체의 기획회의에서 제품을 만들기로 정해지면 페이스전기공업으로 가져가서 시제품을 만들지요."

"혹시 페이스의 결산서를 가지고 있나?"

"그런 것까진 받지 않았습니다. 저희가 발주하는 쪽, 즉 대금을 지급하는 쪽이라서요. 물론 작은 판매처라면 결산서를 받는 일도 있지요. 행여 도산이라도 해서 물건이 완성되지 못하면 곤란하니까요. 하지만 이곳은 구매처 중에서도 제법 규모가 있거든요. 시제품이라고 해도 저희가 사정해서 만들어주는 것이나 마찬가지고요. 그런데 무슨 일로……?"

"우리 회사에서 여기에 3천만 엔이나 빌려주었더군."

"네? 그게 사실인가요?"

모기는 처음 듣는 이야기인 듯 눈을 크게 떴다.

"어디에 사용했는지 궁금해서 말이야. 자네도 몰랐나?"

모기가 고개를 갸웃거리며 대답했다.

"네, 그런 이야기는 처음 들었습니다."

"자네가 담당이잖아?"

"그건 그런데요……. 사장님께서 직접 빌려주신 게 아닐까요? 전 들은 적이 없습니다."

"사장님께서?"

"제가 담당자이긴 한데, 여기는 사장님께서 직접 관리하시거든요. 무슨 곤란한 일이라도 있습니까?"

"아니, 특별히 곤란한 일은 없어. 고마워."

곤도는 이미 퇴근한 노다의 책상에서 매입처 파일을 꺼내 F 페이지를 펼쳤다. 그리고 페이스전기공업의 대표자 이름과 주소를 메모한 뒤 도마리에게 전화를 걸었다.

"바쁠 텐데 미안해. 거래처 한 군데만 신용조회를 해줘. 교바시 지점에는 부탁할 수 없어서 그래."

곤도는 페이스전기공업의 기본 자료를 말한 뒤, 사정을 설명했다.

"찾아보고 연락할 테니까 책상 앞에 있어. 금방 전화할게."

그 말대로 도마리는 불과 몇 분 만에 전화를 걸어왔다. 은행이 계약한 신용정보회사의 데이터베이스에는 사원이 몇 명밖에 안 되는 영세기업까지 등록되어 있었다.

"주거래은행은 하쿠스이은행이야. 우리 은행과는 거래를 하긴 하지만 얼마 되지 않고. 조금이지만 요코하마 지점에서 대출받은 게 있어."

"우리 회사가 이 회사에 대여금을 빌려줬는데, 어디에 사용했는지 알고 싶어."

"대여금? 요코하마 지점에선 결산서를 입수했을 테니까 물어보면 알 수 있을 거야. 시간이 좀 필요해."

"바쁜데 미안해."

금융청 감사로 인해 어수선하고 정신이 없을 텐데, 도마리는 한마디도 불평하지 않았다.

도마리로부터 두 번째 전화가 걸려온 것은 다음 날 오후 5시가

지나서였다.

그는 입을 열자마자 곤도에게 물었다.

"어제 말했던 대여금, 페이스전기공업이 틀림없어? 요코야마 지점에 문의해봤는데, 다미야전기에 차입금은 없다고 하던데?"

"차입금이 없다고?"

"다미야전기와는 일반적인 거래는 있어도 부채는 없대. 만일을 위해 그쪽에 직접 확인했으니까 틀림없을 거야."

어떻게 된 걸까?

"페이스전기공업이 장부에 기재하지 않고 대여금을 처리했을 가능성은 없어? 즉, 분식회계 말이야."

"그런 일은 있을 수 없어. 이 회사는 회계법인이 외부감사를 하거든. 지금 상장을 준비하고 있어."

그렇다면 예상할 수 있는 일은 그렇게 많지 않다.

"페이스전기공업이 아니라 다른 곳에 빌려준 거 아니야?"

도마리의 지적을 듣고 곤도는 작게 얼굴을 찡그렸다.

"진짜 빌려준 곳은 몰라. 장부는 교체되었고, 경리 프로그램의 분개도 변경되었더군. 확인할 방법이 없어."

"대여금이라면 계약서가 있겠지. 그걸 확인해보는 게 어때?"

"계약서가 없어."

전화기 너머에서 도마리의 목소리가 높아졌다.

"계약서가 없다고? 그게 말이 돼?"

"담당자에게 물어봤는데, 그런 건 만들지 않았다고 하더군."

214

"계약서도 없이 3천만 엔이나 되는 돈을 빌려줬다고? 너희 회사, 바보야?"

도마리의 입에서 독설이 튀어나왔다.

"사장끼리 사이가 좋아서 그랬대. 워낙 친한 사이라서 계약서를 만들지 않았다고 하더라고."

"그 말이 사실이라면 얼간이 사장 동지끼리 잘 만나셨군."

황당해하는 도마리의 표정이 눈에 선했다. 물론 계약서가 없다는 말을 곤도가 진심으로 믿는 것은 아니었다.

진실을 확인할 방법이 없을까? 곤도는 전화를 끊은 뒤, 잠시 머리를 껴안고 생각에 잠겼다.

그때 불현듯 하늘에서 계시가 내려왔다.

"그거야……."

세무사다!

3

다미야전기의 고문 세무사 사무소는 고서점이 많이 들어선 진보초의 주상복합 건물에 있었다. 교바시에서 지하철을 갈아타고 진보초 역에서 내린 곤도는 건물에 빼곡히 붙어 있는 간판 사이에서 '간다 도시오 세무사 사무소'라는 간판을 확인하고 키다리 빌딩 안으로 들어갔다.

접수처로 나온 젊은 직원에게 명함을 내밀며 불러달라고 한 사람은 다미야전기에 자주 오는 와타세 미노루라는 담당자였다. 와타세는 안쪽에 앉아 있었다.

"안녕하십니까. 여기까지는 무슨 일로……."

와타세는 종종걸음으로 나오더니 의아한 표정을 지었다. 곤도가 사전에 연락도 없이 불쑥 찾아온 것이 마음에 걸리는 모양이었다.

"바쁜데 찾아와서 미안하네. 잠시 시간 있나?"

"아아, 네."

와타세는 당황한 표정을 숨기면서 물었다.

"노다 과장님은요?"

"노다 과장과는 관계없는 일이야."

곤도는 와타세의 뒤를 따라 접견실로 들어갔다. 와타세가 탁자를 사이에 두고 맞은편에 앉는 것을 보면 세무사인 간다를 부를 것까지 없다고 판단한 모양이었다.

"실은 우리 결산서의 명세를 보고 싶어서 왔어. 여기에 복사본이 있지?"

와타세는 당황스러움을 감추지 않고 되물었다.

"결산서의 복사본 말인가요? 그거라면 귀사에도 있을 텐데요."

"내용이 일부 바뀐 것 같아서 말이야."

"그게 무슨 말씀이시죠?"

곤도가 복사해온 종이를 탁자 위에 펼치자 와타세가 몸을 앞으로 내밀었다.

"이 장기대여금의 명세가 아무래도 이상해."

와타세는 무표정한 얼굴로 곤도가 가리킨 곳을 보았다.

"페이스전기공업에 3천만 엔을 빌려준 걸로 되어 있잖나? 그런데 그런 사실은 어디에도 없더군."

"혹시 노다 과장님의 허락은 받으셨습니까?"

와타세는 서른 살쯤 되었을까? 운동 부족과 연일 밀려드는 일에 시달려서 그런지 창백한 얼굴로 데면데면하게 말했다.

"허락이라니? 부장인 내가 왜 과장의 허락을 받아야 하지?"

곤도가 발끈하며 화를 내자 와타세는 지금까지 지었던 의례적인 웃음을 집어넣었다.

"경리는 노다 과장님이 전담한다고 들었거든요."

"노다는 내 부하직원이야."

"만일을 위해 먼저 노다 과장님과 말씀해주시겠습니까?"

"그럴 필요 없어."

곤도가 차갑게 말하자 와타세의 얼굴이 석고상처럼 굳었다.

"그러면 보여드릴 수 없습니다."

"자네와는 말이 안 통하는군. 세무사님 계신가?"

"지금 잠시 회의에 들어가셨습니다."

와타세는 완곡하게 거절했다.

"그래? 전기 결산이 분식회계란 거, 이쪽 사무소에서는 알고 있었지?"

곤도가 그렇게 말하자 대답은 없었지만 와타세의 눈이 가늘게 흔들렸다.

곤도는 틈을 주지 않고 잇따라 공격했다.

"분식회계를 너무 쉽게 생각하는 거 아닌가? 이런 식으로 하면 고문 계약을 해지하겠어."

마음속에서 분노를 삭이기 때문인지, 와타세의 뺨이 파르르 떨렸다. 이윽고 자기 혼자 상대하기는 버겁다고 판단했는지 "잠시만 기다리십시오"라고 말하고 회의실에서 나갔다.

한참을 기다렸지만 와타세는 좀처럼 돌아오지 않았다.

무엇을 하고 있을지는 상상이 되었다. 일단 노다에게 연락하자 보여주지 말라고 했을 것이다. 지금쯤 다미야전기 안에서는 노다가 야단법석을 피우고 있을 게 틀림없다.

"곤도 부장님, 오랜만입니다!"

이윽고 와타세가 다미야전기의 고문 세무사이자 이 사무소의 대표인 간다 도시오를 데리고 돌아왔다.

둥근 얼굴 위에 몇 가닥 남지 않은 머리칼이 놓여 있는 간다는 세무사라기보다 육체노동자처럼 햇볕에 그을려서 전체적으로 까무잡잡했다. 50여 명이 있는 이 사무소에서 세무 관계 일은 모두 직원들에게 맡기고, 그가 하는 일은 오직 술 접대와 골프 접대뿐이었다. 그것만으로 연간 수천만 엔의 보수를 받으니, 세상에 이렇게 편한 일이 또 있을까?

"세무사님, 안녕하십니까. 제 용건은 들으셨습니까?"

곤도는 미소도 짓지 않고 사무적으로 말했다.

"그것 말씀인데요, 제가 이렇게 부탁하겠습니다."

가벼운 남자답게 간다는 일단 저자세로 나왔다.

"부탁할 사람은 오히려 접니다. 어서 보여주십시오."

"이거 참 난감하군요."

간다의 눈이 간교하게 빛났다.

"그렇게 난감해하실 건 없습니다. 우리 회사 자료니까요. 클라이언트의 총무부장이 보여달라고 하는데, 그걸 거부하는 게 더 이상하잖습니까?"

"노다 과장님이 보여드리지 말라고 해서요. 그리고 다미야 사장님의 승인도 없잖습니까?"

"노다가 자료를 위조했을 가능성이 있으니까 여기까지 와서 보여달라는 거 아닙니까?"

"부장님, 죄송하지만 그럴 수 없습니다."

간다는 의자에 깊숙이 앉더니 안주머니에서 담배를 꺼내 입에 물었다.

"노다 과장님과는 지금까지 오랜 세월을 함께했거든요. 그런 노다 과장님이 신신당부를 했습니다. 자신과 사장님 말고는 어느 누구에게도 보여주지 말라고요."

"그래요? 그럼 어쩔 수 없군요."

곤도는 그렇게 말한 뒤, 가방에서 꺼낸 자료를 탁자 위에 올려놓았다.

"그건 뭐죠?"

"다미야전기의 분식회계를 정리한 보고서야. 이 사무소에 관해서도 쓰여 있지."

간다는 황급히 등받이에서 몸을 떼더니, 자료를 읽어보고 눈빛을 바꾸었다.

"분식회계는 이중장부로 되어 있더군. 물론 여기서 작성한 거겠지. 왜 이런 일에 협조했나?"

이중장부는 세무사의 협조가 없으면 쉽게 만들 수 없다. 세무 지식도 필요하고, 쉽게 알아차릴 수 없을 만큼 교묘하게 만들어야 하기 때문이다.

"그게 말이죠, 워낙 오랫동안 거래를 해와서……."

간다가 말꼬리를 흐렸다.

"오랫동안 거래를 해오면 분식회계를 해도 된다는 건가? 분식회계를 한 결산서로 대출을 받는 건 사기야. 그걸 알면서 협조한 게 아닌가?"

"저도 그런 일은 하고 싶지 않았습니다. 하지만……."

곤도가 간다의 변명을 재빨리 가로막았다.

"정부에 반사회적 세무사로 찍히면 어떻게 되는지 알고 있지?"

"부장님, 그렇게까지 말씀하시다니……. 저희는 다만……."

"은행에는 분식회계에 관여한 세무사 사무소의 블랙리스트가 있어. 거기에 한번 올라가면 그 사무소와 거래하는 기업의 결산서로는 대출받기 힘들다는 건 그쪽도 알지? 이번 분식회계에 이쪽 사무소가 깊숙이 개입되어 있다고 보고하면 어떻게 될 것 같나?"

"그럴 수가……."

간다의 얼굴에는 낭패한 기색이 역력했다.

"그건 안 됩니다. 제발 그러지 마십시오."

"이봐, 세무사 선생. 얼굴을 보니 요즘 경기가 좋은 것 같은데, 그보다 더 중요한 건 신용이 아닌가? 노다에게 의리를 지키는 것도 좋지만, 나와 노다 중에 어디에 붙는 편이 이익인지 잘 생각해보시지."

계산기를 두들기는지 간다의 눈동자가 이리저리 바쁘게 움직였다. 하지만 계산이 빠른 이 남자가 결론을 내릴 때까지는 오래 걸리지 않았다.

"와, 와타세! 어서 가서 자료를 가져와."

창백한 얼굴로 상황을 지켜보던 와타세가 회의실에서 뛰어나가더니, 잠시 후 두꺼운 장부를 가지고 돌아왔다.

장부를 들춰보던 곤도는 즉시 원하는 부분을 찾아냈다. 장기 대여금의 명세서다.

대여금 3천만 엔.

찾았다! 빌려준 곳은 역시 페이스전기공업이 아니었다. 그곳에 적혀 있는 회사명은…….

"주식회사 라파예트? 세무사 선생, 여긴 뭐 하는 곳이지?"

간다가 황급히 머리를 가로저었다.

"그, 그건 모릅니다. 입력은 노다 과장이 했고, 내용까지는 저희가 관여하지 않으니까요."

"정말 모르나?"

곤도는 확실하게 못을 박았다.

"만약 나중에 알았다는 사실이 밝혀지면 그때는 각오하는 게 좋을 거야!"

"곤도 부장님, 정말입니다. 믿어주십시오."

간다는 곤도의 바짓가랑이에라도 매달릴 것처럼 말했다.

"이건 내가 가져가지."

곤도는 장부를 들고 세무사 사무실을 나와서 지하철을 타고 교바시까지 갔다. 그리고 지하철역의 코인 로커에 장부를 넣은 뒤 노다가 기다리는 회사로 돌아갔다.

다미야가 한창 골프를 치고 있을 때, 노다가 휴대폰으로 전화를 걸어왔다.

티샷이 오른쪽으로 휘는 바람에 러프에서 2타를 치려고 자세를 잡고 있던 다미야는 짜증을 내며 "쳇!"하고 혀를 찬 다음, 뒷주머니에서 진동하는 휴대폰을 꺼냈다. 화면에 뜬 이름이 다른 사람이었다면 휴대폰을 그대로 내동댕이쳤을지도 모른다.

"사장님, 바쁘실 텐데 죄송합니다."

"무슨 일입니까?"

어지간한 일이 아닌 이상, 노다는 이런 때 전화를 거는 사람이 아니다.

"실은 간다 세무사 사무소에서 연락이 왔는데, 곤도가 그쪽으로 쳐들어간 모양입니다."

생각지도 못한 이야기를 듣고 다미야는 휴대폰을 향해 버럭 고함을 질렀다.

"뭐라고요? 거기엔 또 뭐 하러 갔답니까?"

"우리 결산서를 보여달라고 했답니다. 그 대여금 명세서를……."

"설마 보여준 건 아니겠죠?"

다미야는 불쾌함을 노골적으로 드러내며 물었다.

노다는 어떻게 말해야 좋을지 몰라서 안절부절못하며 겨우 대답했다.

"그게 말이죠…… 곤도에게는 절대로 보여주지 말라고 신신당부를 해두었는데, 아무래도 간다 세무사가……."

"보여줬답니까?"

"네, 그런 것 같습니다."

"이 등신 머저리 같으니!"

다미야는 노다에게 욕설을 퍼부은 뒤, 분노를 이기지 못하고 그대로 전화를 끊었다.

사전에 한마디 말도 없이 세무사 사무소로 쳐들어간 곤도의 행동도 용납하기 힘들었다. 그런 곤도에게 쉽사리 장부를 보여준 간다에게도 화가 나서 견딜 수 없었다. 더구나 그런 일 하나 처리하지 못하고 뻔뻔하게 보고한 노다도 한심한 얼간이가 아닌가! 하여간 이놈이고 저놈이고 죄다…….

그 분노는 이윽고 마음속 깊은 곳에서 조용히 떠오른 불안으로 바뀌었다.

곤도는 대여금의 존재를 어떻게 알아차렸을까? 노다가 어설프게 손을 썼기 때문일까? 아니면 다른 이유가 있었던 것일까? 한번 떠오른 의문은 사라지지 않고 뱃속의 밑바닥에서 소용돌이치기 시작했다.

"다미야 사장, 어서 치지 않고 뭐 해?"

친구의 말을 듣고 다미야는 다시 어드레스에 들어갔다.

눈앞에 있는 하얀 공이 곤도의 얼굴로 바뀌었다.

"우라질!"

힘껏 휘두른 아이언에서 떠난 공이 지금이라도 눈물을 흘릴 것 같은 비구름을 향해 날아갔다. 의도한 방향에서 상당히 오른쪽이다.

"아차차!"

입에서 그런 말이 튀어나온 순간, 그린 앞쪽에 있는 연못에서 물보라가 일었다.

"아아, 사고 치셨네요!"

멀리서 캐디의 목소리가 들렸다.

4

"바쁘신데 이렇게 오시라고 해서 죄송합니다."

저녁 8시가 조금 지난 시각. 약속 시간보다 조금 늦게 온 가이세를 보고 다미야는 깊숙이 고개를 숙였다.

"아닙니다. 다미야 사장님, 오늘은 더치페이로 하겠습니다. 대출 건도 있고, 시기가 미묘해서요."

가이세는 은행원이란 신분을 잘 알고 있다고 강조하듯 더치페이라는 부분을 특히 강조했다.

"아닙니다, 지점장님. 이번 일은 대출과는 관계가 없는 일이고, 혼동하지 않을 테니까 걱정하지 마십시오."

다미야는 그렇게 말한 뒤, 물수건을 가져온 종업원에게 음식을 가져오라고 말했다.

가이세에게 중대한 용건으로 만나 뵙고 싶다고 전화할 때까지 다미야의 머릿속에서 수많은 일들이 스쳐 지나갔다.

며칠 전, 엉망진창이었던 골프가 끝나자마자 다미야는 곧장 회사로 돌아가 책상 앞에서 평소처럼 일하는 곤도를 불렀다.

노다에게는 자기가 회사로 돌아갈 때까지 이 건에 대해 곤도와 말하지 말라고 못을 박아놓았다. 다미야가 곤도를 부르자 노다는 속이 후련해지는 상황을 기대하며 흥미진진한 눈길로 지켜보았다.

"오늘 간다 세무사 사무소에 갔다고 하더군요. 뭐 하러 갔습니까? 곤도 부장님, 그렇게 멋대로 행동하면 곤란합니다!"

여느 때와 달리 다미야는 몹시 격앙된 어조로 말했다.

"우리 장부에 허위 내용이 있어서 확인하러 갔습니다."

곤도는 태연히 말하더니 들고 있던 복사본을 책상 위에 내밀었다. 장부의 복사본이었다.

예상한 대로 그곳에는 장기대여금의 계정과목이 쓰여 있었다. 다미야는 경계하면서 물었다.

"이게 어째서요?"

"노다 과장님!"

곤도는 다미야의 질문에 대답하지 않고 느닷없이 노다를 불렀다. 자리에서 일어나 곤도 쪽으로 걸어오는 노다의 얼굴에는 이미 불쾌함이 잔뜩 배어 있었다.

"과장님이 이 계정과목의 내용을 바꾸었죠?"

노다가 복사본을 힐끔 쳐다보고 시치미를 뗐다.

"난 그런 거 모릅니다."

"이렇게 손을 쓸 수 있는 사람은 당신밖에 없잖습니까!"

"간다 사무소의 와타세 씨가 바꾼 거 아닌가요?"

"말도 안 되는 거짓말은 하지 마십시오! 그렇게 말하면 초등학생도 비웃습니다!"

노다가 눈을 치켜뜨고 곤도를 노려보았다.

"거짓말인지 아닌지 모르잖습니까? 노다 과장님은 하지 않았다고 하니까요."

다미야의 입에서 이 말이 나온 순간, 세 사람 모두 이들의 관계는 다시는 돌이킬 수 없음을 깨달았다.

"그럼 과장님, 지금 세무사 사무소의 와타세 씨에게 확인해볼까요?"

노다는 무표정한 얼굴로 곤도를 쳐다보았을 뿐, 대답은 하지 않았다.

곤도가 다시 말을 이었다.

"과장님이 내 책상 서랍에 있던 원장의 페이지를 바꾸었죠?"

"내가 그랬다는 증거라도······."

눈을 부라리며 반박하려던 노다의 안색이 갑자기 바뀌었다. 곤도가 노다의 코끝에 열쇠를 들이밀었기 때문이다.

"과장님의 책상 안을 조사해봤습니다. 내 책상 서랍의 스페어 키가 있더군요. 이걸 만든 날은 지난주 수요일. 잡비 명세에 스페어 키 대금으로 보이는 지급처가 있었습니다."

"곤도 씨, 지금 무슨 말을 하고 싶은 겁니까?"

다미야가 비난하듯 말하는 것을 보고 곤도가 따져 물었다.

"사장님, 주식회사 라파예트는 어디입니까?"

"거래처입니다. 거기 사장님과는 옛날부터 잘 아는 사이죠."

"계약서를 보여주십시오."

"그런 건 없습니다."

바보가 아닌 이상, 다미야의 대답을 믿을 리는 만무했다.

"3천만 엔이나 빌려줬는데 계약서도 없다는 건 이상하잖습니까? 언제 받기로 했습니까?"

다미야가 의자 등받이에서 몸을 일으키며 말했다.

"곤도 씨. 이건 사장의 개인적인 문제라고 생각하고, 쓸데없는 참견은 안 했으면 좋겠군요."

"그렇다면 사장님 돈으로 빌려주면 되겠네요."

곤도가 그렇게 말하자 조금 전까지 기세등등하던 다미야도 반박할 수 없었다.

"그런 대여금은 회사의 재무 상황을 악화시킬 뿐입니다. 지금 당장 돌려받으십시오. 그리고 사장님께서 다시 빌려주면 되잖습니까?"

"검토해보지요. 일단 이 문제는 내게 맡겨주겠습니까?"

다미야에게 곤도는 더할 수 없이 골치 아픈 존재였다. 지금까지 회사를 꾸려온 자신의 경영 능력을 무시하는 파괴자로 보였다. 쓸데없는 일을 파헤치기 전에 은행으로 돌려보내는 편이 좋겠다. 다미야가 이렇게 결론을 내릴 때까지는 그렇게 오래 걸리지 않았다.

"실은 곤도 씨 말입니다만."

음식을 어느 정도 먹고 나서 다미야는 겨우 본론을 꺼냈다.

"회사에서 부딪치지 않는 사람이 없어서 애를 먹고 있습니다. 저도 이제 두 손 들어야 할 것 같습니다."

입으로 가져가려던 술잔을 멈추고 가이세는 복잡한 표정을 지었다.

"파견자를 다시 돌려보내는 건 반가운 일이 아닙니다."

예상한 대로 가이세의 반응은 호의적이라고 하기 힘들었다.

"지점장님, 저도 좋아서 이런 말씀을 드리는 게 아닙니다. 이
제 한계에 부딪혀서 그렇습니다."

받아들인 사람을 돌려보낸다고 하면, 이유야 어찌되었든 은행
은 탐탁해하지 않는다. 그것을 알면서 하는 이야기다.

"다미야 사장님, 재검토해주실 수 없겠습니까?"

"어떻게든 회사에서 잘 지낼 수 있도록 최대한 배려했는데, 저
희에게는 너무나 버거운 사람입니다."

"구체적으로 어떤 점이 그렇게 문제인가요?"

가이세는 사무적으로 딱딱하게 물었다. 지난번의 분식회계 건
으로 다미야를 믿지 않는 것임이 틀림없다. 다미야도 가이세를
전적으로 믿는 것은 아니다. 가이세가 자기 회사와의 지속적인
거래를 반대했다고 들었기 때문이다. 즉, 겉으로는 웃고 있어도
두 사람의 뱃속에서는 서로에 대한 반감이 소용돌이치고 있었
다. 더구나 다미야에게는 애초에 곤도가 없었다면 이런 일도 없
었을 것이라는 생각이 있어서, 분노는 몇 배로 확대되었다.

"일단 협조하려는 마음이 손톱만큼도 없습니다. 부하직원들도
전혀 따르려고 하지 않고요. 그러면 저도 계속 봐줄 수가 없지요.
경영에도 사사건건 참견해서, 며칠 전에 드린 사업계획서를 만
든 것은 좋지만 계속 엉뚱한 소리만 늘어놓습니다. 임원들 평가

도 최악의 수준이고요. 이래서는 저희 회사에서 계속 데리고 있기 힘듭니다."

가이세는 입술을 삐죽거리며 부루퉁한 표정을 지었다.

"이거 참 난감하군요."

"어쨌든 인사부와 논의해주시겠습니까?"

"일단 말씀은 알겠습니다."

"지점장님, 꼭 부탁드립니다."

어찌되었든 곤도만 되돌려보내면 대여금 건은 유야무야 만들 수 있다. 파견자를 받아들인 것은 교바시 지점에 잘 보이기 위해서였는데, 이런 눈치코치도 없는 가이세 같은 남자를 상대로는 그런 배려를 받을 수 없을지도 모른다.

도쿄중앙은행과의 관계도 시대와 함께 바꿀 필요가 있으리라. 간도 쓸개도 내주면서까지 가이세의 마음에 들려고 할 필요는 없는 것이다.

음식점 앞에서 지점장 차를 타고 떠나는 가이세를 배웅하고 나서 다미야는 미리 대기시켜놓은 택시에 올라탔다. 그리고 뒷자리에 앉아 휴대폰으로 단골 술집에 전화를 걸었다. 오늘처럼 불쾌한 날은 코가 삐뚤어질 때까지 마셔서 스트레스를 날려보내야 한다.

5

곤도가 도마리에게 라파예트라는 회사에 관해 물어보자 다음
과 같은 대답이 돌아왔다.

"라파예트란 이름의 회사는 전부 일곱 군데야. 도쿄에는 세 군
데 있는데, 의류업이 두 군데고 음식업이 한 군데고. 다미야전기
와 같은 업종은 한 군데도 없어. 요코하마와 지바에도 한 군데씩
있는데 모두 음식업이고. 어떡할까?"

"일단 조사표를 팩스로 보내주겠어? 생각해볼게."

몇 분 후, 도쿄중앙은행 융자부에서 팩스가 도착했다. 곤도는
그 팩스를 구멍이 날 만큼 뚫어지게 바라보다가 고개를 갸웃거
렸다.

아무리 생각해도 접점이 없다. 돈을 빌려준 상대가 누구인지
특정할 수 없는 것이다.

세무사 사무소를 찾아갔다가 다미야와 한판을 벌인 다음 날이
었다.

다미야는 계약서가 없다고 말했다. 거짓임이 분명하지만 계약
서가 있다고 해도 곤도의 손이 닿지 않는 곳에 숨겨놓았으리라.

"더는 추적할 방법이 없는가……?"

실낱같은 실마리를 발견한 것은 오후에 미결재함에 들어 있던
예금통장을 손에 들었을 때였다.

다른 회사에게 돈을 빌려줄 때, 예금통장에서 현금을 찾아서

들고 가는 일은 거의 없고 계좌이체로 처리하는 것이 일반적이다. 그렇다면 3천만 엔을 빌려주었을 때 어디로 이체했는지 확인하면 되지 않을까?

그날 밤, 곤도는 노다가 퇴근하기를 기다렸다가 라파예트에 몇 년 전에 돈을 빌려줬는지 조사했다.

옛날 결산서를 확인했더니 즉시 알 수 있었다. 빌려준 곳의 이름은 쓰여 있지 않지만 결산서에 대여금이라고 적혀 있었기 때문이다.

4년 전이었다. 두 은행이 합병하기 전, 도쿄제일은행 교바시 지점의 예금 계좌에서 상대 회사로 이체되었다. 이체한 날짜는 5월 17일.

그런 다음에 창고에 가서 4년 전 입금표의 사본을 찾기로 했다. 서류의 보관 기한은 7년이다. 어떤 사정이 있든 회사 돈을 빌려준 이상 어딘가에 흔적이 남아 있을 것이다.

곤도는 창고 대신 사용하는 사무실로 들어갔다. 안으로 들어가자 후덥지근한 무더위와 곰팡이 냄새가 코와 입과 온몸을 동시에 공격했다.

정리 상태는 엉망이었다. 영업부가 관리하는 시제품을 비롯해 상품인지 잡동사니인지 불량 재고인지 알 수 없는 물건들이 양쪽 선반에 놓여 있고, 경리 관계 서류는 안쪽에 산더미처럼 쌓여 있었다.

곤도는 바닥에 아무렇게나 놓여 있는 골판지 상자를 치우고,

연도별로 구분되어 있는 선반 앞에 섰다.

먼지투성이인 상자 몇 개를 바닥에 내리고 맨손으로 열자 즉시 손이 새카매졌다.

지출 경비 영수증이 붙은 스크랩북과 전표가 빽빽이 들은 상자 안에서, 그는 눈에 불을 켜고 원하는 서류를 찾았다. 이윽고 오래된 입금표의 부본에서 그의 손이 멈추었다. 다미야와 노다 모두 이것을 감추는 데까지 머리가 돌아가지 않은 것이다.

한눈에도 노다의 필적임을 알 수 있는 꼼꼼한 글씨가 쓰여 있었다.

받는 사람, 주식회사 라파예트, 이체금액 3천만 엔. 이체한 곳은 하쿠스이은행 니혼바시 지점의 보통예금 계좌.

곤도는 계좌번호를 적고 자리로 돌아와, 도마리에게 받은 조사표에서 같은 은행의 같은 지점과 거래가 있는 회사를 찾았다.

해당하는 곳이 한 군데 있었다.

6

매장의 타깃은 삼사십 대 여성일까?

옷걸이에 걸려 있는 옷은 전부 세련된 디자인으로 화려한 옷은 거의 없다. 곤도는 가까이 있는 원피스의 가격표를 뒤집어보았다. 6만 5천 엔. 곤도의 경제 사정으로 볼 때, 쉽게 손을 내밀

수 있는 옷은 아니었다.

　매장 안에는 곤도 말고 손님이 한 명 더 있었는데, 종업원이 계속 따라다니며 옷을 팔기 위해 영업용 웃음을 짓고 있었다.

　니혼바시 역 앞에 있는 백화점 안이었다. 여기에 회사 이름과 같은 라파예트라는 고급 부티크 매장이 있다는 것은 그 후의 조사를 통해서 알았다.

　"실례합니다만……."

　곤도는 자신의 조금 뒤에서 따라다니는 종업원에게 말을 걸었다. 여기서 파는 옷이 잘 어울리는, 침착해 보이는 30대 여성이었다.

　"라파예트는 오리지널 브랜드인가요?"

　"네. 전부 저희 회사에서 직접 디자인한 거예요. 선물하실 건가요?"

　"네에……."

　곤도는 모호하게 대답했다.

　도마리가 보내준 신용조사표에 따르면 주식회사 라파예트의 본사는 지하철 니혼바시 역 근처의 주상복합 빌딩에 있었다.

　"선물 받으실 분의 사이즈를 알면 권해드릴 수 있는데요. 그분의 취향을 아세요?"

　"그건 잘 모릅니다."

　종업원의 얼굴에 실망의 그림자가 드리웠다.

　"이 브랜드의 옷을 보고 와서 좋다고 하더군요. 내 마음에도 들 거라고 하면서요. 이번 일요일에 같이 사러 오기로 했는데, 혹시 팸플릿 같은 건 없습니까?"

종업원이 매장 한가운데에 있는 탁자의 서랍에서 대표적인 의상이 인쇄된 팸플릿을 가져왔다.

곤도는 고맙다고 말하며 팸플릿을 받아들고 재빨리 그곳에서 나왔다.

팸플릿에 회사에 대한 구체적인 자료는 실려 있지 않았다. 하지만 맨 뒤에 인쇄되어 있는 회사의 소재지가 신용조사표와 완벽하게 일치해서, 여기가 다미야전기에서 돈을 빌려준 곳이라는 사실을 알 수 있었다. 다미야는 작은 의류회사에 3천만 엔이나 되는 돈을 빌려준 것이다.

곤도는 여성복 매장의 귀퉁이에 있는 소파에 앉아 세련된 디자인의 옷을 소개하고 있는 팸플릿을 꼼꼼히 확인한 뒤, 신용조사표에 있는 대표자 이름을 확인했다.

다나하시 다카코. 집은 오타 구. 47세라는 나이까지는 알아냈지만 그 이상은 알 수 없었다.

다미야의 애인일까?

곤도는 지도를 보면서, 오후 6시가 지나도 찜통 같은 더위가 계속되는 도심을 걷기 시작했다. 이윽고 그가 걸음을 멈춘 곳은 뒷골목 입구에 있는 건물 앞이었다. 유리 벽면에 무거운 하늘이 비치고 있었다.

그 건물 1층이 라파예트라는 회사의 본사였다. 절반쯤 열린 블

라인드 사이로 내부의 모습을 살펴볼 수 있었다. 연매출 1억 엔이 채 안 되는 작은 회사답게 사무실도 아담했다.

곤도는 잠시 밖에서 바라보다가 1층 옆의 입구로 걸어가서 문을 열었다.

안으로 발을 집어넣자 기묘한 압박감이 엄습했다. 천장 가까이까지 골판지 상자가 쌓여 있었기 때문이다. 몇몇 사원들이 상자를 열어서 짐을 구분하고 있었다. 사원들은 하나같이 젊었다.

"저기요······."

곤도가 말을 걸자 컴퓨터 앞에 앉아 있던 여직원이 일어섰다.

"다미야전기에서 왔는데요, 사장님 계십니까?"

여직원은 곤도가 내민 명함을 말끄러미 쳐다보면서 당황한 표정을 지었다.

"다미야전기에서 오셨다고요? 사장님과 만나시기로 약속하셨나요?"

"아닙니다. 근처에 왔다가 잠시 인사를 드리려고 들렀습니다."

여직원의 눈동자가 잠시 흔들렸다. 영업사원일지도 모른다고 경계하는 모양이었다.

"실례지만 사장님과는 어떤······?"

"저는 다미야전기의 총무부장인데요."

명함에도 그렇게 쓰여 있었다.

"저희 회사에서 빌려간 자금 건이라고 말씀하시면 아실 겁니다. 영업사원은 아니니까 안심하십시오."

여직원은 그제야 겨우 표정을 풀더니, "잠시만 기다려주세요"라고 말한 뒤 명함을 들고 안쪽 사무실로 사라졌다. 그리고 잠시후에 돌아와 "이쪽으로 오세요"라고 말하며 앞장서서 걸어갔다.

그녀의 뒤를 따라 안쪽 사무실로 들어가자 한 여성이 의아한 눈길로 곤도를 쳐다보았다. 그곳은 회의용 테이블이 있는 다목적 사무실로, 여성의 앞에는 여성복 디자인 샘플이 잔뜩 놓여 있었다. 그때까지 회의를 한 듯한 여성이 곤도와 교대로 사무실에서 나갔다.

"무슨 일로 오셨죠?"

의자에서 일어선 여성은 황금빛 체인이 걸려 있는 안경 너머로 사람을 평가하듯 곤도를 위아래로 훑어볼 뿐, 명함도 주지 않았다.

"사장님이십니까?"

"그런데요."

여성은 그렇게 대답하면서 손짓으로 빈 의자를 권했다.

"다미야전기의 총무부장인 곤도라고 합니다. 실은 여쭤볼 게 있어서 왔습니다."

곤도는 가방 안에서 지난번에 창고에서 발견한 입금표의 부본을 꺼냈다. 하지만 아직 상대에게 보여주지는 않았다. 다나하시 다카코의 탐색하는 듯한 시선이 더욱 예리해지면서 곤도는 거북함을 느꼈다.

"다미야전기에서 귀사에게 빌려준 대여금 건입니다."

대답이 돌아오지 않자 곤도는 다시 말을 이었다.

"다미야 사장님 말로는 개인적으로 빌려드렸다고 하더군요. 다만 차용증도 없어서 업무적으로 어떻게 처리해야 할지 난감합니다. 4년 전에 귀사에 3천만 엔을 빌려드렸다는 것은 틀림이 없습니까?"

그러자 그녀는 가시 돋친 말투로 험악하게 말했다.

"이봐요, 약속도 없이 찾아와서 다짜고짜 이상한 말을 하시는군요. 그건 다미야 사장님께 물어보면 되잖아요? 왜 내게 찾아와서 확인하는지 모르겠네요. 더구나 차용증이 없다는 건 거짓말이에요. 난 분명히 썼어요. 지금 그쪽이 독단적으로 찾아온 거 아닌가요?"

그녀는 문제점을 예리하게 지적했다.

"그게 제 일이니까요. 대여금을 언제 갚으실 건지 예정일을 듣고 싶습니다."

"다미야 사장님이 가서 받아오라고 하던가요?"

그녀는 불쾌감을 감추지 않고 되물었다.

"본인이 그렇게 말한 건 아닙니다. 하지만 언제 갚을지 모르는 대여금은 회계를 처리할 때도, 사업계획을 세울 때도 문제가 됩니다. 다나하시 사장님은 어떻게 생각하십니까?"

"내 생각을 왜 그쪽에게 말해야 하죠?"

그녀는 불신감을 적나라하게 드러내며 뿌리치듯 말했다.

"경리 담당자로서 앞으로의 경영계획에 참고하고 싶어서 여쭤

봤습니다."

"그렇다면 당분간 그대로 놔두세요."

조바심으로 인해 그녀의 목소리가 가늘게 떨렸다.

"당분간이요? 언제까지 말인가요?"

"그건 몰라요. 없는 소매는 흔들 수 없다는 말 알죠? 없는 돈은 갚을 수 없다는 뜻이에요. 더구나 그건 당신네 회삿돈이 아니잖아요?"

그녀의 입에서 기묘한 말이 흘러나왔다.

"저희 회삿돈이 아니라고요?"

그녀는 곤도에게서 황급히 시선을 돌렸다. 그 모습을 보고 곤도는 그 말이 실언이었음을 알아차렸다.

"그게 무슨 뜻이죠?"

"다미야 사장님이 개인적으로 빌려줬다고 하셨다면서요? 그럼 그렇게 생각하시면 되잖아요. 그걸 그쪽이 꼬치꼬치 캐물어서 어쩌려는 거죠?"

"착각하지 마십시오. 다나하시 사장님, 그건 저희 회삿돈입니다. 애초에 다미야 사장님과는 어떤 관계지요?"

"그런 건 당신과 상관없잖아요!"

그녀는 오만한 태도로 거칠게 소리쳤다.

"상관이 없으면 이런 곳까지 오지 않습니다!"

곤도가 되받아치자 그녀는 험악한 눈길로 노려보았다.

"그래봐야 어차피 총무부장 아닌가요? 당신에게는 할 말이 없어요. 당장 나가주세요!"

7

"경리담당자가 말인가요?"

저녁 8시가 넘은 시각. 법인회(法人會)* 모임이 끝나고 다른 사
장들과 호텔 연회장으로 이동할 때, 다미야의 휴대폰으로 전화
가 들어왔다.

"그렇게 말했다고 하더군요. 짚이는 게 있습니까?"

"은행에서 파견 보낸 사람을 총무부장에 앉혔는데, 아마 그 작
자인 것 같습니다. 그 건은 신경 쓰지 말라고 그렇게 말했건만!
빌어먹을 자식!"

다미야는 분통을 터트리며 혀를 찼다.

"그렇게 하면 곤란하죠."

"죄송합니다. 거기까지 찾아갈 줄은 꿈에도 몰랐습니다."

법인회 총무의 선창으로 건배가 끝났다. 시끌벅적해진 연회장
구석에서 다미야는 휴대폰의 송화구를 손으로 가리고 목소리를
낮추었다.

"전임자와는 비교가 안 될 만큼 골치 아픈 사람으로, 제가 아
무리 말해도 귓등으로도 안 듣습니다. 그 건은 내가 알아서 할 테

---

* 일본 전국의 중소기업이나 개인 사업주를 회원으로 하는 비영리 단체.

니까 손대지 말라고 그렇게 말했는데……. 안 그래도 지금 은행으로 돌려보내려고 부탁해놓았습니다.”

전화기 너머에서 한숨이 새어 나왔다. 기왕 말이 나온 김에 다미야는 조심스럽게 물어보았다.

“이런 말씀을 드리긴 좀 그렇지만 그 돈은 언제쯤 받을 수 있을까요?”

전화기를 움켜쥔 채 연회장을 빠져나오자 그의 등 뒤에서 소란스러움이 길게 꼬리를 끌면서 따라왔다. 그는 조용한 로비에서 빈 의자를 발견해서 앉았다.

전화기 너머에서 오만상을 찌푸리고 있을 상대의 얼굴이 눈에 선했다. 상대는 마치 다미야가 잘못이라도 한 것처럼 말했지만 애초에 편의를 봐주고 있는 사람은 자신이 아닌가.

“회사 실적이 좋아져서 한숨 돌리면 좋을 텐데요. 아시다시피 요즘 의류업계 경기가 바닥을 헤매고 있잖습니까?”

회사에는 돈이 없어도 당신 주머니에는 있잖아! 다미야는 무심코 그렇게 소리칠 뻔했지만 가까스로 그 말을 집어삼키고 마음에도 없는 말을 했다.

“괜찮습니다. 저희는 천천히 주셔도 됩니다.”

“혹시 그것 때문에 문제가 있으면 말해주겠습니까? 생각해볼 테니까요.”

문제는 이미 일어났지 않은가! 하지만 다미야는 “알겠습니다” 라고 말하고 전화를 끊었다.

그는 휴대폰을 바지 주머니에 쑤셔 넣었다. 화가 나서 견딜 수 없었다. 전화의 상대에게도, 곤도에게도.

아버지가 갑자기 돌아가시면서 사장 자리를 물려받은 지도 벌써 꽤 되었다. 그때까지 대기업에서 날개를 펼치고 자기 마음대로 일했는데, 밧줄에 꽁꽁 묶인 채 억지로 끌려올 수밖에 없었다. 그런 비틀린 피해 의식은 그의 내부에서 "그러니까 이 회사는 내 마음대로 하겠다"라는 생각으로 바뀌었다. 그 이후 그는 다미야전기의 독재자가 되어서, 자기 명령을 거역하는 부하직원은 있을 수도 없고 있어서도 안 되었다.

하지만 이번 일은 무턱대고 야단친다고 해서 해결될 문제가 아니었다.

곤도의 목적도 알 수 없다. 다짜고짜 라파예트로 쳐들어가서 어떻게 하려는 것인가. 은행으로 돌아갈 때 선물로 가져가기 위해 다미야전기의 흠이라도 찾는 것일까?

이 세상에 털어서 먼지가 안 나는 중소기업은 없다. 다미야전기도 예외가 아니라서, 아무리 기를 써도 헤어날 수 없는 굴레에 얽매여 있다. 그것은 살아가기 위한 필요악이자 일종의 세금 같은 것이라고 그는 생각했다.

다미야는 애초에 은행이라는 곳을 믿지 않았다.

그것은 선대 사장이었던 아버지의 영향이었다. 그의 아버지는 입만 떨어지면 은행은 악당이니까 믿지 말라고 말하는 사람이었다. 예전에 은행에서 대출해주겠다는 약속을 일방적으로 뒤집는 바람에 부도가 날 뻔한 적이 있었기 때문이다. 그가 중학생 때였을까? 한밤중에 아버지가 붉으락푸르락한 얼굴로 집에 오자마자 거실에 있던 탁상용 유리시계를 힘껏 내동댕이쳐서 산산조각을 만들었다. 은행의 창립기념 행사 때 받은 기념품으로, 뒤에는 당시 주거래은행이었던 도쿄제일은행의 이름이 황금색으로 쓰여 있었다. 아직 어렸던 그는 다른 사람이 된 것처럼 난폭해진 아버지를 겁먹은 눈길로 바라보는 수밖에 없었다.

은행원은 믿지 마라. 계약서를 주고받아도 돈이 들어올 때까지 방심하지 마라. 아버지는 틈만 있으면 그렇게 말했고, 은행은 그런 말을 들어도 마땅한 행동을 해왔다.

아버지에게서 들은 교훈은 은행에 대한 기본 방침이 되었는데, 그는 거기에 한 가지를 더 덧붙였다. '은행을 이용하라'는 것이다.

은행은 혐오하지만 대출이 끊기면 곤란하다. 그것이 중소기업의 현실이다. 대출을 계속 받으며 은행과의 관계를 끈끈하게 유지하기 위해서 곤도 같은 사람을 파견으로 받아들였다. 겉으로 순종하는 체하고 속으로는 딴 마음을 먹는 면종복배(面從腹背)의 방침에 따라 곤도가 오기 전에도 은행원이 몇 명 왔지만 결국 '본인의 자질 문제'를 핑계 삼아 은행으로 돌려보냈다. 겉으로는 언제든 은행원을 받아들일 준비가 되어 있다는 자세를 취하면서 은행에 은혜를 베푼다. 하지만 다미야는 그런 식으로 온 은행원을 믿지 않았다. 그러다 결국 마찰이 생기고 분위기가 험악해지면, 파견 나온 사람은 스트레스를 견디지 못하고 은행으로 돌아가는 길을 선택한다.

곤도도 마찬가지다. 한 가지 다른 점은 지금까지 왔던 은행원들과 달리 다미야전기의 '성역'에 깊숙이 파고들었다는 것이다.

다미야에게 자기 회사로 파견 나온 은행원은 단순한 장식용이자 은행에 잘 보이기 위한 제스처에 불과했다.

곤도를 은행으로 돌려보내고 싶다고 말해놓았지만, 곤도가 눈앞에서 사라질 때까지 그의 조바심은 가라앉을 것 같지 않았다.

8

"며칠 전 세무사 사무소에 간 것도 그렇고, 제발 멋대로 행동하지 좀 마십시오!"

예고도 없이 라파예트 본사를 방문한 다음 날, 다미야는 곤도를 불러서 그렇게 말했다. 그러면서도 진의를 파악하기 위해 눈을 가늘게 뜨고 곤도를 빤히 쳐다보았다. 본래 가장 가까워야 할 사장과 총무부장이라는 관계에서는 있을 수 없는 눈길이다.

곤도가 눈에 힘을 주고 대꾸했다.

"분식회계, 언제 받을지 모르는 3천만 엔. 이걸 그냥 방치할 거면 제가 무엇 때문에 은행에서 여기에 왔겠습니까!"

"당신이 은행에서 왔든 어디서 왔든, 명령을 무시하고 멋대로 행동해도 되는 건 아니잖습니까!"

곤도는 정식으로 물었다.

"그럼 사장님, 그 돈은 받을 수 있습니까?"

"그건 당신이 걱정할 일이 아닙니다."

"그 3천만 엔을 받을 수 있다면 우리 회사는 더 좋아집니다. 적어도 운영자금을 어떻게 마련할까 하는 고민에서 벗어나겠지요. 왜 달라고 하지 않습니까?"

회사가 좋아진다—곤도가 그렇게 말한 순간, 다미야의 눈동자가 약간 흔들렸다. 하지만 그 모습은 이내 떨떠름한 얼굴의 뒤편으로 사라지면서, 다미야의 입에서는 탄식이 흘러나왔다.

"곤도 씨, 그래도 지금까지 대우를 해줬는데 당신과는 더 얘기해봤자 소용없겠군. 어쨌든 이제 멋대로 행동하지 말아주게!"

다미야는 일방적으로 말한 뒤 윗도리를 들고 황급히 거래처로 나갔다.

또 헛고생만 했나?

곤도가 맥없이 자리로 돌아오자 노다가 득의양양한 얼굴로 컴퓨터에 경리 프로그램을 불러내 키를 두들기고 있었다.

경리맨으로서 노다의 실력은 상당한 수준이다. 하지만 노다는 다미야에게 자신의 의견을 한 번도 말한 적이 없는 예스맨에 불과하다. 회사 이익도 생각하지 않고 오직 사장의 기색만 살피는 무사안일주의 직원인 것이다.

회사보다 개인 사정을 우선하는 경영자, 분식회계에 협조하는 세무사 사무소. 이대로 가면 이 회사는 언젠가 무너진다.

'당신네 회삿돈이 아니잖아요.'

다나하시 사장의 말이 곤도의 머리를 가로질렀다. 그게 무슨 뜻일까? 다미야전기의 돈이 아니라면 누구 돈이란 말인가!

이해할 수 없는 점은 또 있었다. 4년 전, 다미야전기에 3천만 엔이나 되는 돈을 빌려줄 만한 경제적 여유가 있었냐는 점이다. 지금의 회사 상황으로 볼 때 그런 일은 있을 수 없다.

재무 서류의 선반에서 당시의 결산서를 꺼내보았다.

분명히 이익은 났다. 하지만 곤도의 예상대로 3천만 엔이나 되는 자금을 마련할 수 있는 정도는 아니었다. 총계정원장을 펼치자 경리 프로그램에 입력하던 노다의 손이 멈추면서 혀 차는 소리가 들렸다.

"또 뭡니까? 그건 왜 보는 거죠?"

"노다 과장님은 신경 쓰지 말고 하던 일이나 계속하세요. 궁금한 게 있으면 물어보겠습니다."

"사장님께서 방금 말씀하시지 않았습니까? 이제 멋대로 행동하지 말라고요."

"그렇다면 화장실에 갈 때도 사장님 허락을 받아야 합니까? 다미야전기가 언제부터 유치원이 되었죠?"

불만스러운 표정을 짓는 노다를 무시한 채 곤도는 원장을 살펴보았다.

어딘가에 3천만 엔의 자금원이 있을 것이다.

찾았다!

라파예트에게 빌려주기 2주 전에 다미야전기의 예금 계좌에 3천만 엔이 들어왔다. 그런데 비고에 적혀 있는 것은 뜻밖에도 도쿄제일은행이었다.

그것이 의미하는 것은 한 가지밖에 없다.

"대출받은 돈을 라파예트에 빌려준 것인가······."

즉, 전대 자금(轉貸資金)이다.

하지만 다른 회사에 빌려줘야 한다는 이유로 은행이 대출을 승인하는 일은 있을 수 없다. 가령 운전자금 명목으로 빌린 돈을 다른 회사에 빌려주었다면 이것은 명백한 규칙 위반이다.

"노다 과장님."

노다가 부루퉁한 얼굴로 다가왔다.

"라파예트에 빌려준 돈은 은행에서 빌린 대출금을 그대로 넘겨준 건가요?"

노다가 조바심이 깃든 끈적한 눈으로 곤도를 쳐다보며 시치미를 뗐다.

"글쎄요. 모르겠는데요?"

"왜 이렇게까지 한 거죠?"

노다는 어떻게 대답해야 할지 잠시 생각했지만 결국 그의 입에서 나온 것은 "글쎄요, 난 모른다니까요"라는 말뿐이었다.

"난 그냥 지시를 받아서 사무적으로 처리했을 뿐입니다. 사장님에게 물어보지 그러세요?"

"은행에 물어볼 테니까 됐어요."

그러자 노다의 눈길이 험악해졌다.

경리 일을 오래해온 이 남자는 운전자금 명목으로 빌린 돈을 다른 곳에 빌려주면 은행과의 관계가 어떻게 되는지 알고 있다.

곤도는 일부러 빈정거렸다.

"이대로 있어도 되나요? 3천만 엔이나 되는 돈을 대출받아서 은행에 말도 하지 않고 무단으로 빌려주다니. 더구나 4년이나 지난 지금까지 한 푼도 돌려받지 못했지요. 다미야전기는 물론 가족 기업이지만 이 회사에는 노다 과장님을 포함해 전 직원의 생활이 걸려 있습니다. 그런데 사장님에게 '노!'라고 말할 수 있는 사람은 한 명도 없지요. 그 결과 3천만 엔이나 되는 돈을 한 푼도 돌려받지 못했고요. 당신은 처음부터 끝까지 그냥 지켜보고 있었겠지요. 그래도 이 회사의 직원이라고 할 수 있습니까?"

더러운 강물에 쓰레기가 떠다니듯 노다의 얼굴에 복잡한 심경이 떠다녔다. 노다가 적개심을 노골적으로 드러내며 소리쳤다.

"당신이 뭘 알아! 마음에 들지 않으면 도망칠 곳이 있는 자가, 여기에 매달리지 않으면 살아갈 수 없는 사람의 심정을 아냐고!"

"압니다! 내게도 도망칠 곳은 없으니까요. 뭔가 착각하는 것 같은데 은행으로 돌아가봐야 내가 있을 곳은 없습니다. 은행은 그렇게 만만한 곳이 아닙니다! 나는 이 회사에 뼈를 묻을 생각으로 왔습니다. 그래서 진심으로 회사를 좋게 만들고 싶습니다. 당신이 철저하게 사장의 예스맨이 되기로 했다면 어쩔 수 없죠. 하지만 노다 과장님, 난 그런 건 딱 질색입니다. 회사를 더 좋게 만들 여지가 있다면, 회삿밥을 먹는 사람으로서 당연히 그렇게 해야 하잖습니까! 당신은 경리과장입니다. 이 회사의 숫자에 대해 당신만큼 잘 아는 사람은 없지요. 만약 사장이 무서워서 말을 할 수 없다면 적어도 입을 다물고 가만히 있으십시오! 내가 하는 일에 한마디도 토를 달지 말고요! 알겠습니까?"

곤도는 노다가 다시 울분을 터트릴 것이라고 예상했다. 하지만 노다는 어머니에게 야단맞은 떼쟁이 어린아이 같은 표정을 지으면서 기름기가 번들거리는 콧마루를 손으로 닦았다.

"혼자 똥폼 잡지 마. 혼자만 회사를 위한다고 착각하지 말라고! 나도 회사를 좋게 만들려고 노력하고 있어. 하지만 나는 만년 과장에다 당신처럼 낙하산으로 내려오는 은행원 밑에 있어야 하는 신세야. 사장 쪽에서 보면 나 같은 건 있어도 그만, 없어도 그만이지. 그런 사람이 사장에게 이러쿵저러쿵 잔소리를 해봐. 어떻게 될지는 안 봐도 뻔하잖아?"

노다에게서 평소와 다른 분위기를 느낀 곤도는 안타까운 마음이 들었다. 이 사람도 나름대로 마음고생이 심했나 보구나…….

노다가 곤도에게서 시선을 돌리며 말을 이었다.

"나도 사장에게 몇 번이나 말했어. 그때마다 사장이 뭐랬는지 알아? 당신은 내가 시키는 대로 하면 된다고 말하더군. 나는 이 회사에서 20년이나 있었어. 20년째 계속 과장으로 말이야. 한마디로 말해 나는 기둥에 박힌 못이야. 그게 무슨 뜻인지 알아? 그

못에 걸리는 달력이 매년 바뀌어도 나는 바뀌지 않아. 녹이 슬어서 뽑힐 때까지 꼼짝도 하지 않는다고! 당신이 그런 인생을 상상이나 할 수 있어?"

"인생은 바꿀 수 있습니다!"

노다의 힘없는 눈동자 속에서 작은 놀라움이 퍼져나갔다. 곤도는 그 눈을 쳐다보며 말을 이었다.

"그러려면 용기가 필요하지요. 지금 당신은 위축된 월급쟁이 근성을 그대로 드러낸, 한심한 아저씨에 불과합니다. '노'에 비해 '예스'란 말은 몇 배나 간단하지요. 하지만 말입니다, 우리 월급쟁이가 '예스'라고밖에 말할 수 없게 되었을 때, 일은 무미건조해지는 겁니다!"

곤도는 가슴속에서 치밀어오른 뜨거운 덩어리를 느끼고 입술을 깨물었다.

그 옛날, 그는 많은 사람들의 기대를 한몸에 받고 신설 지점의 설립준비위원으로 발탁되었다. 아키하바라 동부 지점에 발령을 받았을 때, 온몸을 휘감던 기쁨은 지금도 잊을 수 없다. 그 이후에 경험한 지옥 같은 날들과 너무나 대조적인—어느 의미에서는 순수했던—감정으로써.

아무리 기를 써도, 아무리 이를 악물고 발버둥쳐도 실적이 오르지 않았다. 자신이 담당한 구역을 하루도 빠짐없이, 말 그대로 신발 바닥이 닳을 만큼 돌아다니는 사이에 마음의 소중한 부분까지 닳아 없어진 나날들. 매일 아침 업무를 시작하기 전에 열리는 실적 회의에서, 두 눈에 불을 켜고 실적을 올리려는 지점장에게 욕설을 들으면서 쓰레기 취급을 받았을 때, 자신은 무슨 말을 들어도 "네"라고밖에 대답하지 못했다. 나름대로 좋아했던 일, 잘할 수 있었던 일은 잿빛 모래 산으로 변하고, 어느새 위에서 시키는 대로 삽으로 모래를 퍼서 다시 메우는…… 그런 허무한 날들이 반복되었다.

'일은 대충하고 여가를 즐기며 편안하게 살자.'

한때는 그렇게 생각한 적도 있었다. 하지만 일하는 시간은 하루의 절반이 넘는다. 따라서 일을 포기한다는 것은 인생의 절반을 포기한다는 것이나 마찬가지다. 그렇게 소중한 일을 어떻게 포기하는가! 아무 생각 없이 적당히 하는 일만큼 시시한 것은 없다. 그렇게 시시한 것에 소중한 인생을 바쳐야 하는가.

"어쨌든 이 건은……."

곤도는 현실로 돌아와서 펼쳐진 원장의 페이지를 볼펜으로 톡톡 두들겼다.

"내가 받아들일 수 있을 때까지 조사할 생각입니다. 사장님께서 뭐라고 하든 말이죠. 만약 돌려받을 예정이 없다면 라파예트라는 회사에 빌려준 3천만 엔을 특손으로 처리하겠습니다."

특손은 특별 손실을 말한다.

"세무상으론 손실로 처리할 수 없어."

곤도가 노다의 반론을 일축했다.

"그건 세법상의 얘기죠. 나는 우리 회사의 회계 얘기를 하는

겁니다. 받을 수 있을지 없을지도 모르는 대여금을 태연히 자산
으로 놔두는 엉터리 결산서는 받아들일 수 없습니다!"

　노다는 말문이 막혀서 대답을 할 수 없었다.

6장

하나에게 비상식적인 일

1

"할 말이 있어."

도마리가 그렇게 말하면서 한자와에게 시간을 내달라고 했다. 밤 11시가 조금 안 된 시각이다. 사무실에는 아직 대부분의 행원들이 남아 있었다.

"꼭 해야 할 말이야. 아주 중요한 일이지."

도마리의 말투는 더할 수 없이 진지하고 절박했다.

두 사람은 30분 후에 행원 전용 출입구 앞에서 만나 택시를 타고 이구라 역 근처 술집으로 향했다. 간판도 없는 술집에는 카운터에서 술 마시는 손님이 한 명 있을 따름이었다.

도마리는 얼굴을 아는 바텐더에게 오른손을 들어 인사를 했다. 두 사람은 작은 조명등이 테이블을 비추는 구석 자리를 선택했다.

술이 나오기를 기다리면서 도마리가 입을 열었다.

"융자부 기획팀 사람들 말인데, 아무래도 움직임이 수상해. 오와다 상무가 이세시마호텔에 대해 검토하라고 한 것 같아. 혹시 상무가 이세시마 담당을 영업 2부에서 다른 곳으로 넘기려는 게 아닐까?"

도마리는 그렇게 말하면서 융자부 기획팀의 차장인 후쿠야마 게이지로의 이름을 말했다. 한자와도 아는 사람이다.

한자와는 대답을 하지 않고 술잔을 들고 버번을 홀짝였다.

도마리는 불쾌한 표정으로 말을 이었다.

"인정하고 싶지는 않지만 실력은 있어. 도쿄제일은행 시절에 오와다 상무 밑에서 오랫동안 일했다고 하더군."

"그 녀석이 내 후임자라는 기야?"

한자와는 태연한 얼굴로 안주를 입에 넣었다.

"한자와, 이렇게 여유 부릴 때가 아니야!"

"외야든 내야든, 원래 구경하는 곳에는 잔소리하는 녀석들이 많은 법이지. 하지만 녀석들이 있는 곳은 어차피 관객석이야. 관객의 야유에 일일이 반응하면 어떻게 일을 하겠어?"

"네가 그렇게 생각한다면 상관없어. 그건 그렇고 며칠 전에 다른 거래처 건으로 하쿠스이은행의 반도 씨를 만났는데, 그때 재미있는 얘기를 들었어. 구로사키는 나루센의 실적을 알 수 없을 거라고 하더군."

술잔을 입으로 가져가던 한자와의 손이 멈추었다.

"하쿠스이은행은 지난번 금융청 감사 단계에서 나루센의 실적을 몰랐다는 거야. 즉, 구로사키가 하쿠스이은행의 감사에서 그걸 알 수는 없었다는 뜻이지. 더구나 하쿠스이은행이 나루센이 파산할 수도 있다는 사실을 안 건 감사가 끝난 다음이었대. 참고로 말하면 나루센에 대한 대출은 정상 채권으로 인정되었다고 하더군."

"그건 좀 이상하군."

한자와를 똑바로 쳐다보면서 도마리가 넌지시 물었다.

"혹시 구로사키에게 다른 정보원이 있는 거 아니야? AFJ은행에서처럼 말이야. 그게 녀석의 수법일지도 모르지."

그렇다면 AFJ은행의 소개 자료가 발견되었던 것도 충분히 이해할 수 있다.

"한자와, 어떡할 거야? 구로사키와의 대결은 내일이잖아. 이제 시간이 없어. 나루센 건을 인정하고 사과할 거야?"

"아니……."

한자와는 잠시 말을 멈추었다가 덧붙였다.

"사과는 안 해. 지금은 시간이 필요해."

"그러면 어쩔 거야? 시치미를 뗄 생각이야?"

"일단 그렇게 하는 수밖에 없어."

한자와는 태연하게 말하며 술잔을 입으로 가져갔다.

"계속 구로사키를 무시하다간 큰코다칠 수도 있어. 어쨌든 어떻게 할지는 네가 알아서 하겠지만 계속 모르는 척 시치미를 뗄 수는 없잖아. 빨리 타개책을 찾아내. 안 그러면……."

도마리는 허공을 바라보며 뒷말을 집어삼켰다.

2

구로사키와의 두 번째 면담은 한자와가 도마리를 만난 다음 날 오후 2시부터 시작되었다.

한자와는 오노데라와 함께 도쿄중앙은행 안에 있는 회의실에 서 구로사키를 포함해 세 감사관과 대치하고 있었다. 은행 측에 서는 지난번처럼 기무라가 동석해서 못마땅한 얼굴로 한자와의 옆에 앉아 있었다.

한자와가 선제공격에 나섰다.

"지난번에 말씀하신 나루센에 관해서입니다만 파산은 확인하 지 못했습니다. 대형 거래처인 웨스트건설에서 대금을 받지 못 해 힘들다는 말은 사실인 것 같지만 파산을 신청한다는 정식 정 보는 어디에도 없었습니다."

한자와의 말이 끝나기도 전에 구로사키가 코웃음을 쳤다.

"정식 정보요? 정식 정보를 듣고 나서 움직이면 늦지 않나요? 적어도 웨스트건설에서 대금을 못 받은 건 확인했을 거예요. 더 구나 이세시마호텔에서 나루센으로 파견 나간 직원이 있어요. 그 사람을 통해 정확한 정보가 이세시마 경영진에게 들어가고 있겠지요. 그런 상황에서 확인하지 못했다는 변명은 통하지 않 아요."

구로사키는 '지금이다!'라는 식으로 계속 몰아붙였다.

"특별 이익으로 생각하는 이 그림만 해도 회장이 공과 사를 혼동했다고 할까, 은행에서 대출받은 운전자금을 유용한 혐의가 있어요. 더구나 이제 와서 이런 게 나오다니, 어떻게 회사를 이런 식으로 경영할 수 있죠? 이런 회사가 관리는 제대로 할까요? 이런 회사에 돈을 빌려주고 회수할 수 있을까요?"

한자와가 침착한 목소리로 반론했다.

"그럼 문제는 갑자기 나온 게 아닙니다. 매각이 지연되었을 뿐이지요."

"실제로 매각하지는 않았잖아요?"

구로사키의 반론에 한자와는 헛웃음을 지었다.

"나루센도 실제로 파산한 건 아니잖습니까? 나루센은 정말로 파산하나요? 이세시마호텔에선 그림과 땅을 이미 매물로 내놓았습니다. 반면에 나루센은 어떤가요? 웨스트건설에서 대금을 못 받았다고 해도 나루센에도 마찬가지로 처분할 수 있는 잉여 자산이 있을지 모릅니다."

물론 한자와도 나루센이 파산할 것이라고 예상은 했지만, 구로사키와의 말싸움에서 조금이라도 우위에 서거나 감사 자체를 지연시키기 위한 작전이었다.

분노에 사로잡힌 구로사키의 뺨이 죽어가는 물고기처럼 움찔거렸다. 어금니를 부드득 가는 소리가 들릴 듯했다.

한자와가 다시 말을 이었다.

"금융 당국에서 일하시는 분이 일반 기업의 파산 정보를 가볍게 입에 담는 건 그만큼 인식이 부족하다는 증거겠지요."

"한자와 차장님, 지금 뭔가 착각하시는 것 같은데요, 나루센에 관한 정보는 당신이 이세시마호텔의 현실을 너무 모르는 것 같아서 일부러 말해준 것뿐이에요. 오히려 고맙다고 인사하는 게 맞지 않을까요?"

한자와가 다시 되받아쳤다.

"어차피 미확인 정보가 아닌가요? 그런 건 하나도 고맙지 않습니다. 오히려 성가실 뿐이죠. 이세시마호텔은 이번 기에 흑자가 됩니다. 이 사업계획서를 보시면 아시겠지만 그건 아무런 문제도 없습니다. 어떤 경로로 들으셨는지는 모르겠지만 미확인 정보를 앞세워서 적자가 된다고 단정하시면 곤란합니다."

구로사키의 은테 안경 안쪽에서 신경질적인 분노가 부글부글 끓어올랐다.

"그래요? 그럼 다음까지 이쪽에서 나루센이 파산한다는 근거를 보여주면 되겠네요. 그러기 전에 오늘 검토할 수 있는 건 끝내두기로 하지요. 만약 나루센이 파산할 경우, 이세시마호텔이 엄청난 손실을 본다는 것은 아시겠지요? 과연 그 손실을 메울 수 있을까요?"

구로사키가 나루센의 파산에 대해 어떤 근거를 가져올지는 알 수 없다. 하지만 그렇게 되었을 때 도망칠 길을 미리 막아두려는 의도임은 분명했다.

"이건 아주 중요한 문제라서 '만약'이란 가성하의 질문에는 대답할 수 없습니다."

한자와의 대답이 끝나자마자 구로사키가 기무라를 쳐다보며 말했다.

"장래에 일어날 수 있는 가능성을 검토하는 건 담당자로서 당연히 해야 할 일이 아닌가요? 안 그래요? 기무라 과장대리님?"

"지당하신 말씀입니다."

기무라 부장대리는 일단 맞장구를 치고 나서 손수건으로 이마를 문질렀다. 그리고 한자와를 노려보면서 덧붙였다.

"그리고 저는 과장대리가 아니라……."

구로사키가 기무라의 말을 가로막고 한자와를 노려보며 질문을 던졌다.

"한자와 차장님, 어떤가요?"

"나루센이 파산한다고 해도, 그 위기를 헤쳐나갈 방법은 당연히 있습니다."

구로사키가 한 단계 더 깊숙이 파고들었다.

"잉여 자산이 더 있다는 건가요?"

"아닙니다. 그보다 근본적인 것입니다."

"근본적인 것이요?"

구로사키와 옆에 있는 감사관이 재빨리 시선을 나누었다.

"미리 말해두지만 나루센을 매수한다는 구제책은 인정하지 않을 거예요."

구로사키 쪽에서 보면 한자와의 선택지를 없애려고 한 말이었을 것이다. 그런데…….

"매수요?"

한자와는 구로사키의 얼굴을 빤히 쳐다보았다. 한자와의 눈에 의문의 물방울 하나가 뚝 떨어졌다. 구로사키가 어떻게 오와다가 제안한 매수 이야기를 알고 있지?

"말도 안 됩니다. 그런 건 생각해본 적도 없습니다."

하쿠스이은행이 구로사키의 정보원이 아니라는 사실은 이미 알고 있다. 그렇다면 어디에서……?

"과연 그럴까요?"

구로사키는 한자와의 말을 믿지 않는 눈치였다.

"이세시마호텔은 나루센을 매수하지 않을 겁니다. 그건 최악의 방책이니까요."

"그래요? 그건 왜죠?"

구로사키는 자존심을 지키려는지 우아하게 팔짱을 낀 채 고개를 치켜들었다.

"그 이유는 이 자리에서 말씀드릴 수 없습니다. 그나저나 구로사키 감사관님, 의외군요. 당신이 그 이유를 모르다니……."

세 명의 감사관이 화살촉처럼 예리한 시선으로 한자와를 쳐다보았다.

"이보게, 한자와……."

기무라는 그렇게 말한 채 뒷말을 집어삼켰다. 얼굴은 이미 새파랗게 질려 있었다.

한자와가 차분하게 말을 이었다.

262

"나루센은 매수할 수 없는 사정이 있는 회사입니다. 그건 경영의 근간에 관한 문제라서, 직업상 비밀을 지키지 않는 사람에게는 밝힐 수 없다고만 말해두겠습니다. 구로사키 감사관님, 당신처럼 말이죠."

서로 험악하게 노려보는 가운데 구로사키의 분노가 정점에 도달한 것을 알 수 있었다.

"저 자식! 감히 나를 조롱하다니!"

구로사키는 움켜쥔 서류를 바닥에 힘껏 내던지더니, 멀리서 나타난 감사관을 발견하고 큰 소리로 불렀다.

"시마다 씨, 잠깐만요! 찾았어요?"

그러자 우락부락하게 생긴 남자가 종종걸음으로 다가와서 미안한 얼굴로 고개를 숙였다.

"아니요, 아직……."

구로사키가 시마다란 남자에게 지시한 일은 숨겨놓은 소개 자료의 수색이었다.

"아직도 못 찾았단 말이에요?"

구로사키는 기다란 가죽 채찍을 휘두르듯 차갑게 말한 뒤, 위협하듯 덧붙였다.

"분명히 어딘가에 숨겨놓았을 거예요. 무슨 방법을 써서라도 반드시 찾아내세요. 건물 전체를 이 잡듯 샅샅이 뒤져서라도요! 아시겠죠?"

남자는 구로사키의 말이 끝나자마자 동료 몇 명과 같이 다시 뛰어갔다.

"이세시마의 사업계획서 말인데요, 부실 채권으로 분류한다고 하면 나름대로 근거가……."

조금 전까지 나란히 앉아 있던 감사관 한 명이 조심스럽게 입을 열었다.

"그건 나도 알고 있어요!"

구로사키의 마음속에서는 한자와에 대한 증오가 억제할 수 없을 만큼 부풀어 있었다. 한자와에게는 금융청 감사관에 대한 존경심을 손톱만큼도 찾아볼 수 없었다. 어느 은행에 가도 고개를 숙이며 정중하게 맞이해주는 자신을 무시하고 업신여긴다. 그런 작자를 이대로 봐줘서는 안 된다.

구로사키는 이세시마호텔을 분류하는 것만으론 직성이 풀리지 않을 기세다.

감사를 방해했다는 명목으로 한자와 녀석의 숨통을 끊어놓겠다…….

그렇게 하기 위해서는 반드시 영업 2부의 은닉 자료를 찾아내야 한다.

그는 자신이 있었다. 감사를 받기 직전에 자신들에게 불리한 서류를 은닉하는 일은 은행 업계의 오래된 악습이다. 이세시마호텔뿐만 아니라 한자와가 지휘하는 영업 2부의 신용파일을 여러 건이나 살펴보았다.

너무도 잘 정리되어 있었다.

하지만 자신들이 보면 안 되는 자료는 어딘가에 숨겨놓았을 것이다. 이 은행 안 어딘가에…….

구로사키가 이를 악물고 중얼거렸다.

"한자와, 반드시 찾아낼 테니까 각오해! 그때가 네놈의 마지막이야."

3

"업무통괄부 녀석에게 들었는데, 너와 구로사키의 대결을 기무라가 입에 거품 물고 부장에게 보고했다더군. 어쩌면 부장이 호출할지 모르니까 미리 각오해둬. 물론 그딴 일에 신경 쓸 녀석은 아니지만."

도마리는 흥미 없는 얼굴로 말했다.

"한심한 녀석. 어차피 태도가 나쁘다고 보고했겠지 뭐."

"네 태도가 나쁜 건 어제오늘의 일이 아니니까."

도마리가 히쭉 웃으면서 덧붙였다.

"어쨌든 시간은 벌었군. 문제는 지금부터야."

"도마리, 한 가지 마음에 걸리는 게 있어."

한자와는 구로사키와 대결한 이후, 계속 마음에 걸렸던 말을 입에 담았다.

"우리 은행에 구로사키의 정보원이 있는 게 아닐까?"

도마리가 입을 멍하니 벌린 채 황당한 표정을 지었다.

"그게 무슨 말이야?"

"구로사키는 나루센이 조직폭력배와 관계가 있다는 걸 몰랐어. 더구나, 이건 내 직감인데, 오와다 상무가 나루센의 매수와 사장 교체를 제안했다는 걸 아는 것 같아."

"네 예상은 어때?"

"오와다 주변에 정보원이 있는 것 같아. 나루센이 조직폭력배와 관계가 있다는 건 이세시마호텔의 하네도 몰랐을 거야. 혹시 오와다가 하네를 비롯해 측근에게서 들은 정보를 구로사키에게 흘려주는 게 아닐까?"

도마리가 눈을 휘둥그레 떴다.

"설마! 그렇지는 않을 거야. 오와다가 구로사키에게 정보를 제공해서 무슨 이득이 있지? 결과에 따라서는 거액의 부실 채권을 떠안을 수도 있잖아."

"하지만 은행장을 퇴진으로 몰고 갈 수는 있지."

두 사람은 사무실의 한쪽 구석에서 목소리를 낮추며 이야기했다. 사무실의 소란스러움 속에서 도마리의 시선이 허공을 맴돌았다.

"그런 거라면 있을 수 있군. 파벌 의식으로 똘똘 뭉친 사람이니까."

도마리가 한자와를 똑바로 쳐다보며 심각한 얼굴로 덧붙였다.

"실은 금융청 녀석들의 움직임이 이상해."

한자와가 눈으로 물었다.

"젊은 녀석이 회의실이나 빈 방을 뒤지고 있어."

"소개 자료라도 찾는 거야?"

도마리가 고개를 끄덕였다.

"만약 네 말처럼 은행 내부에 구로사키의 정보원이 있다면 고자토의 보고서가 있다는 사실도 알고 있을 수 있잖아? 지금 구로사키가 찾는 건 그것일지도 몰라."

가능성은 충분하다.

"한자와, 절대로 들키면 안 돼! 이세시마호텔 건은 아직 패배한 게 아니야. 하지만 엉뚱한 곳에서 발목을 잡히면 그때야말로……."

도마리가 입버릇처럼 하는 말이다.

"장래가 없다는 말이지? 하지만 도마리, 생각해봐. 이 은행에 우리가 그렇게까지 지켜야 할 대단한 장래가 있어?"

도마리가 목소리에 힘을 주어 말했다.

"있어. 만약 우리가 은행에서 없어지면 결국 복수를 할 수 없잖아?"

"복수라고? 옛 T 사람들에게?"

한자와가 농담으로 말하자 도마리가 퉁명스럽게 대꾸했다.

"그런 거 아니야. 난 최근 들어 가끔 생각해. 우리의 은행원 인생은 뭐였을까 하고……."

한자와는 입을 다물었다.

"지금도 생각이 나. 우리는 거품 경제가 절정에 도달했을 때 은행에 들어왔잖아……. 너, 나, 곤도, 가리타, 그리고……."

"오시키."

가리타는 간사이 지방으로 전근 간 입행 동기다. 그리고 오시키는 미국의 911 테러 때 세상을 떠났다.

"오시키는 정말 좋은 녀석이었지. 하지만 은행 실적이 가장 최악일 때 죽는 바람에, 지금 겨우 숨통이 트인 은행 업계의 부활을 보지 못했어. 오시키만이 아니야. 우리 동기는 경제의 가장 어두운 터널을 달려온 지하철 그룹이라고 할 수 있어."

도마리의 말이 점점 뜨거워지기 시작했다.

"그건 우리 탓이 아니야. 거품 경제 시대에 신중한 경영전략도 없이 무작정 앞으로 돌진해서 은행을 엉뚱한 길로 달려가게 한 자들, 이른바 단카이 세대˙ 녀석들 때문이었지. 대학 시절에는 투쟁이다 혁명이다 지껄이다가 결국 자본주의에 굴복해서 회사에 들어간 순간, 자기 머리로 생각하기를 그만둔 겁쟁이들이야. 놈들의 황당한 전략 때문에 은행은 기나긴 불황의 터널로 들어갔는데, 놈들은 책임을 지지 않았을 뿐만 아니라 뻔뻔스럽게 거액의 퇴직금까지 챙겨갔어. 우리는 직급도 출세도 빼앗긴 채 아직도 먹고사는 데 급급한데 말이야."

도마리가 뜨거운 눈길로 한자와를 쳐다보았다. 도마리가 그렇

• 2차 세계대전 직후인 1947~1949년에 태어난 일본의 베이비붐 세대.

게 생각한다는 사실을 알고 한자와는 내심 깜짝 놀랐다.

"그런데 지금 은행에서 쫓겨나기라도 해봐. 결국 아무런 보상도 받지 못한 채 끝나는 거잖아? 우리는 그들이 싸지른 똥을 치워주거나 그들의 밑을 닦아주는 세대가 아니야. 지금도 은행에서 멋대로 날뛰며 옛 T다 뭐다 하며 파벌 의식을 그대로 드러내는 등신도 있어. 그 녀석들을 찍소리도 못하게 해주자. 진정한 은행이라면 어떻게 해야 하는지 우리가 보여주는 거야. 그게 내가 말하는 복수야."

"앞으로 10년이 지나면 녀석들은 모두 없어져. 가만히 있어도 거품 세대가 경영의 중추를 맡게 되지. 지하철은 마지막에 지상으로 나오는 법이야."

한자와가 느긋하게 말하자 도마리가 반론을 제기했다.

"그건 차고로 들어가기 위해서 나오는 거잖아! 잘 들어. 거품 세대의 누구를 임원 의자에 앉힐지 정하는 건 녀석들이야. 그자들이 자기 마음에 든 녀석을 끌어올리는 거지. 넌 그걸로 만족해? 설마 그들이 모두 너를 좋아한다고 착각하는 건 아니겠지?"

한자와는 슬며시 대답을 피했다.

"나를 어떻게 생각하든 상관없어. 지금은 내 머리로 생각해서 정답이라고 믿는 걸 끝까지 밀고 나갈 거야."

"그 결과, 당치도 않은 보복을 당해도 말이야?"

"그 조직을 선택한 건 우리야. 그걸 되받아칠 힘이 없는 녀석은 이 조직에서 살아남을 수 없어. 안 그래?"

도마리는 대답하는 대신에 혀를 찼다. 하지만 도마리도 은행원 인생이 그런 상황의 반복이라고 생각했음이 틀림없다.

도마리가 말하는 보복은 다음 날 업무통괄부 부장인 기시카와의 호출이라는 형태로 현실이 되었다.

한자와가 들어가자 기시카와는 부장실 창가에서 천천히 걸어와 조바심 나는 얼굴로 대놓고 한숨을 쉬었다. 언제나 그렇듯이 잘난 척하는 모습은 아니꼬워서 구역질이 날 정도였다.

그는 다짜고짜 으름장을 놓았다.

"자네는 생각이 있는 사람인가? 없는 사람인가? 어제 금융청과의 면담에서 우리 은행 행원으로서 해서는 안 되는 말을 했다는 보고를 받았어. 오늘 아침에 금융청 쪽에서 은행장님에게 엄중 주의를 요청하는 공문이 도착했네."

한자와는 헛웃음을 터트렸다.

"엄중 주의요? 어떤 내용인가요?"

"담당 차장이 비협조적인 태도를 보이는데, 앞으로 주의해달라는 내용이었어. 한자와, 자네 말이야, 자네!"

"전 그런 태도를 보인 적이 없습니다. 그쪽의 잘못을 고쳐주었을 뿐이고……."

"말대꾸하지 마!"

기시카와는 거칠게 소리치더니, 분연한 얼굴로 한자와를 쳐다보았다. 그는 일본의 단카이 세대로, 도마리가 어제 한 비판이 한자와의 뇌리를 가로질렀다. 한자와는 재빨리 그 생각을 뿌리치고 말없이 상대를 쳐다보았다.

"오와다 상무님도 이만저만 화가 나신 게 아니야. 일개 차장의 부적절한 태도 때문에 우리 은행의 이미지가 나빠지면 곤란하다고 말이야. 자네를 처분하라는 목소리도 높아지고 있네."

기시카와는 뭉뚱그려서 말했지만 그것이 오와다의 지시임은 분명했다. 오와다는 이 감사를 이용해 한자와를 제거할 계획이다. 고자토의 보고서 건은 가이세 지점장을 통해 오와다의 귀에 들어갔을 것이다. 자신들의 약점을 쥐고 있는 한자와가 은행에 남아 있으면 거북하리라.

한자와는 대꾸할 가치도 없다는 생각이 들면서도 반박하지 않을 수 없었다.

"그 이전에 금융청의 태도는 어땠나요? 미확인 신용 정보까지 들먹이면서 우리 은행이 제출한 서류에 계속 비판적인 태도를 보였습니다. 그들은 처음부터 이세시마호텔을 부실 채권으로 분류하겠다고 정해놓았습니다. 감사에 들어가기 전부터 이세시마호텔이 목표라는 식으로 말한 것도 문제지만 그 감사관의 행동은 금융 행정기관의 이름을 빌린 은행 괴롭히기라고 해도 좋을 정도입니다."

기시카와는 눈을 삼각형으로 만들더니 입에서 침을 튀기며 말했다.

"정말 말이 안 통하는 사람이군. 상대는 금융청이야, 금융청!

그런 말이 통할 것 같나?"

은행 임원들이 대부분 그렇듯이 융통성 없는 조직 안에 있다가 올바른 판단 능력을 잃어버린 사람이 여기에도 한 사람 있었다. 기시카와의 머릿속에는 어느 쪽이 더 높냐는 단순한 구도밖에 없다. 은행 안에서는 거드름을 피우며 엘리트인 척하는 주제에, 행정 기관에는 비굴하게 머리를 조아리며 납작 엎드리는 것이다.

한자와는 차갑게 말했다.

"이런 식으로 하니까 아직 새파란 감사관이 그렇게 큰소리치는 겁니다. 만약 제 태도 때문에 문제가 발생한다면 당연히 책임을 지겠습니다. 그건 지난번에 말씀드린 대로입니다. 오와다 상무님께도 그렇게 전해주십시오."

기시카와가 경멸하는 눈초리로 한자와를 쳐다보며 비아냥거렸다.

"뭐? 책임을 지겠다고? 자네의 목 하나가 우리 은행에 무슨 가치가 있지? 정말 의미가 있다고 생각하나? 그런 식으로 책임을 지면 끝이라는 생각이야말로 커다란 착각이야!"

하기 싫다는 사람을 억지로 담당으로 앉혀놓고 이런 식으로 말하다니.

한자와는 냉정한 얼굴로 대꾸했다.

"그렇다면 지금이라도 담당을 바꾸십시오. 상무님이 그토록 자랑하시는 융자부 기획팀을 투입하면 어떨까요? 뒤에서 몰래

조종하지 말라고 상무님께 전해주시겠습니까? 상무님이나 되시
는 분이 파벌 의식에 사로잡혀 있는 건 문제가 있지 않습니까?”

“지금 상무님을 우롱하는 건가?”

“설마요. 상무님을 위한 충언이라고 말씀해주십시오. 이것은
본래 부장님께서 해야 할 말이겠지요. 부장이나 되시는 분이 상
무님께 알랑거리면서 시키는 일만 한다면 조직은 발전하지 않습
니다. 금융청 감사 대책도 마찬가지입니다. 상대의 말에 거역하
지 말라는 말은 아무 대책이 없는 것이나 똑같지 않습니까?”

분노로 인해 기시카와의 손이 덜덜 떨리는 것을 보고 한자와
는 자리에서 일어섰다.

“그럼 그렇게 알고 가겠습니다.”

다음 순간, 귀청이 터질 듯한 고함이 한자와의 발목을 잡았다.

“거기 서! 그렇게 말한 이상은 승산이 있겠지?”

“지금은 뭐라고 말씀드릴 수 없습니다. 다만 이길 수 있는 가
능성은 있습니다.”

기시카와가 크게 심호흡을 하고 나서 물었다.

“어떤 방법인가?”

“그건 말씀드릴 수 없습니다.”

“왜지?”

한자와가 기시카와를 똑바로 쳐다보며 말했다.

“비밀이기 때문이지요.”

“지금 나와 장난하자는 건가? 도대체 어떤 비밀이기에 부장인

내게도 말할 수 없다는 거야?"

"부장님은 뱅커시죠? 뱅커는 이따금 비밀을 준수해야 할 때가 있는 법이죠."

기시카와의 얼굴에 분노와 당황스러움이 뒤섞인 순간, 노크 소리가 들리고 비서가 새로운 방문자를 데려왔다.

업무통괄부의 기무라와 검은색 양복으로 몸을 감싼 키 큰 남자였다.

"이쪽은 금융청의 시마다 감사관이야."

기무라가 한자와를 보면서 소개했지만, 시마다는 인사도 하지 않고 미소도 짓지 않은 채 한자와를 뚫어지게 쳐다볼 뿐이었다.

"금융청에서 자네 집을 보고 싶다고 하더군."

너무도 갑작스러운 말이었다.

"저희 집을 보고 싶다고요?"

"무슨 문제라도 있나?"

한자와가 기무라를 빤히 쳐다보았다.

"그럼 문제가 없습니까? 집을 보여달란다고 해서 아무에게나 보여줄 순 없잖습니까? 안 그런가요, 기무라 부장대리님? 왜 저희 집을 보여달라고 하는지 이유를 말씀해주시겠습니까?"

"금융청에서 지금 감사 방해에 대단히 예민해져 있거든. 이세시마호텔을 담당하는 자네 부서에도 그런 자료가 있지 않을까 의심스럽다는군."

'그런 건 네가 막아야지!'

그렇게 소리치고 싶은 것을 참으면서 한자와는 대답했다.

"그런 건 없습니다. 저희 집을 보고 싶다면 수색 영장이라도 받아오시는 게 어떨까요?"

그러자 기시카와가 의자에서 몸을 앞으로 내밀며 말했다.

"한자와 차장, 잘 들어. 얼마 전에 AFJ은행의 사례도 있었잖나? 자네 집에 아무것도 없다면 그걸로 수긍을 하겠지. 그렇다면 그런 편이 빠르지 않겠나?"

요컨대 기시카와도 승인했다는 뜻이다.

"농담하지 마십시오. 그런 말도 안 되는 이야기는 들어본 적이 없습니다."

"이건 어디까지나 형식적인 것입니다."

시마다가 딱딱하게 말했다. 마치 형사 같은 말투다.

"형식적이라고? 웃기지 마. 당신들이 언제부터 경찰이 되었지? 금융청은 은행원의 사생활까지 간섭하나?"

"그건 상대에 따라 다르지요."

시마다가 건방진 태도로 말했다. 아직 20대밖에 안 됐지만 감독 기관이라는 간판을 등에 지고 거만하게 행동하는 모습은 눈꼴이 시어서 볼 수 없을 정도였다.

"그럼 말해주겠나? 우리집을 꼭 봐야겠다면 내가 받아들일 수 있도록 설명해줘."

시마다는 마치 범인을 보듯 한자와를 보았다.

"저희 금융청에서는 당신이 자료를 은폐해서 감사를 방해한다

고 생각하고 있습니다. 당신이 관리자로 있는 영업 2부의 자료를
어딘가에 은닉해놓았다는 내부 고발이 있었습니다.”

“내부 고발이라고?”

한자와는 시마다의 얼굴을 똑바로 쳐다보았다. 커다란 직사각
형 얼굴로, 이자의 조상은 이스터 섬의 모아이 석상이었음이 틀
림없다.

한자와는 천천히 고개를 돌려 기시카와의 얼굴을 보았다.

“사실인가요?”

기시카와는 황급히 시선을 피하며 어물쩍 대답했다.

“금융청에서 확인한 모양이더군.”

“어이가 없군. 그런 내부 고발이 있을 리가 없어!”

한자와가 시마다를 보면서 큰 소리로 말하자 시마다가 뿌리치
듯 말했다.

“당신이 어떻게 생각하든 상관없습니다. 한자와 차장님, 우리
도 이렇게까지는 하고 싶지 않습니다. 하지만 아니 땐 굴뚝에 연
기가 날 리는 없잖습니까? 당신 집에 관심이 있어서 이러는 건
아닙니다. 그곳에 숨겨져 있을지도 모르는 자료에 관심이 있는
것뿐이죠.”

“그런 건 없다고 했잖아!”

“한자와, 너무 깊이 생각하지 말게.”

기무라가 기묘하리만큼 가벼운 말투로 그 자리에 어울리지 않
는 말을 했다.

뭘 깊이 생각하지 말라는 거야? 한자와를 흘겨보는 기무라의 눈 안에는 한자와에 대한 뿌리 깊은 원한이 달라붙어 있었다.

시마다가 거만하게 말했다.

"우리가 좋아서 이런 일을 한다고 생각하지는 않으시겠지요? 금융청으로서도 이런 일까지 해야 하는 것을 유감스럽게 생각합니다. 하지만 내부 고발이 있으면 조사하지 않을 수 없지요. 한자와 차장님, 어떠십니까?"

유감 좋아하시네. 시답잖은 소리는 집어치워!

금융청과 은행은 예전부터 너무 달라붙지도 않고 떨어지지도 않은 미묘한 관계를 유지해왔다. 금융청은 은행을 감사하면서 지적을 한다. 하지만 원래 예고 없이 실시하는 감사를 위해서 은행이 몇 달에 걸쳐 준비하는 것은 보고도 못 본 척해준다. 한마디로 말해서 일종의 어설픈 연극이다.

최근에 AFJ은행의 소개 자료가 발견되면서 마치 금융청이 엄청난 일을 해낸 것처럼 보도되었지만, 사정을 아는 사람에게는 이보다 우스꽝스러운 이야기가 없다. 자료를 들키는 쪽이 얼간이든지, 수십 년이나 숨겨온 자료를 이제 와서 발견했다고 자랑하는 쪽이 얼간이든지.

"정 그렇다면 보시든가."

한자와가 불쾌한 얼굴로 말하자 시마다는 고맙다는 인사도 없이 대꾸했다.

"그러면 지금부터 실시하겠습니다."

"지금부터?"

금융청의 의도는 명백하다. 만약 집에 자료를 은닉한 경우, 다른 곳으로 옮길 시간을 주지 않겠다는 작전이다.

"공교롭게도 나는 지금 할 일이 있어서 집에 갈 수가 없어. 하지만 자료 때문이라면 구태여 내가 갈 필요가 없겠지."

한자와는 팔걸이의자에 앉아 심술궂게 웃고 있던 기무라를 불렀다.

"기무라 부장대리님, 저 대신 가주실 수 있겠습니까? 집에는 제가 전화를 해둘 테니까요."

"내가 말인가?"

뜻밖의 말을 듣고 기무라는 귀찮은 표정을 지었지만 본인이 갈 수밖에 없다고 판단한 모양이다. 감사 대책은 원래 업무통괄부의 일이다.

한자와는 탁자 위에 있는 수화기를 집어들고 집 전화번호를 눌렀다.

세 사람은 말없이 한자와의 모습을 지켜보았다. 조금이라도 흐트러진 모습이 있는지 관찰하는 것이다. 그 자리에 있는 모든 사람들이 한자와가 집에 자료를 숨겨놨다고 확신하는 것이 분명했다.

전화벨이 울렸다.

한자와는 손목시계를 보았다. 9시 10분. 집에 없나? 그렇게 생각한 순간 아내의 목소리가 들렸다.

"여보세요."

4

"이번에는 모든 게 끝장이라고 생각했어."

도마리는 그렇게 말하면서 종업원이 가져온 맥주를 맛있게 마셨다. 신주쿠 역 근처에 있는 술집이다. 시간은 이미 밤 9시가 넘었다.

금융청 감사관이 한자와의 집을 목표로 정했다고 들었을 때, 도마리 말에 따르면 대부분의 사람들은 "이제 끝이다"라고 생각했다고 한다.

도쿄중앙은행에서는 감사에 불리한 자료를 융자과장 같은 관리자의 집으로 가져가는 경우가 종종 있었기 때문이다.

나중에 한자와의 아내인 하나에게서 걸려온 전화에 의하면 금융청 감사관은 아이 방부터 벽장, 차의 트렁크까지 뒤졌다고 한다.

하나는 수화기를 귀에서 떼어야 할 만큼 큰 소리로 화를 냈다.

"그 인간들, 대체 뭐야? 다짜고짜 쳐들어와서는 거만한 태도로 남의 집을 구석구석까지 뒤진 다음에, 고맙단 말도 죄송하단 말도 한마디 없이 가다니! 그렇게 비상식적인 사람들은 처음 봤어. 금융청 사람들은 원래 그래?"

하나가 한 말을 전해주자 도마리는 쓴웃음을 지었다.

"그래, 그게 금융청이란 곳이지."

"그래도 너만은 날 믿으리라고 생각했어."

한자와가 빈정거리자 도마리는 얼굴 앞에서 두 손을 마주잡고 사과했다.

"미안해. 나도 널 믿고 싶었지만 내부 고발이 있었다고 하길래……. 영업 2부 안에서 나온 이야기라면 위험하다고 생각하지 않는 게 이상하잖아?"

"내부 고발이라는 건 금융청이 꾸며낸 말이었을 거야."

도마리가 깜짝 놀란 표정을 지었다.

"그게 무슨 말이야?"

"즉, 집을 뒤질 이유를 만들기 위해 날조했다는 뜻이지."

"구로사키라는 감사관에게 미움을 톡톡히 샀나 보군."

"그런 녀석한테는 호감을 받기보다 미움을 사는 편이 나아."

"동감이야. 무슨 일이 있어도 소개 자료를 찾아내서 감사 방해로 몰려고 했겠지. 이세시마호텔로 흠을 잡을 수 있을지 없을지 미묘하니까 이번에는 그쪽에서 짓눌러버릴 속셈이었을 거야. 정말 뿌리까지 썩은 녀석들이라니까."

"교바시 지점의 가이세의 집에도 들어갔겠지?"

"그래. 네가 조언해줬다면서? 나중에 그걸 알고 옛 T 녀석들이 가슴을 쓸어내렸다고 하더군. 빚이 하나 생겼어."

도마리가 입술 끝을 올리며 히죽 웃었다.

한자와는 감사관들이 집까지 쳐들어갈 수 있다고 예상했다. 그래서 가이세에게 은밀하게 연락해 소개 자료를 아무 관계가 없는 제3자의 집이나 창고로 옮기라고 말해주었던 것이다.

"용케 그런 걸 예상했군. 어떻게 알았어?"

"도쿄경제신문 기자와 얘기를 하다가 그런 생각이 들었어."

마쓰오카 도모히로라는 기자가 한자와를 찾아온 것은 그저께였다. 금융업계를 담당한다는 마쓰오카는 이번 금융청 감사에서 이세시마호텔이 초점이 되고 있는 사실에 관심을 가졌다.

그때 마쓰오카가 뜻밖의 말을 했다.

"구로사키라는 감사관의 목적이 정말로 이세시마호텔을 부실 채권으로 분류하는 걸까요?"

그때까지 적당히 대꾸하던 한자와는 그 말이 마음에 걸려 상대를 쳐다보았다.

"무슨 뜻이죠?"

"구로사키 감사관의 아버지가 예전에 대장성 은행국에 다녔는데, 당시 산업중앙은행의 덫에 걸려 좌천되었다는 이야기를 들었거든요. 어디까지나 소문에 불과하지만요. 어디까지나 제 추측이지만 그 사람의 진정한 목적은 이세시마호텔을 분류하는 게 아니라 도쿄중앙은행을 추락시키는 게 아닐까 합니다. 그리고 금융청을 담당하는 동료에게서 들었는데, 이번 감사에서는 행원의 자택 수색도 마다하지 않겠다고 큰소리쳤다고 하더라고요. 이건 다른 사람에게는 말씀하시면 안 됩니다."

한자와는 젊은 기자를 물끄러미 쳐다보았다.

"아무리 아버지가 그렇게 됐다고 해도 감사에서 개인적인 감정을 앞세우면 안 되지요."

당시 한자와는 기자를 상대로 모범적인 대답을 했지만, 마쓰오카의 정보는 구로사키의 다음 방법을 노골적으로 암시하고 있었다.

"구로사키는 지금까지 금융청 감사의 상식을 잇달아 뒤집었잖아? 금융청 감사관들이 소개 자료를 보고도 못 본 척해준 이유는 그게 밖으로 드러나면 금융 행정이 성립하지 않기 때문이지."

도마리는 고개를 끄덕였다.

"속마음과 대의명분은 금융청에게도 있으니까. 비록 감독 기관이긴 하지만 은행과는 뒤에서 손을 잡지 않을 수 없지."

"바로 그거야."

한자와는 메뉴판을 보면서 안주를 적당히 주문한 뒤 다시 도마리를 향했다.

"예고 없이 실시해야 하는 감사 정보를 흘리는 것은 정말로 문제가 생기면 정부도 난감하기 때문이지. 그래서 문제가 생기지 않을 만큼 가볍게 지적은 하지만 치명상이 되는 일은 일부러 보고도 못 본 척하는 거야. 하지만 구로사키에게는 그런 관례가 통하지 않아. 감사 방해로 영업 2부의 은닉 자료를 들추어내면, 그 여세를 몰아 이세시마를 분류하고 업무 개선 명령을 내리며 은행장의 목을 칠 수 있지."

도마리가 황당한 표정을 지었다.

"그만큼 원한이 뼈에 사무쳤다는 거야? 그런 식으로 아버지의 원수를 갚으려 하다니, 눈물 없이는 들을 수 없는 이야기군. 한자와, 그렇다면 더더욱 이번 감사에서 지면 안 돼!"

5

"없었다고요?"

도쿄중앙은행 본부 안. 금융청을 위해 특별히 마련된 사무실에서 구로사키의 얼굴이 종잇장처럼 구겨진 것은 그날 저녁 때의 일이었다.

"구석구석 다 찾아봤나요? 철저하게 찾으라고 했잖아요!"

모아이 석상 같은 시마다의 얼굴에 곤혹스러움이 스며들었다.

"죄송합니다. 구석구석까지 전부 찾아봤는데, 한자와의 집에는 아무것도 없었습니다. 물론 집안은 전부 조사했고 창고나 차의 트렁크까지……"

업무통괄부의 기무라와 한자와 아내의 입회하에 약 한 시간에 걸쳐 조사가 이루어졌다.

"이봐요, 나 좀 봐요."

한자와의 아내인 하나가 그렇게 말한 것은 감사관들이 빈손으로 현관을 나서려던 순간이었다. 하나는 뒤를 돌아본 시마다를 노려보더니 눈에 핏발을 세우며 목소리를 높였다.

"어떻게 이럴 수가 있죠? 이건 비상식적인 일이잖아요!"

하나는 처음부터 끝까지 조사에 입회했다. 하지만 시마다에게 그녀의 존재는 안중에도 없었기 때문에 이때 처음으로 그녀가 있었다는 사실을 알아차린 듯했다. 은행원의 아내는 은행원처럼 얌전하리라고 생각했던 것은 그의 착각이었다.

"당신은 예의도 없어요? 금융청의 업무인지 뭔지 잘 모르겠지만 한 개인의 프라이버시를 짓밟았다면 제대로 사과를 하는 게 예의잖아요? 그런데 도대체 뭐예요? 집안을 온통 들쑤셔서 엉망으로 만들어놓고 한마디 말도 없이 그냥 가려는 거예요? 입이 있으면 말을 해봐요!"

"저기…… 부인, 이건 말이죠."

"당신은 가만히 있어요!"

하나는 옆에서 대신 변명하려는 기무라에게 소리치더니, 눈에 불길을 담고 시마다를 째려보았다.

시마다가 난감한 얼굴로 말했다.

"이건 금융청 감사니까요."

하나는 무서운 얼굴로 시마다를 노려보았다.

"금융청 감사 좋아하시네. 지금 나랑 장난해요? 우리 남편은 은행원이니까 당신에게 항의할 수 없을지도 몰라요. 하지만 나는 평범한 시민이니까 당신에게 고개 숙일 이유가 하나도 없어요. 당신 같은 사람은 말이죠, 공무원 사회에서는 고개를 들고 살 수 있을지 모르지만 세상에서는 그렇지 않아요! 공무원이 시민에게 거드름을 피우는 사회는 끝이에요! 그렇지 않나요? 입이 있으면 말해봐요!"

하나의 시퍼런 서슬에 기가 죽어서 시마다는 자기도 모르게 고개를 숙였다.

"죄, 죄송합니다."

그리고 나머지는 기무라에게 맡기고 도망치듯 한자와의 집에서 나왔다.

구로사키는 혀를 차며 시마다의 굴욕적인 회상 장면을 중단시키더니, 어금니를 갈았다.

수확이 없었다는 점에서는 가이세의 집도 마찬가지였다. 가이세의 집에는 소개 자료가 있다는 확실한 정보가 있었음에도 불구하고……. 예상이 빗나가자 구로사키의 마음속에서 분노와 당황스러움이 마구 소용돌이쳤다.

선수를 빼앗겼다. 그의 행동을 예측하고 대책을 세웠다고밖에 볼 수 없다. 정말 마음에 안 드는 녀석들이다.

어딘가에 있을 거야…….

구로사키는 휴대폰을 꺼내 저장된 번호로 전화를 걸었다.

"자네가 이세시마호텔 담당자인가?"

남자가 그렇게 말한 것은 밤 12시가 지나서였다.

금융청 감사에 필요한 서류를 만들기 위해 야근을 하고 있던 오노데라가 얼굴을 들자 업무통괄부의 기무라와 함께 한 남자가 서 있었다.

융자부 기획팀 차장인 후쿠야마 게이지로였다. 얼굴은 처음 보지만 이름은 한자와에게서 들은 적이 있었다. 현재 이세시마호텔의 재건책을 검토하고 있는 오와다 상무의 심복으로, 옛 T의 젊은 인재들 중에서 가장 두각을 나타내는 사람이라고 한다.

"후쿠야마 차장과 조금 이따가 갈 테니까 자료를 복사해주게."

기무라로부터 그런 전화를 받은 것은 조금 전이었다. 공교롭게도 한자와가 퇴근해서 자리에 있던 사에구사 부부장에게 의견을 물었더니, 혀 차는 소리와 함께 "정말 왜들 그러는지……. 알아서 줘"라는 대답이 돌아왔다.

"어떤 자료 말입니까?"

"올해 3월에 작성한 운전자금에 관한 메모가 있었을 거야."

대답을 듣자마자 오노데라는 마음속으로 얼굴을 찡그렸다. 이세시마호텔의 영업 전략이 적혀 있는 도키에다의 메모였다. 금융청 감사관의 눈에 띄면 안 되는 정도는 아니지만 당당하게 보여줄 만한 자료도 아니라서, 한자와와 의논한 끝에 파일에서 뺐다. 즉, 소개한 것이다.

"그 자료는 여기에 없습니다."

"소개했나? 어디에 있지? 안내해주겠나?"

그렇게 물은 사람은 기무라였다. 오노데라는 잠시 망설였다. 하지만 상대는 은행 사람이고, 더구나 금융청 감사를 담당하는 업무통괄부 부장대리도 같이 있으므로 안 된다고 할 이유가 없었다. 오노데라는 작게 한숨을 쉬고 나서 일어섰다.

"이쪽입니다."

세 사람은 영업 2부를 나와서 엘리베이터를 탔다. 그리고 일단 총무부에 들러 열쇠를 받은 뒤 지하 2층으로 향했다.

"맙소사! 이런 곳에 숨겨놓았나!"

텅 빈 동굴 같은 공간에서 기무라 부장대리의 얼빠진 목소리
가 메아리쳤다.

6

"그쪽으로 정보가 갔나?"

도고시가 전화를 걸어 긴박한 목소리로 말한 것은 금융청과의
세 번째 면담을 며칠 앞둔 어느 날 오후였다.

"아뇨…… . 혹시 나루센입니까?"

한자와는 재빨리 상황을 짐작하고 책상 앞에서 경계 태세를
취했다. 보고 있던 전표는 도장을 찍어 결재함에 던져넣었다.

"오늘 도쿄지방법원에 파산을 신청한 모양이야. 결국 더는 버
틸 수 없었나 보네. 지금 정보가 빠른 채권자들이 몰려왔다고 하
더군."

"부채 총액은요?"

"4백억 엔이 넘는대. 현재 개발 중인 시스템을 프로그래머와
함께 다른 회사로 넘겨준다는 이야기가 진행되고 있다는데, 그
건 언제가 될지 몰라. 실현될지 안 될지도 모르고."

마침내 디데이가 닥쳤다. 오노데라가 불안한 얼굴로 한자와를

보았다.

"금융청과의 다음 면담은 언제지?"

"사흘 후입니다. 그게 마지막일 거라고 생각합니다."

전화기 건너편에서 혀 차는 소리가 들렸다.

"최악의 타이밍이군. 어떡할 건가?"

어떤 상황에서도 기죽지 않았던 한자와도 대답이 궁했다.

이세시마호텔의 유아사에게서는 아직 연락이 없다.

이대로 가면 부실 채권으로 분류되는 것은 거의 확실하다. 구로사키의 득의양양한 웃음이 뇌리를 가로지르고, 개인적인 원한 때문일 거라는 마쓰오카의 말도 떠올랐다.

빌어먹을 놈.

한자와는 깊숙이 숨을 들이마시고 대답했다.

"솔직히 상황은 안 좋습니다."

"어떻게든 힘을 내주게. 지금 이세시마호텔에 믿을 사람은 자네밖에 없네."

도고시의 목소리는 애원에 가까웠다.

한자와는 기도하듯이 말했다.

"도고시 씨, 그렇지 않습니다. 지금 이세시마를 구할 수 있는 사람은 제가 아닙니다."

전화기 너머에서 숨을 들이마시는 듯한 기척이 전해졌다. 한자와는 침착하게 말을 이었다

"이세시마를 구할 수 있는 건…… 이세시마호텔을 구할 수 있

는 사람은 역시 유아사 사장님밖에 없습니다."

잠시 지나서 도고시가 대답했다.

"그런가……? 그렇겠지. 그게 회사라는 거니까."

"그렇습니다. 회사를 어떻게 할지 정하는 것은 은행이 아니라 사장이고 경영진입니다. 그리고 유아사 사장님이라면 그렇게 할 수 있습니다."

지금은 그의 판단을 기다릴 수밖에 없다. 그 판단이 아무리 힘들고 괴로울지라도.

도고시와 통화가 끝나자마자 도마리에게서 전화가 걸려왔다.

"지금 하쿠스이은행의 반도 씨에게서 연락이 왔어. 드디어 나루센이 파산을 신청한 모양이야. 너에게도 정보가 들어왔어?"

"그래. 지금 막 도고시 씨로부터 연락이 왔었어."

한자와는 의자에 깊숙이 앉아서 주먹으로 이마를 고였다.

"금융청 감사가 끝날 때까지는 어떻게든 버텨주기를 바랐는데……."

"이걸로 단숨에 구로사키가 유리해졌군. 제기랄!"

도마리는 화를 참지 못하고 거칠게 욕설을 내뱉었다.

"그런데 한자와, 조금 마음에 걸리는 일이 있어. 오늘 아침에 구로사키가 기시카와 업무통괄부장과 면담했을 때, 은닉 자료가 나오면 어떻게 대응할 거냐고 물었던 모양이야. 그리고 다음 이세시마호텔의 면담에는 은행장님도 동석해달라고 요청했다더군. 이건 아주 이례적인 일이지. 지금 임원들 사이에서 받아들일지 말지 검토하고 있어."

"받아들일까?"

"아마 그럴 거야. 구로사키 녀석, 무슨 꿍꿍이속인지 모르겠어. 그 자리에 있던 사람의 말에 따르면 아무래도 분위기가 안 좋다고 하더군."

"무슨 말이야?"

"금융청이 소개 자료를 발견한 게 아니냐는 거야."

도마리가 잠시 말을 끊었다가 이내 덧붙였다.

"물론 아니겠지만 설마 영업 2부 녀석이 말해준 건 아니겠지?"

"설마!"

"그렇다면 다행이고. 아무튼 조심해. 너도 알고 있겠지만 우리 은행에 놈의 정보원이 있다면 그 정보원으로부터 무슨 이야기를 들었을지도 모르니까."

그렇게 말하고 도마리는 전화를 끊었다.

뭔가 마음에 걸린다. 한자와는 수화기를 내려놓고 잠시 생각에 잠겼다. 그리고 총무부에 있는 친구에게 전화를 하고 나서 오노데라를 불렀다.

"우리 소개 자료가 있는 곳을 누가 묻지 않았나?"

"감사관 말인가요?"

"아니, 은행 사람 말이야."

오노데라는 흠칫 놀라며 한자와를 보았다. 소개 자료를 보관할 장소는 한자와가 정했다. 그런 한자와에게 절대로 발견되지 않을 만한 좋은 곳이 있다고 가르쳐준 사람은 총무부의 하시다였다. 오노데라와 같이 자료를 운반했기 때문에, 그곳을 아는 사람은 하시다를 제외하면 한자와와 오노데라뿐이다.

한자와가 도마리에게 들은 정보를 오노데라에게 들려주었다.

"참고로 하시다는 아무에게도 말하지 않았다고 하더군. 지금 전화로 확인했어."

"저에게 장소를 물은 사람은 없습니다."

오노데라는 그렇게 대답하고 다시 생각에 잠겼다.

"만약 장소가 새어 나갔다면 어제나 그저께쯤이겠군요."

그러더니 곧 오노데라의 표정이 변했다.

"어젯밤에 차장님이 퇴근하시고 기무라 부장대리님과 후쿠야마 차장님이 오셔서 이세시마의 자료를 보여달라고 했습니다. 소개 자료에 있던 메모라서……."

"보여주었나?"

"죄송합니다. 일단 사에구사 부부장님께 의논했더니 보여주라고 하셔서요. 후쿠야마 차장님이 이세시마에 관한 보고서를 정리하는 중이라고 해서 어쩔 수 없이……."

"후쿠야마도 같이 갔나?"

"네. 총무부에서 열쇠를 받아서 두 분을 안내했습니다."

한자와는 오노데라를 지그시 바라본 채 생각에 잠겼다.

기무라의 경력은 알고 있다. 젊은 시절에 지점을 돌아다니고 그 후에 융자부에서 오랫동안 대출을 담당한 뒤, 두 군데에서 지점장을 하고 현재에 이르렀다. 밑바닥부터 올라온 촌스러운 뱅커인 기무라에게는 금융청과의 접점이 없다.

한자와는 수화기를 들어 올려 인사부의 히토미 모토야에게 전화를 걸었다. 히토미는 예전에 한자와가 영업 본부에 있을 때 옆자리에 앉았던 사람이었다.

"네가 웬일로 전화를 했어? 오늘은 해가 서쪽에서 떴나?"

히토미의 농담을 듣고 한자와가 조심스럽게 말했다.

"물어볼 게 있어. 융자부에 후쿠야마란 차장이 있지? 그 사람의 경력을 알고 싶어."

7

금융청 감사의 마지막 고비를 앞두고 은행 내부에는 무거운 공기가 흐르고 있었다. 나루센의 파산 소식이 눈 깜짝할 새에 모든 행원들에게 알려졌기 때문이다.

이세시마호텔을 담당하는 영업 2부의 분위기는 가시처럼 날카로워지고, 모두의 얼굴에 불만이 가득한 표정이 자리했다.

그런 가운데 오노데라가 한자와를 부르러 왔다.

"차장님, 이제 씨름판에 올라갈 시간입니다."

오전 10시 5분 전이었다. 씨름판이라는 것은 업무통괄부에서 주최하는 사전 회의를 가리킨다.

이세시마호텔의 감사에서 패색이 짙은 가운데, 나루센의 파산을 간과하고 대책을 취하지 않았다는 이유로 영업 2부에 대한 비난이 강해지고 있었다.

위기감이 극에 달하면서 업무통괄부에서 금융청 감사가 있기 전에 회의를 하고 싶다는 요청이 들어온 것은 어제였다.

그렇게 중요한 안건을 영업 2부 차장에게만 맡겨 놓아도 되냐는 비판이 있었다는 이야기는 도마리로부터 이미 들었다. 그뿐만 아니라 이번 감사가 금융청의 승리로 끝날 때, 업무통괄부의 준비 부족이 아니냐는 비판을 피하기 위한 포석도 있을 것임이 틀림없었다.

회의실로 들어가자 그곳에는 의외의 면면이 자리하고 있었다.

업무통괄부의 기시카와 부장과 기무라 부장대리와 함께 융자부 기획팀의 후쿠야마가 부루퉁한 얼굴로 앉아 있었던 것이다.

세 사람인가? 그렇게 생각하면서 한자와가 자리에 앉은 순간, 느긋한 걸음으로 회의실로 들어온 사람을 보고 오노데라의 표정이 딱딱하게 굳었다.

오와다 상무였다. 오와다는 근엄한 얼굴로 한가운데에 앉아서 낮고 굵은 목소리로 "시작해"라고 명령했다.

기무라가 오와다에게 고개를 숙이고 나서 입을 열었다.

"다음 금융청 감사에서 영업 2부가 최종적으로 어떻게 설명할지 미리 알아두고 싶어서 이런 자리를 마련했습니다. 이번 일은 우리 은행에 매우 중요한 문제이기 때문에, 실전이라는 생각으로 깊숙이 파고들어 논의하고 싶습니다."

기무라는 그렇게 말하더니 한자와를 쳐다보며 덧붙였다.

"우선 영업 2부에서 이세시마호텔에 대해 심사한 내용을 말해
주겠나?"

오노데라가 일어서서 이세시마호텔의 심사 내용을 설명하기
시작했다.

정상 채권을 전제로 설명했지만, 나루센 파산에 대한 대책은
일부러 언급하지 않았다. 지금 단계에서는 언급해봐야 소용없기
때문이다.

오노데라의 말을 듣는 사이에 기시카와의 표정이 험악해지기
시작했다. 기시카와는 아까부터 눈을 부릅뜨고 한자와를 노려보
았다.

"연속 적자가 예상되는 상황에서 장래에 대한 예측이 너무 안
이하지 않나? 경영 재건 계획도 지난번과 똑같아서 시간을 끈 보
람이 없잖아! 나루센이 파산하면 입게 될 손실을 어떻게 회피할
생각인지, 가장 중요한 부분을 어물쩍 그냥 넘어가고 말이야!"

말없이 듣고 있던 후쿠야마가 의문을 제기했다. 신경질적이면
서 날카로운 목소리였다.

오노데라가 대답했다.

"그 이후의 조사에 따르면 업무는 프로그래머와 함께 다른 회
사로 넘어갈 가능성이 있다고 하는데, 아직 정해진 것은 아닙니
다. 지금까지 투자한 금액은 아마 손실로 처리하게 될 겁니다.

2기 연속 적자가 되겠지만 특별 손실만 아니라면 본업은 흑자입니다."

"특별 손실이니까 괜찮다는 식의 논리는 통하지 않아. 그런 변명이 통할 상대라고 생각하나?"

후쿠야마가 차갑게 말하자 오노데라가 입을 다물었다.

"더구나 이 경영계획은 반드시 실현될 수 있을 만한 현실성이 없는 것 같군."

후쿠야마가 비판적으로 말하며 한자와에게 시선을 향했다.

"한자와 차장, 어떻게 생각하나?"

"현실성이 없다니, 그게 무슨 뜻이죠? 지금 날조한 숫자를 늘어놓았다는 겁니까?"

한자와가 되받아쳤지만 후쿠야마도 지지 않았다.

"차라리 숫자를 날조하는 편이 낫지. 애당초 이세시마호텔의 재건책은 이번이 몇 번째인가? 만약 계획대로 실적을 올릴 만한 능력이 있었다면 벌써 재건했겠지. 이건 누가 입안했나? 당신인가? 아니면 이세시마 경영진인가? 아니면 무능한 사장인가?"

후쿠야마의 말투가 점점 더 날카롭고 비열해졌다.

기무라가 옆에서 깐족거렸다.

"한자와, 이건 모의 금융청 감사야. 우수한 후쿠야마 차장이 감사관 역할이지. 만약 자네가 제대로 대답을 못 하면 다음 면담에는 후쿠야마 차장을 내보낼 거야."

어설픈 협박이다. 한자와가 어이없는 얼굴로 말했다.

"그래도 좋겠군요. 안 그래도 저희 몰래 이세시마호텔의 재건 계획을 세우고 있다고 하니까요. 그런데 후쿠야마 차장, 실제로 거래처를 방문한 적도 없으면서 재건 계획을 세운다는 건 지나 가던 개도 웃을 일이 아닌가?"

한자와가 천천히 반격을 시작했다.

후쿠야마가 뺨을 움찔거리며 엘리트라는 자존심에 상처를 입 은 표정을 지었다. 한자와가 다시 반격의 깃발을 높이 세웠다.

"분명히 이세시마호텔의 재건책은 이걸로 두 번째지만, 지난 번에는 교바시 지점에서 작성해서 당신들 융자부에서 승인한 거 야. 안 그런가? 고작 몇 달 만에 파산하는 사업계획서를 승인해 놓고 숫자를 날조하는 편이 낫다는 말은 가소롭지 않은가? 날조 한 숫자에 장단을 맞춘 사람은 다름 아닌 당신이잖아!"

후쿠야마는 분노로 파르르 떨면서 오만한 눈길로 한자와를 노 려보았다.

"한자와 차장, 경영을 잘하냐 못하냐는 경영자의 능력에 달려 있어. 기업은 어차피 사람이 전부니까. 그런 것도 모르는 사람이 여신을 판단할 수 있겠나? 똑같은 인물이 꼭대기에 앉아 있는 이 상, 아무리 오랜 세월이 지나도 계획은 실행되지 않아. 당신은 그 런 기본적인 사실도 모르나? 유아사 사장이 꼭대기에 앉아 있는 한, 이세시마호텔은 가족 경영에서 벗어날 수 없어. 아무리 좋은 사업계획이 있어도, 그렇게 무능력한 경영자가 어떻게 실현하겠 나? 그런 건 조금만 생각해봐도 알 수 있잖아?"

296

"결국 유아사를 경질해서 하네를 최고 자리에 앉히려고 아이디어를 짜냈나 보지?"

한자와의 말이 끝나기도 전에 후쿠야마가 움찔거리며 오와다와 힐끔 쳐다보았다.

"내가 너무 정곡을 찔렀나? 그럼 물어보지. 왜 하네지? 이유를 말해봐."

한자와의 질문에 후쿠야마는 격하게 대답했다.

"재무에 대해 잘 아는 하네 전무를 꼭대기에 앉혀서 비용을 삭감시킨다, 그건 재건의 기본 상식이잖아?"

"비용을 삭감하고 규모를 축소하면 이익이 남는다, 그런 바보천치 같은 말을 할 생각은 아니겠지? 그런 건 현장을 모르는 은행원의 망상일 뿐이야!"

솟구치는 분노로 인해 후쿠야마의 얼굴이 시뻘게졌다. 한자와가 다시 말을 이었다.

"이세시마의 비용 삭감은 이미 충분히 진행되었어. 인건비도 그렇고, 설비 투자도 최소한에 머물고 있어. 수익보다 지출이 많은 불채산 부문은 그렇게 대단하지 않아. 비용을 줄이고 퇴직금을 더 얹어주면서 사람들을 잘라봐야 적자는 늘어나고 직원들의 사기는 떨어질 뿐이지. 그런 자질구레한 계획은 탁상공론에 불과해. 아직 실적이 나오지 않았지만 지금 유아사 사장이 하려고 하는 방향성은 틀리지 않아. 유아사 사장은 결코 무능한 경영자가 아니야. 오히려 아주 유능한 사람이지. 문제는 그를 둘러싼 사람들이고, 그 선두에 하네가 있어!"

"과연 금융청에서 그런 이야기를 믿어줄까? 지금까지 석자를 제대로 처리하지 않았고, 이대로 있으면 인터넷 예약 시스템에서도 뒤처지고 말지. 그런 리더를 구로사키 감사관이 승인할 것 같냐고!"

"승인해주지 않으면 곤란하지."

한자와의 대답을 듣고 후쿠야마는 승리의 미소를 지었다.

"한자와 차장, 그건 감사를 모르는 은행원의 독선일 뿐이야. 이번 감사를 극복하기 위해서는 근본적인 해결책을 제시해야 해. 하네 전무를 사장으로 앉히는 최고위층 인사는 그 정점이 될 거야."

한자와가 질문의 방향을 바꾸었다.

"후쿠야마, 하네를 만난 적이 있나?"

후쿠야마는 순간적으로 말문이 막혔다가 다시 입을 열었다.

"그런 건 왜 묻지?"

"만난 적이 있냐고 묻잖아!"

"유감스럽지만 만난 적은 없어. 하지만……."

한자와가 재빨리 후쿠야마의 말을 가로막았다.

"만난 적도 없는데 사장 자리에 어울린다고 어떻게 단정할 수 있지?"

"오랫동안 재무 분야에서 묵묵히 일해온 이세시마호텔의 실질적인 대표야. 적어도 숫자에 관해서는 잘 알지."

"후쿠야마, 진심으로 그렇게 생각한다면 당신은 바보라고 손가락질을 받아도 싸."

한자와의 비웃음을 받고 후쿠야마의 입술이 새파래졌다.

"당신이 아까 그랬지? 어차피 기업은 사람이 전부라고. 그런데 가장 중요한 사람을 만나지도 않고 선입관으로 계획을 세우다니, 이건 완전히 자기모순이 아닌가?"

한자와가 후쿠야마의 맹점을 예리하게 찔렀다.

후쿠야마가 괴로운 변명을 입에 담았다.

"하, 하네 전무의 생각과 인품이 얼마나 훌륭한지는 오와다 상무님한테 전해 들었어! 현재 이세시마호텔이 어떤 상황에 있는지도 다 들었고. 본인을 만나지 않으면 그 사람을 판단할 수 없다는 주장은 말이 안 돼!"

후쿠야마는 뺨을 떨면서 말했지만 그의 반론은 공허하기 이를 데 없었다.

"이세시마호텔의 운용을 진두지휘해서 120억 엔의 손실을 만든 사람은 하네 전무야. 더구나 숫자를 날조해서 은행을 속이고 2백억 엔을 대출받은 사람도 하네 전무지. 당신은 그런 사람을 믿는다고? 난 절대로 믿지 않아."

후쿠야마가 당황한 얼굴로 오와다를 쳐다보았다. 한가운데에서 상황을 지켜보던 오와다의 얼굴에서 표정이 사라졌다.

"은행을 속였다고? 그게 무슨 소리지?"

한자와의 시선이 후쿠야마에게서 천천히 오와다로 옮겨갔다.

한자와는 오와다를 똑바로 쳐다보며 대답했다.

"이세시마호텔은 운용 손실을 은폐했어. 하지만 그걸 은행에 고발한 내부 고발자가 있었지. 교바시 지점은 그런 사실을 묵살하고 그대로 법인부로 이관시켜 대출을 승인했고."

"그런 이야기는 못 들었어!"

후쿠야마는 주위가 떠나가라 소리쳤다.

"당연하지. 아직 보고서를 쓰지 않았으니까. 이번 감사가 끝나면 보고서를 써서 확실하게 책임을 추궁할 거야."

오와다는 칼날 같은 시선으로 한자와를 쏘아보았다.

"한자와, 자네는 지금 교바시 지점이 운용 손실을 은폐했다고 말하는 건가? 말도 안 되는 소리 하지 마! 교바시 지점이 그런 짓을 할 이유가 어디 있어?"

이야기가 주제에서 벗어나자, 기무라가 당황한 얼굴로 옆에서 끼어들었다.

"대출을 받게 하기 위해서지요. 과연 누가 그런 지시를 내렸는지 앞으로 확실히 밝혀낼 테니까 즐거운 마음으로 기다리십시오. 그 전에 금융청 감사부터 극복해야겠지요."

한자와는 오와다의 눈을 정면으로 바라보면서 말한 뒤, 시선을 후쿠야마에게 돌렸다. 본론으로 들어가려는 것이다.

"다시 한 번 말하지. 한 번도 본 적이 없고 만난 적도 없는 사람을 사장으로 앉히려는 재건계획은 쓰레기나 마찬가지야. 당신이 왜 바보 천치도 하지 않는 실수를 저질렀는지 가르쳐줄까? 그건 고객을 보지 않았기 때문이지."

후쿠야마가 숨을 들이마시며 고개를 들었다.

"당신은 항상 고객에게 등을 돌린 채 조직의 높은 사람만을 보고 있어. 어떻게 하면 그들의 환심을 살 수 있을까, 어떻게 하면 그들의 마음에 들까, 그것만 생각하지. 그런 사람이 세운 계획은 아무런 의미가 없어. 그건 이세시마호텔을 위해서 만든 계획이 아니니까. 당신은 집안사람이 좋아할 계획을 만들었을 뿐이야. 그런 계획으로 기업이 재건할 수 있다고 생각한다면, 그건 도저히 구제할 도리가 없는 얼간이지. 후쿠야마, 반론이 있다면 말해 봐. 들어주지."

불이라도 붙은 것처럼 후쿠야마의 얼굴이 새빨개졌다. 후쿠야마는 입술을 꽉 깨물고 아무 말도 하지 않았다.

엘리트 은행원답게 오만함이 몸에 밴 사람이었다. 어린 시절부터 좋은 학원에 다니며 과보호하는 부모에게 "우리 아들이 최고야!"라는 말을 듣고 자랐다는 것은 얼굴만 봐도 알 수 있다. 기계처럼 우수할지도 모르지만 공격에 약하고 무너지기 쉽다.

한자와는 후쿠야마에게서 뒤쪽에 있는 세 사람에게로 시선을 돌렸다.

"내일 감사에 대해 한 말씀 드리겠습니다. 이세시마호텔의 상황과 문제점에 관해 현재 저희보다 더 많이 아는 사람은 없습니다. 당신들의 속셈이 무엇이든, 지금 진심으로 이세시마호텔의 재건을 바라고 누구보다 금융청 감사를 극복하려고 노력하는 사람들은 바로 저희입니다. 오노데라가 말씀드린 주장에는 물론 약점도 있습니다. 그것도 잘 알고 있습니다. 지적해주시는 것은 좋습니다만 표면적인 검토만으로 이러쿵저러쿵 하는 건 시간 낭비라고 생각합니다. 현장의 일은 현장에 맡겨주시기 바랍니다. 그것이 우리 은행의 전통이잖습니까?"

더 구체적으로 말하면 산업중앙은행의 전통이다. 그것을 일부러 '우리 은행의 전통'이라고 말한 것은 옛 파벌 의식에 사로잡힌 사람들에 대한 빈정거림이었다.

한자와가 목소리를 낮추며 기무라에게 물었다.

"그러면 이쯤에서 끝내도 될까요?"

기무라는 황급히 오와다와 기시카와의 안색을 살폈다. 그리고 두 사람의 침묵을 확인하더니 한자와를 쳐다보며 서둘러 말했다.

"한자와, 이번 금융청 면담에는 은행장님께서 참석하실 거야. 아무쪼록 은행장님 얼굴에 먹칠하는 일은 없도록 하게."

한자와는 차가운 눈길로 주변을 한 번 둘러본 뒤, 불안한 표정을 짓고 있는 오노데라를 데리고 밖으로 나왔다.

사무실로 돌아가는 엘리베이터 안에서 오노데라가 말했다.

"나루센의 파산 대책이 없다는 지적은 맞습니다. 솔직히 말씀드리면 금융청 감사를 극복할 수 있을지 불안합니다. 차장님 생각은 어떠십니까?"

"글쎄⋯⋯."

영업 본부가 있는 7층으로 내려가는 엘리베이터 안에서 한자와는 신중하게 대답했다.

"분명히 이대로는 약해. 그건 나도 알고 있어."

하지만 이 사태를 근본적으로 해결할 수 있는 사람은 유아사 뿐이다.

그날 오후. 감사 대책 서류를 만들면서도 이세시마호텔 문제는 한자와의 머리에서 떠나지 않았다.

이세시마호텔에 전화를 걸어 사장님에게 연결해달라고 했지만 자리에 없다는 대답이 돌아왔다. 저녁때쯤 도마리가 불안한 얼굴로 찾아왔지만 안심시켜줄 내용이 없는 상태에서 덧없이 시간만 흘렀다.

"이세시마호텔만 빼고 모든 감사 준비가 끝났어. 이제 나머지는 네게 달렸어."

도마리는 그 말을 남기고 돌아갔다.

"정말 이 상태에서 최종 면담에 임해야 하는 걸까요?"

밤에 마지막 회의를 마쳤을 때, 오노데라가 불안한 얼굴로 중얼거렸다.

이 세상에는 자신의 노력으로 할 수 있는 일과 자신의 노력만으로는 할 수 없는 일이 있다. 이번 경우는 후자다. 지금 한자와가 할 수 있는 것은 오직 유아사를 믿는 것뿐이었다.

한자와 책상에서 전화벨이 울린 것은 밤 10시가 넘은 시각이었다.

"이세시마호텔 유아사 사장님 전화입니다."

"연결시켜줘."

침울한 공기가 감도는 사무실을 한 번 둘러본 뒤, 한자와는 조용히 눈을 감고 유아사의 목소리를 기다렸다.

7장

뱅커의 긍지

1

7월의 마지막 월요일은 이번 여름에 접어들어 가장 무더운 날이었다.

계속 비가 오지 않은 데다가 뜨거운 태양이 아침부터 자신의 모든 에너지를 뿜어내서, 오전 8시에 한자와가 마루노우치 지하철 출입구를 통해 지상으로 나왔을 때, 거리는 이미 이글이글 타오르는 열기에 휩싸여 있었다.

유난히 땀을 많이 흘리는 한자와는 주머니에서 손수건을 꺼내 이마의 땀을 닦은 뒤, 원망스러운 눈길로 하늘을 올려다보고 다시 걸음을 내딛었다.

"감사가 끝나면 가까운 곳에라도 가서 쉬었다 오자."

오늘 아침에 금융청 감사가 일단락될 것 같다고 말하자 하나는 즉시 입을 삐죽거리며 이렇게 말했다. 마치 자신이 피해자라고 말하고 싶은 듯하다.

말도 안 되는 소리! 최대의 피해자는 나거든! 한자와는 그렇게 생각했다. 아닌 밤중에 홍두깨 격으로 담당자가 교체되면서, 도쿄중앙은행의 운명을 쥐고 있는 거래처를 돌봐주게 되었으니까.

오늘이 감사의 고비다. 오늘 새벽까지 은행에서 마지막 준비를 하고 아침에 집에 가서 옷만 갈아입은 뒤, 잠시도 눈을 붙이지 못하고 그대로 나왔다.

아무리 발버둥쳐도 구로사키와의 대결은 오늘이 마지막이다.

무승부는 없다. 이기든지 지든지 하나밖에 없는 것이다. 구로사키도 그것을 바랄 테고, 한자와에게도 승리만 있을 뿐 패배는 용납되지 않는다.

"분류되기라도 하면 휴가는커녕 파견 나가게 되겠지."

한자와는 혼잣말로 투덜거렸다. 그때 하나가 어떤 표정을 지을지 생각하자 갑자기 웃음이 나왔다.

구로사키와의 면담은 오후 1시.

한자와는 영업 2부의 자기 자리에 앉아 결재함에 쌓여 있는 서류를 살펴보기 시작했다.

평소와 조금도 다르지 않은 것처럼 보이지만 영업 2부에는 형용할 수 없는 긴장감이 떠다니고 있었다.

컴퓨터 시스템으로 보내온 품의서를 검토하고 담당자를 불러 세부 사항을 지적한 뒤, 몇몇 회사의 품의서를 승인하자 눈 깜짝할 사이에 시간이 지났다.

피로가 극에 달해야 정상이지만 정신은 오히려 맑았고 눈은 초롱초롱했다.

그런데…….

도마리가 절박한 목소리로 내선 전화를 걸어온 것은 회의실로 가려고 할 때였다.

"한자와, 엉뚱한 질문 같지만 영업 2부의 소개 자료를 지하 2층에 감춰둔 건 아니겠지?"

수화기를 움켜쥔 채 한자와는 흠칫 놀라며 숨을 들이마셨다.

"역시 그렇군. 한자와, 큰일났어! 지금 난리도 아니야!"

전화기 너머에서 도마리가 비명에 가까운 소리를 질렀다.

"잘 들어. 지금 금융청 녀석들이 지하 2층을 봉쇄했어. 소개 자료를 어디에 숨겼지? 보일러실이야? 그렇다면 굉장히 위험해!"

"도마리, 진정해. 이제 될 대로 되라는 수밖에 없어."

수화기 건너편에서 도마리가 고함을 질렀다.

"지금 진정하게 생겼어? 감사 방해를 뛰어넘어 감사 기피라는 판단을 받으면 은행장님까지 형사 고발을 당할지 모른다고! 이세시마호텔이 분류된 다음에 그런 일까지 당해봐. 은행이 존속하느냐 마느냐 하는 위기에 처할 수도 있어!"

그때 오노데라가 일어서면서 작은 소리로 말했다.

"차장님, 시간 됐습니다."

"도마리, 타임아웃이야. 이제 와서 발버둥쳐봐야 소용없어. 그만 끊을게."

"하, 한자와! 이제 내 힘으론 어쩔 도리가 없어. 한자와, 행운을 빈다."

한자와는 양복 소매에 팔을 넣고, 마지막 싸움을 향해 걸음을 내딛었다.

2

회의실은 기묘하리만큼 팽팽한 긴장감으로 가득 차 있었다.

영업 2부에서는 부장인 나이토와 부부장인 사에구사가 참석해서, 금융청 감사관과 한자와가 대치하는 탁자를 에워싸고 앉아 있었다.

정각 1분 전에 나카노와타리 은행장이 들어오자 긴장감은 최고조에 도달했다. 은행장은 한자와와 감사관을 모두 볼 수 있는 자리에 앉았다. 이어서 금융청 감사관 두 명이 나타나서 가볍게 고개를 숙이고 한자와와 대치하는 자리에 앉았다. 하지만 구로사키는 아직 모습을 드러내지 않았다. 의도적으로 늦게 나타나는 것이다. 은행장까지 자리한 마당에 일부러 늦게 오다니, 정말이지 뿌리까지 썩은 사람이다.

기이한 분위기 속에서 몇 분간 침묵이 이어졌다.

태연하게 미소를 짓고 있는 한자와의 옆에서 오노데라는 긴장한 얼굴로 자료를 쳐다보았다.

거액의 금액이 비용이 되느냐 마느냐가 앞으로의 상황에 따라서 정해진다. 금융청에 패배하면 은행 수익에 발목을 잡는 커다란 요인이 될 뿐만 아니라 주가도 하락한다. 은행 경영에 미치는 악영향은 이루 말할 수 없을 정도다.

벽시계가 1시 5분을 가리킨 순간, 구로사키가 들어왔다.

몇 명이 무의식중에 일어섰지만 한자와는 일어서지 않고 구로사키가 자리에 앉기를 기다렸다. 늦게 들어온 자에게 예의를 표할 필요는 없기 때문이다.

"자아, 시작해볼까요?"

구로사키는 사과 한 마디도 없이 거만하고 무례한 태도로 말했다.

"그럼 지금까지의 경위를 포함해 이세시마호텔에 관한 여신 상황에 대해 말씀드리겠습니다."

오노데라의 설명을 시작으로 이세시마호텔에 대한 마지막 금융청 감사의 막이 올랐다. 그런데…….

설명이 시작되자마자 구로사키가 오노데라의 말을 가로막으며 공격을 시작했다.

"그건 됐어요. 더는 설명하지 않아도 돼요. 요전과 하나도 다르지 않잖아요? 그런 걸 또 내놓다니, 이건 실례가 아닌가요? 솔직히 말해 이런 계획이 실현되리라곤 생각할 수 없어요."

구로사키는 평소의 과장된 말투로 지긋지긋하다는 듯이 말했다. 그리고 입술을 삐죽거리며 오만한 표정으로 탁자 위에 자료를 내던졌다.

"한자와 차장님, 이건 과거에 이 회사의 경영계획이 얼마나 달성되었는지를 보면 알겠지요. 매출과 수익 전부 안이해요! 전부 말이에요!"

그는 '전부'라는 부분을 특히 강조했다.

"이번만 계획이 달성된다는 필연성은 어디에서도 찾아볼 수 없어요. 애당초 이건 그거 아닌가요? 감사를 빠져나가기 위한 임기응변식 방편 말이에요. 이세시마호텔의 실적 회복에 물음표가 찍힌 이상, 분류되는 건 당연하지 않을까요?"

"적어도 올해의 사업계획은 예상대로 순조롭게 진행되고 있습니다. 예전에 달성되지 않았다고 해서 이번에도 틀렸다는 말씀은 이세시마호텔을 처음부터 부실 채권으로 정해놓았다는 말씀으로 들리는데요."

한자와의 말이 떨어지기가 무섭게, 주변을 둘러싸고 있던 행원들의 얼굴이 차갑게 얼어붙었다. 구로사키의 어깨 너머로 멍하니 입을 벌린 기무라의 모습이 한자와의 눈에 들어왔다. 기무라의 눈에는 희미한 공포가 감돌고 있었다.

"처음부터 정해놓았다고요?"

구로사키는 의자에 몸을 맡긴 채 무표정하게 말했다.

"계획에 실현 가능성이 없다면 어디가 문제인지 구체적으로 지적해주십시오. 논리적인 근거도 없이 지난번에 안 됐으니까 이번도 안 된다고 하시지 말았으면 합니다."

구로사키는 아직 나루센의 이야기를 들먹이지 않았다. 하지만 그것을 염두에 둔 탓인지 표정에는 여유가 떠다니고 있었다.

"그러면 말해드리죠. 매출의 근거가 모호하지 않나요? 이걸 실현할 수 있다는 근거가 어디에 있죠?"

한자와는 구로사키의 지적을 태연하게 받아들였다.

"근거는 지난번에 말씀드렸고, 현재의 실적은 계획대로 진행되고 있습니다. 그래도 근거가 모호하다는 말씀은 이해할 수 없습니다."

"이익 목표만 해도……."

구로사키가 입을 열려고 하자 한자와가 재빨리 가로막았다.

"비용을 철저하게 삭감해서 이익률은 눈에 띄게 좋아지고 있습니다. 이대로 가면 이익 목표는 확실히 달성할 수 있습니다."

"이봐요, 한자와 차장님. 그런 허황된 말은 집어치우세요! 나루센은 어떻게 할 거예요, 나루센은!"

구로사키가 마침내 비장의 카드를 꺼내며 도전적으로 물었다. 인내력이 한계에 도달한 모양이다.

"당신, 지난번에 내 정보가 불확실하다고 했죠? 그래서 그 후에 어떻게 됐나요? 나루센에 관해 조사했겠죠? 지금 그 회사가 어떻게 되었는지 말씀해보시죠."

"유감스럽지만 며칠 전에 파산을 신청했습니다."

구로사키의 얼굴에 승리의 미소가 감돌았다.

"그렇지요. 그래서요? 이세시마호텔에 대한 영향은 어떻게 되나요?"

구로사키가 턱을 앞으로 내민 채, 은테 안경의 안쪽에서 무시

313

하는 눈길로 한자와를 보았다.

"인터넷 예약 시스템이 없어도 이 계획대로 매출을 달성할 수 있나요? 수익을 올릴 수 있나요? 개발비에 대해서도 언급하지 않았잖아요? 도대체 어쩌려는 거예요? 상대는 도산했어요. 내가 입에 침이 마르도록 말했는데, 귀 은행은 어느 것 하나 제대로 설명하지 않는군요. 불쾌하기 짝이 없어요. 이건 직무 태만이 아닌가요?"

기무라의 얼굴이 새빨갛게 달아오르고, 그때까지 팔짱을 낀 채 상황을 지켜보던 은행장이 고개를 떨구었다.

큰일이다…….

말을 하지는 않았지만 누구나 그렇게 생각한다는 것을 알 수 있었다.

그런 와중에 한자와만이 냉정한 얼굴로 구로사키를 정면으로 바라보았다.

한자와는 은테 안경 안쪽의 갈색 눈을 똑바로 쳐다보다가 구로사키의 말이 끊어진 틈을 이용해서 조용히 입을 열었다.

"나루센 파산에 대한 영향은 이미 회피했습니다."

구로사키가 경계 태세를 취하며 몸을 움찔거렸다. 그리고 한자와의 표정을 살피면서 신중하게 물었다.

"회피했다고요? 그게 무슨 뜻이죠?"

"이세시마호텔은 미국의 호텔 체인인 포스터의 산하로 들어갑니다."

그 순간, 회의실 안이 술렁거렸다. 한자와의 비장의 카드였다.

"어제 이세시마호텔의 유아사 사장으로부터 승낙을 받고 포스터 쪽에 전했습니다. 증자를 통해 자본을 받아들이겠다고 말이죠. 1차 증자액은 약 2백억 엔. 그와 동시에 업무 제휴에 의해 포스터의 인터넷 예약 시스템을 사용할 수 있게 됩니다. 그것이 포스터의 자본을 받아들이는 조건이니까요. 이로 인해 이세시마호텔은 포스터의 신용과 고객층을 흡수할 뿐만 아니라 자기 부담으로 인터넷 예약 시스템을 구축하는 것보다 훨씬 집객력이 있는 시스템을 사용할 수 있게 됩니다."

예상치 못한 전개에 구로사키의 입술이 부들부들 떨렸다.

"하, 합병한다는 건가요? 그, 그건 말도 안 돼요. 이 회사는 가족 경영이 아닌가요? 더구나 모든 권한을 손에 쥐고 있는 독재자예요. 그런 사람이 매수에 응하다니, 믿을 수가 없어요."

"유아사 사장은 단순한 독재자가 아니라 앞을 내다볼 수 있는 현명한 경영자입니다. 이번에 포스터 산하에 들어가도 경영은 계속 유아사 사장이 맡을 겁니다. 그와 동시에 포스터로부터 새로운 임원을 맞이하는 한편, 운영 손실을 낸 하네 전무를 비롯해 몇몇 임원을 경질할 겁니다. 자본뿐만 아니라 인재를 초빙해 경영을 쇄신하고 관리를 강화할 목적으로 말이죠. 따라서 이세시마호텔의 실적이 회복되는 건 틀림없습니다."

구로사키는 눈을 부릅뜨고 반론했다.

"아무리 증자를 해도 적자는 적자예요!"

"적자는 일시적인 것에 불과합니다. 더구나 적자가 나더라도 돈이 돌면 회사는 망하지 않습니다. 포스터는 신용 등급에서 더블A를 받을 만큼 신용도가 높은 호텔 그룹입니다. 그런 회사가 뒤에서 든든하게 받쳐주면 이세시마호텔은 위험하기는커녕 비약적으로 발전하겠지요. 정상 채권으로 취급해도 아무런 문제가 없다고 생각합니다. 모처럼 걱정해서 지적해주셨는데, 나루센의 파산은 아무런 문제가 되지 않으니까 안심하시기 바랍니다. 구로사키 감사관님, 더 궁금하신 게 있습니까?"

논리적으로 궁지에 몰린 구로사키는 조용한 침묵 속에서 흙으로 빚은 인형이라도 된 것처럼 움직임을 멈추었다.

구로사키가 도쿄중앙은행에 개인적인 원한을 가지고 있다─그런 마쓰오카의 이야기가 한자와의 뇌리를 가로질렀다. 하지만 이세시마호텔을 부실 채권으로 분류하겠다는 구로사키의 속셈이 어그러졌다는 점은 이미 누구의 눈에도 분명했다.

은행장이 고개를 들고 말없이 구로사키의 옆얼굴을 쳐다보았다. 은행장 옆에 앉은 오와다와 기시카와는 석고상처럼 꼼짝도 하지 않았다. 한자와의 논리적인 설명에 놀란 것인지, 구로사키의 반격을 기다리는 것인지는 분명치 않았다.

하지만 이 자리에 있는 사람 중에서 지하 2층이 감사관들에게 봉쇄되었다는 상황을 모르는 사람은 아무도 없다. 공기가 무겁게 내리누른 것은 그것 때문이었다. 지하 2층의 봉쇄는 곧 전쟁의 패배를 의미한다.

그때 문이 열리고 한자와가 아는 얼굴이 들어왔다. 도마리였다. 곧 흐트러질 퍼즐 조각들처럼 그의 얼굴에는 당황함과 난감함이 깊게 배어 있었다. 도저히 가만히 있을 수 없어서 상황을 확인하러 온 것이다.

도마리는 한순간 회의실의 기이한 분위기에 압도된 듯 숨을 들이마시더니 빈자리를 발견하고 앉았다. 그리고 기도하는 눈길로 한자와를 쳐다본 뒤, 노골적으로 혐오감을 드러내며 구로사키에게 시선을 돌렸다. 그곳에는 금융청 감사관으로서 수많은 은행에서 놀라운 실력을 발휘해온 한 남자가 궁지에 몰린 표정으로 앉아 있었다.

그런데 지금…….

미간에 주름을 잡은 구로사키의 험악한 얼굴이 약간 느슨해지는가 싶더니, 그 밑에서 새로운 감정이 솟구치면서 서서히 표정이 변했다.

구로사키는 분노로 굳어진 어깨에서 힘을 빼고 의자 등받이에 비스듬히 기댔다. 그리고 다리를 꼬고 뺨을 부풀리며 가느다란 숨을 토해내더니, 이윽고 한자와에게 초점 없는 시선을 던졌다.

"이세시마호텔에 관해 우리가 모르는 정보는 이제 없나요?"

한자와는 단호하게 대답했다.

"없습니다."

"그래요? 만약 은폐한 자료가 있으면 지금 말씀하세요. 지금이 마지막 기회니까요. 한자와 차장님, 어떤가요?"

한자와는 대답하지 않았다.

"알겠어요."

구로사키는 짧게 말한 뒤, 두 손으로 탁자를 짚고 일어섰다.

드디어 때가 되었다. 도마리의 얼굴이 일그러졌다.

"잠시 저와 같이 가주시지 않겠어요? 중요한 일이니까 은행장님도 함께 가세요."

분위기가 심상치 않음을 느끼고 은행장의 얼굴에 불안이 가로질렀다.

구로사키가 먼저 회의실을 나가서 엘리베이터 앞으로 향했다. 구로사키를 비롯한 감사관들과 은행장, 한자와가 같은 엘리베이터를 타고 먼저 밑으로 내려갔다.

지하 2층의 엘리베이터 홀에서 그들을 맞이한 사람은 감사관인 시마다였다. 시마다는 굳은 얼굴로 구로사키에게 고개를 숙인 뒤 앞장서서 걸어갔다.

"지금 어디를 가는 건가?"

구로사키는 손을 하늘하늘 흔들며 은행장의 질문을 무시했다. 그 태도를 보고 나카노와타리 은행장은 언짢은 표정을 지었지만 분노를 입에 담는 일은 가까스로 멈추었다. 그는 은행장이 되고 나서 감정을 억제하는 방법을 배웠다.

구로사키는 안쪽 구석에 있는 철문을 열고 살풍경한 통로로 들어갔다. 건물의 기관실이 있는 공간이다. 카펫이 끊어지고 구두 소리가 몇 겹으로 메아리쳤다.

구로사키는 10미터쯤 걸어가더니, 어느 문 앞에서 걸음을 멈추고 한자와를 정면으로 바라보았다.

보일러실이다. 뒤쪽에서 구두 소리가 들리고, 총무부 행원이 허둥지둥 뛰어오는 것이 보였다.

"문을 열어주세요."

구로사키의 지시를 받은 총무부 행원이 문에 열쇠를 끼워서 돌리자 잠금장치가 돌아가는 쇳소리가 귀로 파고들었다.

"한자와 차장님, 문을 열어주실까요?"

구로사키의 목소리에는 증오와 환희가 뒤섞여 있었다.

"구로사키 감사관님, 이런 곳까지 뭐 하러 데려오셨죠?"

한자와의 얼굴은 여전히 태연했다.

"잔말 말고 열라면 열어요!"

사람이 달라진 듯한 구로사키의 목소리가 통로에 울리면서 귀에 거슬리는 반향이 남았다.

그 자리에 있는 모든 사람들의 시선이 한자와에게 쏠렸다.

후욱. 한자와는 숨을 한 번 토해내고 천천히 문을 열었다.

그 즉시 보일러의 진동음이 흘러나와서 그 자리에 있는 사람들을 모두 집어삼켰다. 먼지와 기름이 뒤섞인 냄새가 코를 찔렀다. 안쪽은 캄캄해서 아무것도 보이지 않았다.

총무부 행원이 불을 켜자 형광등이 차가운 콘크리트 실내를 비추었다. 벽을 타고 늘어선 보일러의 철제 파이프들은 그로테스크한 핏줄 같았다. 미세한 먼지 입자가 형광등 밑에서 춤을 추었다. 하지만 사람들의 눈이 일제히 쏠린 곳은 내부의 광경이 아니라 바닥에 놓여 있는 골판지 상자였다.

승리를 확신한 구로사키의 얼굴에 회심의 미소가 번져나갔다.

"한자와 차장, 이건 설마⋯⋯."

은행장의 목소리가 가늘게 떨렸다. 뒤쪽에서 들여다보던 오와다는 눈을 크게 뜬 채, 깜빡임조차 잊어버린 듯했다.

"어서 가지고 나가세요!"

구로사키의 지시를 받고 시마다를 비롯한 감사관들이 안으로 들어왔다.

그들은 골판지 상자를 들고 복도에 늘어놓았다. 절연 테이프로 봉해져 있어서 상자 안에 무엇이 들어 있는지는 알 수 없었다.

전부 일곱 상자. 구로사키는 입맛을 다시면서 흥미로운 눈길로 상자를 내려다보았다.

"그럼 뭐가 들었는지 볼까요? 뭐가 나올지 기대되는군요."

구로사키가 치아를 드러내며 비열하게 웃었다. 그런 다음 상자 앞에 웅크리고 앉아 첫 번째 상자의 절연 테이프를 벗기고 뚜껑을 열었다. 그런데⋯⋯.

내용물이 언뜻 보인 곳에서 이변을 알아차렸는지, 구로사키의 손길이 허공에서 멈추었다.

빨간색과 하얀색 천이 보였다. 구로사키가 고개를 갸웃거리며 그것을 두 손으로 들어올렸다.

"이게 뭐야!"

구로사키의 입에서 절규에 가까운 소리가 새어 나왔다. 보일러실 전등 밑에 나타난 것은 계절에 맞지 않은 산타클로스 복장이었기 때문이다.

"이, 이럴 수가!"

구로사키가 산타클로스 복장을 마구 뭉쳐서 바닥에 내던지는 것을 보고 한자와의 옆에 서 있던 오노데라가 가까스로 웃음을 참았다.

"전부 뒤져보세요!"

구로사키의 지시를 받고 감사관들이 일제히 달려들어 상자를 열기 시작했다. 다음에 나온 것은 세일러복이었다. 연회부장이라는 이름표가 붙어 있었다. 어느 부서의 송년회 이벤트에서 사용한 도구인 듯했다.

"비키세요!"

구로사키가 옆의 감사관을 밀치고 상자를 뒤집어 내용물을 모조리 쏟아냈다. 갈색 인형 옷이 산더미같이 쌓였다. 순록 모자가 구로사키의 발밑에서 굴렀다.

마지막 상자를 들어 올려 거꾸로 뒤집자 우당탕 하는 소리와 함께 놀이의 소도구가 바닥에 굴렀다. 트럼프 카드가 흩어지면서 한자와의 발밑까지 날아왔다. 조커의 음흉한 웃음이 감사관들을 비웃었다.

구로사키는 머리칼이 흐트러진 채 어깨로 거친 숨을 몰아쉬었다. 한자와가 어이없는 얼굴로 피식 웃으면서 물었다.

"구로사키 감사관님, 지금 뭐 하시는 겁니까? 이런 연말 이벤트는 보기 흉하니까 하지 말라는 업무 개선 명령이라도 내리실 겁니까?"

주변에서 쿡쿡거리는 웃음소리가 새어 나왔다.

구로사키가 치욕으로 불타는 눈길로 한자와를 노려보았다. 어금니 가는 소리가 들리는 듯했다. 한자와는 구로사키의 눈을 똑바로 쳐다보며 말했다.

"은폐 자료 같은 건 처음부터 없었습니다. 그건 당신의 환상이지요."

"그럴 리가 없어! 한자와! 어디다 숨겼지?"

분노에 가득 찬 구로사키의 목소리가 공허하게 울려 퍼졌다.

"어디에도 숨기지 않았습니다. 보시다시피 이게 현실이 아닌가요? 여기엔 아무것도 없습니다."

한자와는 상자를 발끝으로 가볍게 찬 뒤, 씩씩거리고 있는 구로사키를 슬쩍 쳐다보았다.

"아닌가요?"

그리고는 일그러진 옆얼굴에서 눈길을 돌리고, 처음부터 끝까지 지켜보았던 은행장을 향해 말했다.

"구로사키 감사관이 아무래도 뭔가 착각한 것 같습니다. 바쁘신데 자리해주셔서 감사합니다."

아연한 얼굴로 지켜보던 은행장은 퍼뜩 정신을 차린 뒤, 아직도 믿을 수 없다는 표정으로 말했다.

"아무래도 그런 것 같군."

은행장 뒤에 있던 사람들이 길을 터주었다. 은행장이 느긋하게 걸음을 내딛자 자리를 가득 메웠던 긴장감이 느슨해졌다.

"한자와!"

도마리가 오른손 주먹을 치켜들었다. 승리의 포즈다.

한자와는 가볍게 웃으면서 엄지를 치켜세워 대꾸했다. 그리고 망연자실한 감사관들을 흘깃 쳐다보고 지하 통로를 뒤로했다.

3

이날 곤도는 일을 대강 정리한 뒤, 오후 6시가 지나 회사를 나왔다.

"먼저 갈게요."

노다의 대답은 없었다. 말없이 컴퓨터 화면을 노려본 채 못 들은 척한 것이다. 대신 "수고하셨습니다"라는 여직원의 대답에 가볍게 손을 들고, 곤도는 낮의 열기가 사그라지지 않은 저녁의 거리로 나왔다.

오늘 곤도의 행선지는 도쿄 남쪽의 구가하라다. 다미야전기에서 돈을 빌려간 라파예트의 사장인 다나하시 다카코의 집이 있는 곳이다. 지금 당장 돌려받을 수 없다면 담보를 설정해두는 것이 대여금의 기본으로, 회사에 자산이 없다면 그다음의 담보는 당연히 다나하시의 집이다. 과연 3천만 엔의 담보가 될 만한 자산이 있는지 조사하는 것이 오늘 그가 구가하라까지 가는 이유였다.

곤도는 지하철을 탄 뒤, 신바시에서 야마노테 선으로 갈아타고 고탄다 역에서 내렸다. 러시아워로 혼잡한 연결 통로를 올라가서 도코 급행 전철인 이케가미 선 플랫폼으로 건너갔다. 회사를 나오기 전에 지도를 살펴보니 이곳에서 구가하라 역까지는 15분쯤 걸리고, 역에서 다나하시의 집까지는 걸어서 10분쯤 걸린다.

곤도를 태운 열차가 번화가를 뚫고 달렸다. 열차 안은 한동안 혼잡했지만 환승역인 하타노다이 역에서 승객들이 많이 내린 덕에 조금 숨통이 트였다.

구가하라 역에서 내려 간파치 순환도로의 반대편으로 나왔다. 저녁 찬거리를 사는 사람으로 복작거리는 슈퍼마켓 앞을 지나 상점가를 걸었다.

그는 가져온 지도를 펼치고 3번지 방향으로 향했다. 이 주변은 고급주택가로 유명한 덴엔초후의 뒤를 잇는 주택가다. 상점가에서 한 블록 안쪽으로 들어가자 훌륭한 저택이 늘어선 한적한 주택가가 나왔다.

그는 이윽고 어느 단독주택 앞에서 걸음을 멈추었다. 상당히 큰 2층짜리 집이다. 갈색 벽돌담이 부지를 에워싸고, 저녁놀이 자리한 하늘에서는 굴뚝이 솟아 있는 슬레이트 지붕이 보였다.

"완전히 초호화 저택이잖아?"

그는 혼자 중얼거리다가 가장 중요한 문패를 보고 자기도 모르게 "어?" 하고 고개를 갸웃거렸다. 문패의 성이 '다나하시'가 아니었기 때문이다. 근처 전봇대의 팻말에서 번지수를 확인했지만 틀림없이 여기다.

"이상하군."

그는 잠시 주변을 걸어 다니며 다나하시란 문패가 걸려 있는 집을 찾아보았다.

아무리 돌아다녀도 그런 집은 보이지 않았다.

도마리에게 받은 라파예트의 신용조사표를 바라보면서 그는 혀를 찼다.

"조사표의 자료가 오래됐나 보군."

그런 일은 드물지 않다. 신용조사표의 왼쪽 위에 최근 조사 날짜가 적혀 있었다. 지금으로부터 2년 전이었다. 지난 2년 사이에 다나하시가 다른 곳으로 이사 간 게 아닐까?

만일을 위해 다시 찾아보았지만 다나하시라는 문패는 보이지 않았다. 주변을 한 바퀴 돌아 처음 있었던 곳으로 돌아온 곤도는 아까보다 깊어진 저녁놀 속에서 우두커니 솟아 있는 굴뚝 집을 바라보았다.

다시 한 번 문패를 바라보았다.

그 순간, 그의 내부에서 무언가가 큰 소리를 내며 울렸다. 문패에 있는 이름을 본 적이 있었기 때문이다.

"이럴 수가……!"

한적한 주택가의 한복판에서 그는 숨을 들이마셨다.

4

"해냈군. 축하해."

도마리가 맥주잔을 높이 들고 한자와와 건배했다.

니시신주쿠에 있는 술집이다.

지난 두 달 정도 팽팽했던 신경이 느슨해지면서 온몸에 편안한 기운이 흘렀다. 금융청 감사가 끝난 것은 이틀 전이다. 이세시마호텔이라는 최대의 현안을 극복함으로써 도쿄중앙은행은 마침내 위기에서 벗어났다. 그 덕분에 거액의 충당금을 예상하고 하락했던 주가도 어제부터 단숨에 제자리로 돌아왔다.

"지하 2층이 봉쇄되었을 때는 모든 게 끝이라고 생각했어. 구로사키는 왜 그런 착각을 했을까?"

"착각한 게 아니야. 그곳에는 실제로 우리 소개 자료가 숨겨져 있었어."

"하지만 그 상자 안에는……."

도마리는 그곳에서 말을 끊더니 어이없는 표정으로 물었다.

"설마 바꿔치기한 거야?"

"봉쇄되기 전에 가지고 나와서 세타가야에 있는 처갓집에 맡겨놓았지. 간발의 차이였어. 그 보고서는 본점의 대여 금고를 빌려서 보관해놓았고. 그자들이 아무리 뒤져봐야 나올 턱이 없지."

태평한 얼굴로 맥주를 마시는 한자와를 보고, 도마리의 어깨에서 힘이 빠졌다.

"그랬구나. 어쨌든 큰일날 뻔했어. 그런 곳에 숨기는 쪽도 대단하고 찾아낸 쪽도 대단해. 한자와, 어떤 장치가 있었지?"

"그 보일러실은 금융청 쪽에 제공한 본부 건물의 안내도에는 실려 있지 않아. 알고 있어?"

한자와에게 뜻밖의 말을 듣고 도마리는 눈을 크게 뜬 채 머리를 가로저었다.

"업무와 관계없는 곳이라서 총무부에서 작성한 지도에는 빠져 있지."

"지도에 없는 곳이군……."

"그래. 몇 년 전에 총무부에서 도면을 작성할 때, 의도적인지 우연인지 그렇게 되었는데 그 후에 수정하지 않았더군. 은행 안에서 그런 사실을 아는 사람은 거의 없는데, 총무부 친구에게 그 이야기를 듣고 비밀 창고 대신 사용했어."

"그런 비밀 창고를 구로사키 녀석이 어떻게 알았지?"

"우리 은행 안에 녀석의 정보원이 있어. 아마 그놈이 알려줬을 거야."

"그 정보원이 누구인지 알고 있어?"

한자와는 술집 카운터를 쳐다보며 대답했다.

"기무라와 후쿠야마가 이세시마의 자료를 가지러 왔다더군.

327

그때 오노데라가 보일러실로 안내했대."

"기무라 녀석, 아무리 너에게 원한이 있어도 그렇지, 은행을 배신했단 말이야? 그리고 보니 그 녀석, 구로사키한테 유난히 쩔쩔매며 굽실거렸지. 빌어먹을 녀석……."

"기무라는 아닐 거야. 녀석은 계속 지점을 돌아다녀서 구로사키와 접점이 없어."

도마리는 한자와의 말을 듣고 의아한 표정을 지었다.

"그렇다면 혹시…… 후쿠야마야?"

"실은 인사부의 히토미에게 전화를 걸어 후쿠야마의 경력을 확인해봤는데……."

"어땠어?"

도마리가 눈을 반짝이며 몸을 앞으로 내밀자 한자와가 기묘한 눈길로 쳐다보았다.

"녀석은 예전에 재무성을 담당했던 적이 있더군."

"벼락 맞을 놈 같으니! 뒤에서 정보를 흘려주면서 네가 감사에 실패하기를 기도했군."

도마리는 어금니를 부드득 갈았다.

"나도 처음에는 그렇게 생각했지. 하지만 녀석이 나루센의 파산 정보를 미리 감지했다곤 생각할 수 없어."

"뭐야?"

"녀석은 교바시 지점에 근무했던 적이 없고, 이세시마호텔에 관해서는 완전히 문외한이야. 물론 오와다의 명령을 받아 재건책을 검토했지만 그건 금융청이 나루센의 파산을 지적한 다음이었지. 그 정보는 이세시마호텔 안에서도 하녀를 비롯해 일부 사람밖에 몰랐어. 그런 일급 정보를 후쿠야마가 미리 알고 있었다곤 생각할 수 없고……."

도마리가 황급히 한자와의 말을 가로막았다.

"스톱, 스톱! 한자와, 그럼 어떻게 된 거야? 보일러실 사건은 기무라와 후쿠야마 둘 중에서 새어 나갈 수밖에 없잖아?"

"둘 중에 어느 한 사람이 누군가에게 말했을 거야. 그 녀석이 구로사키의 정보원이지."

"그럼 결국 누구인지 모르는 채 끝낼 수밖에 없다는 거야?"

한자와는 허공을 노려보며 단호하게 말했다.

"아니야. 감사가 끝나도 정보원은 알아내야 돼. 나루센이 파산했다는, 우리 은행에 굉장히 중요한 정보를 감췄으니까."

도마리는 눈에 힘을 주며 심각한 얼굴로 말했다.

"하지만 그 정보를 얻을 수 있는 사람은 그렇게 많지 않아. 혹시 네가 생각하는 건……."

한자와는 맥주를 천천히 목으로 흘려보냈다.

"그래, 오와다야. 녀석이 구로사키의 정보원이 아닐까 의심하고 있어."

도마리는 경악을 감출 수 없었다. 그리고 입을 다문 채 머릿속으로 이런저런 생각을 떠올리며, 한자와의 가설과 일치하는지 확인해보았다.

이윽고 도마리가 입을 열었다.

"교바시 지점이 옛 T의 명문 지점이었다는 건 예전에도 말했지? 내가 확인한 건 아니지만, 옛 T 사람들 사이에 오와다가 교바시 지점에서 자기 마음대로 했다는 소문이 자자해."

"옛 T 사람들도 대부분 우리처럼 상식적인 은행원이고, 은행원이라면 어떻게 해야 할지 알고 있으니까. 옛 S에도 오와다와 비슷하든지 그보다 더 문제 있는 사람도 있고. 이번에 문제가 된 사람이 우연히 옛 T의 오와다였다는 것뿐이야. 그래서 옛 T 사람들이 모두 문제라고 생각하진 않아."

한자와는 그렇게 말하고 나서 시계를 슬쩍 쳐다본 뒤 술집 입구로 시선을 옮겼다.

"누가 오기로 했어?"

"아까 곤도한테서 전화가 와서 여기로 오라고 했어."

"곤도한테서?"

"라파예트의 사장 집을 보러 갔는데, 재미있는 걸 발견했다더군. 이제 올 때가 됐어."

한자와의 말이 끝나기가 무섭게 "어서 오세요!"라는 소리가 들리고, 낯익은 얼굴이 들어왔다. 곤도는 술집 안을 둘러보더니 손을 들고 자신을 쳐다보는 한자와를 발견했다. 그리고 상기된 얼굴로 다가와서 한자와의 옆자리에 앉았다.

"왔어? 생맥주 어때?"

"그거 좋지."

종업원이 한자와가 주문한 생맥주를 가져오자 세 사람은 재빨리 건배했다. 3분의 1 정도를 단숨에 들이켠 곤도는 완전히 예전의 활기를 되찾았다.

곤도가 한자와를 보며 황급히 물었다.

"아까 부탁한 건 어떻게 됐어?"

"조사했어."

"이봐, 무슨 이야기야?"

아무것도 모르는 도마리에게 곤도는 그날 본 것을 간단히 말해주었다.

"그래서 그 문패에 있던 인물이 누군데?"

곤도가 말을 할 때까지 기다릴 수 없어서, 성질 급한 도마리가 채근했다.

"의외의 인물이었어. 너도 잘 아는 분이지."

"뜸들이지 말고 빨리 말해줘. 누군데 그래?"

목을 길게 빼고 기다리는 도마리를 쳐다보며 곤도가 말했다.

"오와다라고 쓰여 있더군."

도마리는 아연한 얼굴로 입을 다물지 못했다.

한자와는 곤도의 얼굴을 똑바로 쳐다보며, 맥주잔의 차가운 기운을 두 손에 느끼고 있었다.

이윽고 도마리의 입에서 중얼거림이 새어 나왔다.

"오와다……? 오와다라니, 그 오와다 말이야?"

"그래. 본인인지 아닌지 아까 한자와에게 전화해서 조사해달라고 했어. 처음에 너에게 전화했는데 회의 중이라고 하더군."

"하, 한자와. 어떻게 됐어?"

흥분으로 인해 도마리의 심장이 세차게 방망이질 쳤다.

"신사록(紳士錄)˙에서 조사해봤어. 거기에는 가족들까지 실려 있으니까."

한자와가 곤도에게 시선을 돌렸다.

"일단 결론부터 말할게. 다나하시 다카코는 오와다의 아내야. 다나하시는 결혼하기 전의 성이고, 네가 갔던 구가하라의 주소는 오와다의 집 주소와 일치해."

"말도 안 돼……."

도마리는 그렇게 말한 채 뒷말을 잇지 못했다.

한자와는 3분의 1쯤 남아 있던 맥주를 단숨에 마시더니, 종업원을 불러서 좋아하는 밤소주에 얼음을 넣어서 한 잔 달라고 부탁했다. 도마리가 옆에서 "두 잔"이라고 정정하자 첫 번째 맥주잔을 일찌감치 비운 곤도가 "세 잔"이라고 덧붙였다.

도마리가 종업원에게서 곤도에게 시선을 돌리면서 말했다.

"즉, 이런 거야? 다미야전기는 지금부터 4년 전, 교바시 지점에서 대출받은 3천만 엔을 라파예트라는 회사에 빌려주었어. 그 자금은 회수되지 않은 채 지금에 이르렀고. 라파예트 사장은 다

˙ 관료, 대기업 임원, 예술가 등 현재 살아서 활동하는 사회적으로 저명한 인물의 정보를 적어놓은 책.

나하시 다카코고, 그 여자는 오와다의 아내고…….”

곤도는 그제야 이해가 된다는 듯이 대꾸했다.

“그래서 빌려준 거야. 어쩐지 이상하더라. 젊은 애인이라면 몰라도 다미야는 자기 주머니에 돈이 없는 상황에서 그런 중년 여성에게 돈을 빌려주고 못 받을 사람이 아니거든.”

도마리가 물었다.

“어떤 시나리오일까?”

“글쎄……. 자세한 사정은 모르겠지만 라파예트에 돈이 필요해서 오와다는 아내의 회사를 도와줘야 했지. 그런데 라파예트처럼 작고 실적도 나쁜 회사에 돈을 빌려줄 은행은 없어. 그래서 다미야 사장에게 부탁해 교바시 지점에서 대출해준 3천만 엔을 전대한 게 아닐까? 아마 오와다의 부탁을 받은 다미야 사장이 발 벗고 나서서 도와줬을 거야.”

“빙고! 어쨌든 금융청 감사도 끝났으니까 이제 남은 문제를 해결하자. 이 건을 포함해서 말이야. 난 내일 교바시 지점에 가서 가이세를 만나겠어. 너는 어떡할래?”

한자와가 미소를 지으며 도마리에게 물었다.

“같이 가고 싶은 마음은 굴뚝같지만 공교롭게도 내일은 회의가 있어. 그리고 이건 곤도와 교바시 지점, 그리고 한자와와 오와다의 싸움이야. 나는 즐거운 마음으로 결과를 기다릴게.”

“곤도, 너는?”

곤도가 빙긋이 웃으면서 대답했다.

"난 무슨 일이 있어도 가야지."

"당연히 그래야지!"

그때 종업원이 새로 주문한 술을 가져와서 세 사람은 다시 한 번 건배했다.

5

한자와가 교바시 지점의 2층으로 올라가자 그를 기다리고 있던 가이세가 당황한 얼굴로 펄쩍 뛰어오르며 자리에서 일어났다.

그리고 즉시 접견실로 안내했다. 마치 VIP 같은 대우다.

한자와는 오기 전에 전화로 "며칠 전의 보고서 건으로 찾아뵙겠습니다"라고만 말했는데, 그 말이 무슨 뜻인지는 가이세가 가장 잘 알고 있을 것이다. 그런데…….

가이세는 한자와와 같이 온 곤도를 보자마자 떨떠름한 표정을 지었다.

"곤도 씨가 같이 오실 줄은…….”

한자와는 가이세가 반박하지 못하게 못을 박았다.

"실은 다미야전기 건에 관해서도 묻고 싶은 게 있어서 같이 왔습니다. 며칠 전의 팩스를 보셨겠지요? 금융청 감사가 끝나도 운용 손실을 은폐한 건 그냥 넘어갈 수 없습니다. 변명이 있다면 지금 듣겠습니다. 그러기 위해서 왔으니까요."

가이세는 지금 당장이라도 꺼질 듯한 목소리로 사정했다.

"한자와 차장, 그럴 만한 사정이 있었어. 처음부터 숨기려고 한 건 아니야. 그것만은 믿어주게. 그때는 어쩔 수 없었어. 나도 피해자라고. 부디 이번 한 번만 넘어가주게. 이렇게 부탁하네."

가이세는 의자에 앉은 채 깊숙이 고개를 숙였다.

한자와는 머리숱이 많이 줄어든 정수리를 보면서 말했다.

"도키에다와 제가 처음에 왔을 때 어떻게 하셨지요? 노골적으로 무시하지 않으셨나요? 그런데 거짓말이 드러난 순간, 그냥 넘어가달라고요? 웃기지 마십시오. 철저하게 추궁할 테니까 그렇게 아십시오. 당신 지시로 은폐했나요?"

가이세는 얼굴 앞에서 두 손을 마주잡고 애원했다.

"이러지 말게. 내가 이렇게 부탁할게. 조금 전에도 말했듯이 나도 사정이 있어서 어쩔 수 없었어."

한자와는 애원을 무시하고 다시 물었다.

"왜 손실을 은폐하라고 지시했죠? 누가 부탁했나요? 하네인가요? 아니면……."

"물론 하네 전무에게도 부탁을 받았지만 그것만이 아니야."

가이세는 복잡한 배경을 에둘러 암시했다. 고뇌에 빠진 가이세를 노려본 채 다음 말을 기다리고 있자 예상한 대로 그의 입에서 '오와다'라는 이름이 흘러나왔다.

"실은 오와다 상무님께서 이번 건을 덮어달라고 하는 바람에……. 지금은 손실이 나오지만 운용 이익으로 바뀔 수도 있다고 하시면서⋯⋯."

"그건 거짓말입니다. 도고시 씨 말에 따르면 이미 흑자가 되는 건 불가능했지요. 그런 안이한 예측이 통할 상태가 아니었을 텐데요?"

"그건 나도 알고 있어. 하지만 오와다 상무님의 요청을 어떻게 거절하겠나? 그건 당신도 알잖아?"

한자와가 뿌리치듯 말했다.

"농담하지 마십시오. 내가 그걸 어떻게 알지요? 그걸 공론화하지 않은 건, 그걸 밝히면 대출을 해줄 수 없기 때문이 아닌가요? 더구나 당신은 그걸 숨긴 채 법인부로 이관했습니다. 폭탄을 그대로 떠넘긴 거죠."

가이세가 애타는 목소리로 간절하게 호소했다.

"상무님의 지시라서 어쩔 수 없었어. 나도 그러고 싶지 않았다고!"

"그러면 증거를 보여주십시오."

한자와가 그렇게 말한 순간, 가이세는 아연한 표정을 지었다. 새파랗게 질린 그의 얼굴은 찢어지기 직전의 창호지처럼 긴장으로 가득 찼다.

"증거⋯⋯?"

힘없이 말하는 가이세의 얼굴 안에서 눈동자가 희미하게 흔들렸다.

"서류가 있을 거잖습니까?"

"서류? 그런 건 없어. 구두로 의논해서 구두 지시를 받았을 뿐이니까."

"메모는요? 그때 메모라도 쓰지 않았나요?"

"아니, 그런 건 일체……."

'이런 멍청한 녀석! 그렇게 중요한 일을 구두로 하는 녀석이 어디 있어!'

한자와는 호통이라도 치고 싶었다.

"당신이 의논한 사람은 오와다뿐인가요?"

"고자토 과장대리의 보고를 받고 맨 먼저 이세시마호텔의 하네 전무에게 확인했지. 그러자 사실을 확인해보겠다고 하면서 전화를 끊더니, 오와다 상무님께 의논한 모양이야. 즉시 상무님에게 전화가 오더니, 지금 단계에서 공론화할 필요는 없다고 하시면서……."

"그걸 보고서로 써줘야겠습니다."

한자와가 그렇게 말하자 가이세의 얼굴이 일그러졌다.

"한 번만 봐주게. 내게도 처지라는 게 있잖나?"

이런 상황에서도 체면을 신경 쓰는 가이세를 보고 한자와는 어이가 없어서 웃음을 터트렸다.

"뭐요? 처지가 있다고요? 그런 건 이미 쓰레기통에 던져버린 거나 마찬가지가 아닙니까? 이세시마호텔 운용 손실 은폐에 관한 보고서는 내일 영업 2부에서 위로 올리겠습니다. 미리 변명이라도 생각해두시죠."

가이세가 몸을 앞으로 내밀며 회유하듯 말했다.

"한자와 차장, 오와다 상무님에게는 내가 잘 말할게. 그러니까 이 일은 원만하게 넘어가주게. 당신에게 피해가 가지 않도록 할게. 이런 일을 밝힌다고 해서 당신에게 이익이 되는 건 없잖나? 안 그런가?"

한자와는 가이세를 똑바로 쳐다보며 딱 잘라 거절했다.

"미안하지만 난 원래 손익 계산을 잘하는 사람이 아닙니다."

"상대는 오와다 상무야. 쉽게 궁지에 몰 수 있는 상대가 아니란 건 당신도 알잖아?"

"난 기본적으로 성선설을 믿지요. 하지만 당하면 배로 갚아준다……."

한자와는 가이세의 얼굴을 차갑게 바라보면서 덧붙였다.

"그게 내 방식입니다. 내가 만약 은폐 사실을 폭로하지 않았다면 당신들은 끝까지 진실을 말하지 않았을 겁니다. 다른 사람에게 책임을 떠넘기고 자신들만 뒤에서 승승장구하면 된다고 생각했겠지요. 아닌가요?"

"그게 아니라……."

가이세가 변명을 하려고 하자 한자와가 재빨리 가로막았다.

"이런 마당에도 변명을 하려고 하다니, 오장육부가 마구 뒤틀리는군요. 그냥 넘어가리라고 생각하지 마십시오. 당신들처럼 썩어빠진 사람들은 한꺼번에 처리하겠습니다."

가이세의 눈이 커지면서 눈동자에 지금까지 본 적이 없는 공포가 깃들었다.

"상대를 잘못 만났다고 생각하고 포기하는 게 좋을 겁니다."

곤도는 그렇게 말하더니 문을 향해 소리쳤다.

"고자토 과장대리! 그런 곳에 있지 말고 들어오세요!"

조용히 문이 열리고, 그들이 아는 얼굴이 하나 더 나타났다.

"내가 오늘 묻고 싶은 건 이 건입니다."

곤도가 탁자 위에 내려놓은 것은 라파예트의 신용조사표와 입금표였다.

"이게 뭔지 알고 있지요? 솔직히 말해주십시오. 이제 와서 숨길 수 있다고 생각하지 말고요."

순식간에 고자토의 안색이 바뀌었다. 고자토는 가이세의 묻는 듯한 시선을 보고 어쩔 수 없이 지금까지의 경위를 말했다.

"설마……."

가이세는 말문이 막혀서 말을 할 수 없었다.

고자토는 탁자의 한 곳에 시선을 고정한 채, 손가락이 충혈될 만큼 두 손을 꽉 깍지 꼈다.

"당신도 전대란 걸 알고 있었습니까?"

고자토는 입술을 깨물었다.

"다미야전기에서 운전자금을 대출해달라는 이야기가 있었습니다. 믿으실지 안 믿으실지는 모르겠지만 제가 심사한 단계에서는 전대한다는 얘기를 못 들었습니다. 그런데 대출금이 나온 이후에 그 돈이 제3자에게 송금되었다는 사실을 알고……. 전대했다는 사실을 알아차린 건 그때였습니다."

가이세가 물었다.

"이 일은 당시 상사에게 보고했겠죠? 고자토 과장대리, 왜 회수하지 않았나요?"

빌려준 자금을 어디에 사용하는지 확인하는 것은 은행 대출의 근간이다. 기업의 발전을 위해 필요한 돈을 필요할 때 빌려준다 ― 이것이 대출의 철칙이기 때문이다.

"보고는 했지만 결국 유야무야되었습니다. 그래서 저도 신경을 안 쓰고……."

"누가 유야무야시켰죠?"

가이세의 말투가 갑자기 거칠어졌다.

"당시 지점장이었던 기시카와 부장님이었습니다."

고자토의 입에서 그 이름이 나오자 가이세는 한순간 숨을 멈추었다. 오와다, 기시카와. 교바시 지점의 지점장을 지냈던 옛 T의 콤비다.

그 이후 기시카와가 업무통괄부장으로 승진한 배경에 오와다의 손길이 작용했다는 점은 쉽게 상상할 수 있었다. 지금 기시카와는 오와다 파의 이인자다. 그 배경에는 이런 어둠의 거래가 숨어 있었던 것이다.

"이상하다고 생각하지 않았습니까? 도대체 일을 어떻게 한 겁니까!"

가이세가 붉으락푸르락하며 목소리를 높였다. 그러자…….

"그럼 지점장은 어떠셨나요?"

생각지도 못한 고자토의 반론을 받고 가이세는 대답을 하지 못했다.

"제가 이세시마호텔의 운용 손실을 보고했을 때, 지점장님은 뭐라고 하셨지요? 모르는 척해, 이렇게 말씀하지 않으셨나요? 지점장님은 그렇게 해도 되고 저는 그렇게 하면 안 됩니까?"

가이세의 분노가 절정에 도달했다. 하지만 분노는 폭발하지 않고 그대로 수그러들더니, 이윽고 회한의 표정으로 바뀌었다.

"미안하게 됐습니다."

지점장의 사과를 듣고 고자토는 깜짝 놀랐다.

"아뇨, 그게 아니라……."

상황을 지켜보던 한자와가 물었다.

"대출금이 라파예트에 전대된다는 사실은 기시카와 부장도 알고 있었군요."

고자토가 망설이지 않고 대답했다.

"그랬던 것 같습니다. 다만 기록은……. 전대되었다고 메모를 썼지만 돌아오지는 않았습니다. 그냥 구두로, 이번 건은 됐다고 하더군요. 그 말을 듣고 정치적으로 결말이 났다고 생각했습니다. 내용이 내용인 만큼 메모를 없애버리는 것도 어쩔 수 없다고 생각했고요."

기시카와는 잔머리가 좋은 사람이다. 메모를 남겨두면 흔적이 남기 때문이다.

한자와가 말했다.

"기시카와가 그 일에 관여했다는 증거가 필요합니다."

가이세가 중얼거리듯 물었다.

"예금계좌의 입출금 명세로는 약한가요?"

약하다. 한자와가 그렇게 생각한 순간, 고자토가 뜻밖의 말을 꺼냈다.

"아마 지점에 입금표가 남아 있을 겁니다. 그때 지점장님이 직접 처리를 부탁하면서 도장을 찍는 걸 보고 이상하다고 생각한 기억이 있거든요. 아마 서고에 있을 겁니다."

"서고가 어디죠? 안내해주십시오."

한자와가 그렇게 말하고 먼저 일어섰다. 곤도도 그 뒤를 따라나섰다.

교바시 지점의 서고는 3층에 있었다.

가이세와 한자와, 곤도가 지켜보는 가운데 고자토가 오래된 입금표를 찾아낼 때까지 숨 막히는 시간이 지나갔다.

이윽고 어느 서류에서 고자토의 손이 멈추었다.

"찾았다……!"

3천만 엔의 입금표였다. 보내는 사람은 다미야전기, 받는 사람은 라파예트로 되어 있었다. 곤도가 가져온 사본과 정확히 일치했다.

곤도가 한자와를 쳐다보며 말했다.

"한자와, 도장을 봐."

"그렇군."

당시 영업과 행원의 도장이 찍혀 있고, 검인에는 한층 큰 지점 장용 도장이 찍혀 있었다.

기시카와다.

"이건 내가 가져가겠습니다."

한자와는 그렇게 말하고 서류철에서 그 입금표를 빼들었다.

가이세가 불안한 표정으로 말했다.

"한자와 차장, 이것도 보고할 건가? 다시 생각해보게. 여기서 만 하는 말인데, 오와다 상무님이 당신을 주목하고 있어. 이제 곧 당신을 경질하라는 이야기가 나올 거야. 그러면 당신도 곤란하 잖아? 그리고 곤도 씨, 당신도 파견을 취소하라는 지시가 내려 왔어. 실은 오늘 다미야 사장에게 그걸 설명하려던 참이지. 만약 에…… 만약에 이걸 못 본 척 눈감아준다면 내가 오와다 상무님 께 두 사람의 인사 문제를 중재하겠어. 당신들의 인사 문제를 너 그렇게 봐주시라고 설득할게. 내가 목숨을 걸고 약속하지. 정말 이야! 한번 생각해보게. 이걸 고발해봐야 좋은 일은 하나도 없잖 나? 그런다고 해서 누가 행복해지지?"

한자와는 냉정한 얼굴로 코웃음 쳤다.

"오와다가 그렇게 말하라고 시키던가요? 상당히 근사한 제안 이군요."

"아, 아니야. 내 딴에는 당신들을 위해서 하는 말이야!"

"말씀만이라도 고맙군요. 하지만 말이죠, 자신에게 불리한 보고서를 제출한 사람을 경질하면 모든 문제가 해결된다고 생각하는 사람은 임원 자격이 없습니다. 곤도, 어떡할까?"

"나는……."

한순간 곤도의 얼굴에 갈등이 깃든 것을 한자와는 놓치지 않았다.

"은행으로 돌아오라고 하면 돌아가면 돼. 이제는 다미야전기에 남고 싶어도 남을 수 없어. 인간관계가 회복될 수 없을 만큼 엉망이 됐거든."

"잘 들으셨죠? 가이세 지점장님, 신경 써줘서 고맙습니다."

고개를 숙인 가이세의 어깨를 가볍게 두들기고 한자와는 교바시 지점을 나왔다. 그리고 자신의 뒤를 따라 나온 곤도를 돌아보며 물었다.

"곤도, 아까 그 제안을 쓰레기통에 버려도 괜찮겠어?"

"괜찮아. 어차피 파견은 취소되리라고 예상했고. 지금 있는 회사는 은행에 잘 보이기 위해 파견자를 받아들인 것뿐이야. 나를 필요로 하지 않는 이상, 그곳에 있어봐야 아무런 보람이 없겠지. 남은 기간 동안 내가 할 수 있는 일을 하고, 깨끗하게 은행으로 돌아갈게."

곤도는 그렇게 말하고 쓸쓸하게 웃었다.

"곤도, 미안해. 쓸데없는 일에 휘말리게 해서……."

지하철 입구에서 곤도는 입가에 약한 미소를 띠며 "그게 무슨 말이야? 자기 인생은 자기가 개척하는 거잖아?" 하고 대답했다.

한자와가 갑자기 진지한 얼굴로 말했다.

"하지만 네가 원한다면 이번 기회를 잡아. 조금 전에 말한 가이세의 제안이 아깝다면 말해줘. 나도 생각해볼게."

"알았어."

곤도는 서글픈 눈으로 한자와를 쳐다보았다. 곤도를 향해 가볍게 오른손을 치켜든 뒤, 한자와는 빠른 걸음으로 개찰구를 향해 계단을 내려갔다.

6

교바시 지점장인 가이세가 다미야에게 연락한 것은 그날 오후였다.

"조금 늦어졌습니다만 귀사에 파견 나간 곤도 씨 건으로 인사부에서 회답이 있었습니다. 그것을 의논드리려고 오시라고 했습니다."

가이세는 다미야가 지점장실로 들어오자마자 그렇게 말했다. 가이세는 왠지 기운이 없어 보였지만 다미야는 정확한 이유를 알 수 없었다.

"지점장님, 여러모로 폐를 끼쳐서 죄송합니다."

다미야는 고개를 숙이며 안도의 한숨을 내쉬었다.

"사실 이렇게까지 하고 싶진 않았지만 워낙 회사 지시를 따르지 않고······."

"그 얘기는 들었습니다."

가이세는 다미야의 말을 가로막고, 곤도 대신에 다른 사람을
받아들일 수 있냐고 물었다.

"그건 괜찮습니다."

"곤도 씨에게는 인사부에서 온 내용을 제가 설명하겠습니다.
그런데 파견을 왜 취소해달라고 하셨는지, 사장님께서 곤도 씨
에게 직접 이유를 설명해주실 수 있겠습니까?"

"제가 말입니까?"

찜찜하게 생각한 것도 잠시, 다미야는 오히려 재미있게 되었
다고 생각을 고쳤다.

자신의 지시를 무시한 채 여기저기 마구 휘젓고 다닌 곤도에
게 마지막으로 잘못을 지적해주는 것이다. 이 얼마나 통쾌한 일
인가.

가이세가 말했다.

"이렇게 말하면 좀 그렇지만 이번 일은 은행 측 사정이 아니라
어디까지나 귀사의 사정이란 걸 알아두시기 바랍니다."

다미야가 입술 끝을 올리며 음흉한 미소를 지었다.

"알겠습니다. 곤도 씨에게 확실히 설명하지요. 그런데 후임은
언제쯤 알 수 있을까요?"

"곧 정해질 겁니다. 정해지는 대로 알려드릴 테니까 그때는 잘
부탁합니다."

다미야는 짧은 면담을 마치고 걸어서 5분 거리에 있는 회사로 돌아갔다.

회사로 들어가자마자 기다리고 있었던 것처럼 곤도가 그의 자리로 다가왔다.

"사장님, 잠시 드릴 말씀이 있습니다."

"마침 잘됐군요. 나도 정식으로 할 말이 있습니다."

다미야는 일어서서 안쪽 접견실로 향했다. 그리고 곤도를 먼저 들어가게 하고 자신도 들어간 뒤, 다른 사원들이 듣지 못하도록 손을 뒤로 해서 문을 닫았다.

소파에 앉은 곤도의 얼굴에는 어딘지 모르게 절박함이 배어 있었다. 무슨 일이 있었는지 표정도 심각했다.

곤도가 먼저 입을 열었다.

"사장님, 하실 말씀이라는 게 뭔가요?"

"난 괜찮으니까 곤도 씨의 용건부터 듣지요."

두 사람은 테이블을 사이에 두고 마주앉았다.

"그 전대 자금 말입니다."

곤도의 말이 끝나기도 전에 다미야는 얼굴을 찡그렸다. 자기 마음대로 휘젓고 다니는 것에는 이제 넌덜머리가 난다.

"또 그건가요? 곤도 씨, 그건 그냥 놔두라고 몇 번이나 말했잖습니까! 당신과는 관계없는 일입니다."

"지금 우리 회사에는 3천만 엔이 필요하잖습니까? 다음에는 언제 대출해줄지 모릅니다. 그 돈을 받으면 당분간 숨을 돌릴 수 있지 않은가요?”

다미야는 천장을 올려다보며 한숨을 쉬었다.

“당신은 아무것도 몰라요. 그건 내가 개인적으로 아는 사람에게 빌려준 돈인데, 즉시 돌려받고 싶지는 않습니다.”

다미야는 솟구치는 분노를 가라앉힐 수 없었다. 하지만 그는 이때 깨달았다. 분노의 절반은 주제도 모르고 나서는 곤도에 대해서이고, 나머지 절반은 빌려간 돈을 받을 수도 없는 어찌할 수 없는 상황에 대해서라는 사실을.

“아무튼 당신은 아무것도 몰라요.”

다미야가 다시 똑같은 말을 반복했을 때, 곤도로부터 뜻밖의 대답이 돌아왔다.

“아뇨, 알고 있습니다. 이 돈은 도쿄중앙은행 오와다 상무의 부탁으로 빌려주신 거죠?”

다음 순간, 다미야는 반박을 하려고 하다가 말을 집어삼켰다.

놀라움은 즉시 의혹으로 바뀌었다.

그것을 어떻게 알았을까? 확신이 있어서 말하는 것인지 그냥 떠보는 것인지 알 수 없다. 누군가에게 들었다고 해도, 이 사실을 아는 사람은 극히 한정되어 있다. 온몸에 경계경보를 두르고 있는 다미야를 쳐다보며 곤도가 말을 이었다.

“라파예트를 조사하는 사이에 알았습니다. 은행의 지인에게도 말해두었으니까 곧 문제가 커지겠지요. 그러면 오와다도 끝입니다. 사장님도 미리 각오해두시는 게 좋을 겁니다. 운전자금이라고 거짓말을 하고 오와다의 아내에게 전대해주셨으니까 어쩌면 앞으로 은행 거래를 할 수 없을지도 모릅니다."

"안 돼요! 그러면 곤란합니다!"

생각지도 못한 이야기를 듣고 다미야는 허둥거렸다.

'오와다 상무에게 협조해두면 앞으로 절대 손해날 일은 없을 겁니다.'

당시 지점장이었던 기시카와의 귀엣말을 털끝만큼도 의심하지 않았다. 덕분에 오와다와의 인연도 지금까지 이어지고 있다.

"곤도 씨, 한 번만 봐줄 수 없나요?"

곤도가 조용하게 말했다.

"사장님은 결국 이용당한 것뿐입니다. 이 전대 자금은 곧 은행 내부에서 명백히 밝혀질 겁니다. 이대로 있으면 다미야전기가 오와다와 결탁해서 은행을 속인 것이 될 수도 있습니다. 따라서 사장님이 이용당했다는 걸 증명할 필요가 있습니다."

어떻게 이런 일이……

"잠시만 기다리십시오."

다미야는 곤도를 남기고 재빨리 접견실에서 나와서 오와다의 휴대폰에 전화를 걸었다.

자동응답으로 넘어가서 메시지가 흘러나오기 시작했을 때 오와다가 받았다.

다미야가 단도직입적으로 물었다.

"지금 들었는데, 저희 자금 건이 은행 내부에서 곧 밝혀질 거라고 하던데요?"

한동안 대답이 없었다.

시간이 얼마나 지났을까, 오와다의 걸걸한 목소리가 돌아왔다.

"누구에게서 들었나요?"

"누구에게 들었든 상관없지 않습니까? 오와다 상무님, 그 말이 맞나요?"

다미야의 거친 추궁에도 오와다는 태연하게 대답했다.

"그동안 은행 안에서 일이 좀 있었습니다. 어쨌든 그쪽에 피해가 가지 않도록 할 테니까 걱정하지 마십시오."

"전대했다는 사실이 드러나면 큰일난다고, 예전에 말씀하셨잖습니까? 그래서 저도 지금까지 감춰왔는데, 이제 와서 그렇게 말씀하시면 어떡합니까?"

다미야는 지금까지 오와다 앞에서 좋은 사람인 것처럼 연기해왔다. 하지만 지금은 그럴 때가 아니었다. 자신의 엉덩이에 불이 붙은 것이다.

"그건 경우에 따라서 다릅니다. 더구나 내가 인정하지 않는 한증거는 어디에도 없지요. 다미야 사장님, 걱정하지 마십시오."

"그런 변명이 통할 것 같습니까?"

다미야가 차갑게 대꾸하자 돌아오는 것은 침묵뿐이었다.

오와다는 성질이 급하다. 그런 오와다에게 다미야가 이런 식으로 말한 것은 처음이었다. 오와다는 화가 났겠지만 지금 다미야에게는 그런 걸 생각할 만한 여유가 없었다. 그런데…….

"다미야 사장님, 아무래도 오해가 있는 모양이군요."

침착한 오와다의 목소리는 다미야의 귀에 너무도 낯설게 들렸다. 마치 지금까지 한 번도 들어본 적이 없는 낯선 언어를 듣는 것 같았다.

"누구에게서 들었는지는 모르겠지만, 나는 어디까지나 이번 건에 관여하지 않고……."

더는 참지 못하고 다미야가 직접적으로 물었다.

"언제 갚으실 겁니까?"

"뭐라고요?"

"언제 갚으실 거냐고 물었습니다. 처음에는 한두 달만 쓰고 돌려준다고 하시지 않았습니까? 오와다 상무님이라서 협조했는데, 벌써 4년이나 지났습니다. 이제 갚아주실 때가 된 것 같은데요."

"아내에게 말해두지요."

궁지에 몰리면 항상 아내 타령이다.

"저는 상무님께 빌려주었다고 생각했습니다. 비록 사모님 회사에 빌려드렸지만, 상무님의 부인이라서 빌려드린 겁니다."

휴대폰을 통해서 오와다의 조바심이 전해졌다.

"사장님, 이건 전화로 할 얘기가 아니니까 조만간 만나서 차분히 방책을 의논하지 않겠습니까?"

"상무님, 저희도 그렇게 여유가 없습니다. 방책이라니, 이런 일에 어떤 방책이 있지요?"

"지금 회의 중이라서 실례하겠습니다."

그 말을 끝으로 일방적으로 전화가 끊겼다.

다미야가 고개를 옆으로 돌리자 뚜뚜- 소리가 나는 휴대폰을 움켜쥐고 있는 자신 옆에 곤도가 서 있었다. 이야기를 들은 듯한 사원들이 얼굴을 들고 쳐다보다가 다미야와 시선이 마주치자 황급히 고개를 돌리며 일하는 척을 했다.

"비웃고 싶으면 마음껏 비웃으세요."

다미야는 스스로를 비웃듯이 말했다. 전화가 끊긴 순간, 자신이 당치도 않게 어리석은 존재처럼 여겨졌다.

곤도도 역시 스스로를 비웃는 표정을 지었다.

"공교롭게도 남을 비웃을 수 있는 처지가 아니라서요. 혹시 인사부에서 뭐라고 말하지 않았습니까?"

"감이 꽤 좋군요."

"그런가요?"

곤도는 쓸쓸하게 웃으면서 덧붙였다.

"마지막으로 한 가지 말씀드리겠습니다. 저와 힘을 합쳐서 3천만 엔을 회수하지 않으시겠습니까? 오와다 상무님의 사모님으로부터요."

다미야가 휴대폰을 주머니에 넣으며 물었다.

"어떻게요?"

"간단합니다. 지금까지의 경위를 말씀해주시면 됩니다. 그러면 제가 보고서를 써서 은행에 제출하겠습니다."

"어떻게 할 생각인가요?"

"오와다 상무를 경질할 중요한 자료가 될 겁니다. 사정이 자세히 드러나면 어떤 형태로든 3천만 엔을 돌려드리겠지요. 도쿄중앙은행이 자존심을 걸고서요."

다미야는 멍하니 입을 벌린 채 곤도의 제안을 곱씹었다. 이윽고 그의 입에서 가느다란 웃음이 새어 나왔다.

"은행원에게 자존심 같은 게 있나요?"

"물론 있습니다. 대단한 자존심은 아니지만요."

"그런가요?"

다미야는 잠시 우두커니 서서 새로운 가능성을 기대하는 눈길로 자신의 회사를 둘러보았다.

"이제 당신 얼굴을 보지 않아도 된다고 생각하니 솔직히 말해 가슴 한쪽이 후련합니다. 하지만 당신이 없어진다고 생각하니 왠지 좀 서운해지는군요. 사업계획을 세우고 회사를 재건하려고 한 사람은 당신뿐이었으니까요."

한껏 빈정거리려고 했는데, 다미야의 입에서는 스스로도 깨닫지 못했던 본심이 새어 나왔다.

"서로 인연이 아니었던 거겠죠. 하지만 덕분에 저도 잊고 있었던 자신을 떠올렸습니다."

곤도의 표정은 창밖에 펼쳐진 새파란 하늘처럼 상쾌했다.

다미야는 새삼스레 곤도를 쳐다보았다.

"은행으로 돌아가면 어떻게 할 건가요?"

"글쎄요. 어디에 가더라도 여기보다는 낫겠지요."

"내 앞에서 꼭 그렇게 말씀하셔야 속이 시원합니까?"

"마지막이니까요."

곤도는 웃으면서 오른손 엄지로 등 뒤의 접견실을 가리켰다.

"그러면 말씀해주시겠습니까?"

7

"보고서라고요?"

급격하게 밀려든 위기감 속에서 오와다의 마음이 크게 술렁거렸다.

"그걸 썼나요?"

"썼다고 할까, 저는 말했을 뿐이고 곤도 씨가 보고서로 정리했습니다."

"왜 미리 내게 의논하지 않았죠?"

음식점 개별실에서 다미야와 마주앉은 오와다는 떫은 감이라도 씹은 듯한 표정을 지었다. 이때만은 다미야도 미안하다고 말할 마음이 들지 않았다.

"지난번에 의논하기 위해 전화를 걸었잖습니까? 그때 뭐라고 하셨지요?"

실팍한 체격의 오와다가 오늘은 유난히 작게 보였다.

다미야가 다시 말을 이었다.

"아내에게 말해둔다든지 방책을 의논하자든지, 그러더니 일방적으로 전화를 끊었잖습니까? 제가 알고 싶은 건 언제 갚을 거냐는 것인데, 거기에 관해선 한 마디도 안 하시고 말이죠."

다미야의 비난에 오와다는 아무 말도 할 수 없었다. 다미야의 말이 맞기 때문이다.

솔직히 말하면 3천만 엔쯤은 지금 당장이라도 갚고 싶다. 하지만 그렇게 할 수 없었다.

아내가 처음에 일하고 싶다고 말했을 때, 오와다는 가벼운 마음으로 응원해주었다.

집에만 있지 말고 세상에 나가서 자기가 좋아하는 일을 하면 된다 ―그는 그런 당연한 생각을 가지고 있었다.

아내인 다카코는 대학시절에 테니스부 주장이었고 남에게 지기 싫어하는 성격으로, 아이들이 성장한 후에 집에서 조용히 살림만 할 타입이 아니라는 사실은 이미 알고 있었다.

그는 아내를 높이 평가했다.

조금만 지원해주면 사업을 잘할 것이라고 믿었고, 실제로 좋아하는 의류 회사를 만들 때 자신에게 손을 벌리지 않고 "당신에게 경제적으로 폐를 끼치지 않을게"라고 말하면서 그때까지 저축한 돈으로 회사를 설립했다.

믿음직스러웠다. 성실하기도 했다. 그래서 과욕을 부리지 않고 자신의 능력 안에서 착실하게 회사를 경영할 것이라고 믿어 의심치 않았다. 하지만 그의 예상은 보기 좋게 빗나갔다.

"실은 아내 회사가 생각만큼 잘 되지 않는 것 같습니다."

오와다는 다미야에게 솔직히 털어놓았다. 지금까지는 라파예트의 실적을 말해준 적이 한 번도 없었다. 3천만 엔이나 되는 돈을 빌려줬음에도 실적은커녕 회사가 어떻게 돌아가고 있는지도 말해주지 않았다. 경영자로서 치밀하지 못한 다미야의 성격을 이용한 것이다.

"그러리라고 예상은 했습니다."

은행 임원으로서 다미야 같은 사람에게 개인적인 약점을 말해서는 안 된다고 오와다는 생각했다. 하지만 지금 상황에서 상대를 이해시키기 위해서는 솔직히 말할 필요가 있었다.

"여태껏 말을 안 해서 죄송하지만 계속 적자가 이어진 탓에 지금으로선 3천만 엔을 갚을 수 없습니다. 조금만 더 기다려주시겠습니까?"

그동안 다미야는 오와다를 신처럼 여겼다. 하지만 지금 이 순간, 오와다의 실체를 가렸던 황금빛이 사라지면서 안쪽에 있는 녹슨 쇳덩이가 그대로 드러났다.

"그렇다면 상무님께서 갚아주십시오. 저는 상무님의 부탁을 받고 빌려드렸으니까요. 상무님의 부인이 아니었다면 처음부터 빌려주지 않았을 겁니다."

다미야는 가차 없이 오와다의 숨통을 조였다.

"조금만 더 기다려주시겠습니까?"

오와다에게는 갚겠다고 밀할 수 없는 사정이 있었나.

아내의 회사는 지금 적자에 허덕이며 크게 휘청거리고 있었다. 대단한 매출도 없는데 임대료가 가장 비싼 지역에 사무실을 내고 직원들을 고용했다. 자기 매장을 가지고 좋아하는 디자이너와 계약해서 오리지널 브랜드를 만들었는데, 고객의 반응은 거의 없었다.

사업 첫 해부터 적자가 나기 시작했다. 그 이후 빚이 눈덩이처럼 불어났는데, 아내는 손쓸 방법이 없을 때까지 오와다에게 말하지 않았다.

별다른 실적도 없고, 창업하고 계속 적자가 나는 회사에 돈을 빌려줄 은행은 어디에도 없다. 더구나 남편에게 신세를 지고 싶지 않다는 마음에 아내가 돈을 빌리러 간 곳은 유일하게 자신을 상대해준 비은행권이었다.

오와다가 그런 사실을 알게 된 것은 우연히 쉬는 날에 대부업자의 전화를 받았기 때문이다.

"우리는 됐어."

영업사원의 전화라고 착각하고 그렇게 말하자, 상대가 버럭 고함을 질렀다.

"뭐가 어째? 그동안 계속 연체해놓고 뭐가 됐다는 거야?"

위협적인 목소리였다.

그때 아내의 회사는 이미 1억 엔이 넘는 빚에 시달리며 신음하고 있었다.

오와다가 캐묻자 아내는 눈물을 흘리며 사과하더니, 개인 파산을 신청하는 수밖에 없다고 말했다.

"매출이 많이 회복되었으니까 이자가 비싼 대출금만 갚으면 어떻게 될 것 같은데⋯⋯."

그는 금융 자산을 모두 찾아서 빚을 갚아주었다. 아내의 말을 철석같이 믿은 것이다. 하지만 그 후에도 라파예트의 적자는 계속 불어날 따름이었다.

속사정을 털어놓은 오와다를 바라보며 다미야는 땅이 꺼져라 한숨을 쉬었다.

"그렇다면 그 회사는 이미 틀렸잖습니까? 돈을 갚고 싶어도 갚을 수 없는 거군요."

다미야가 가방을 들고 일어서자 오와다가 다미야의 다리를 잡고 매달렸다.

"다미야 사장님, 잠시만요! 그 돈은 내가 어떻게든 갚을 테니까 곤도에게서 보고서를 회수해주십시오. 이렇게 부탁합니다."

다미야는 무릎을 꿇고 애원하는 오와다를 곤혹스러운 얼굴로 내려다보았다. 그런 그의 눈에 깃든 감정은 동정이 아니라 조바심이었다.

"은행 임원이라고 그렇게 큰소리치더니! 이렇게 되면 임원이고 나발이고 다 끝이군."

그 말을 남기고 다미야는 서둘러 그 자리를 떠났다.

아무도 없는 방에서 오와다는 머리를 바닥에 댄 채 소리 없이 눈물을 흘렸다.

후회하고 또 후회해도 소용이 없다. 이미 때는 늦었다.

전부 아내 때문이다.

빌어먹을! 그렇다. 이것은 내 탓이 아니다. 이런 데서 넘어졌다고 그냥 주저앉을 수는 없다. 내가 이대로 물러설 것 같아!

오와다는 눈물 콧물로 뒤범벅이 된 얼굴을 물수건으로 문질렀다.

그리고 양반다리를 하고 앉아서 바짓자락이 올라간 것도 개의치 않고 휴대폰을 꺼냈다.

상대는 기시카와였다.

"상무님, 무슨 일이십니까?"

오와다는 전채 요리만 나온 테이블을 멍한 눈길로 바라보며 말했다.

"지금 교바시에 있는데, 골치 아픈 일이 생겼네."

8

"다미야가 다 말했네."

오와다가 토해내듯 말하자 기시카와의 얼굴에 공포의 빛이 감돌았다. 다미야와의 협상이 결렬된 뒤, 오와다는 즉시 은행의 본점으로 돌아갔다.

집무실에는 이미 기시카와가 와서 기다리고 있었다.

기시카와는 경악한 얼굴로 입을 벌린 채, 입술 사이로 영혼이 빠져나간 것처럼 "아아……"라고 말할 뿐이었다.

잠시 후, 기시카와가 매달리듯 말했다.

"상무님, 만일 그 일이 드러나면 문제가 심각해질 겁니다."

"알고 있어."

오와다는 허공의 한 점을 바라보며 입술을 깨물었다.

"어떻게 하실 겁니까? 무슨 방법이라도……?"

"보고서를 뭉개버리는 수밖에 없어. 이제 곧 그자…… 곤도라고 했던가? 아무튼 그자의 파견이 취소된다고 하더군. 어떻게든 그자를 설득해서 보고서를 뭉개버리는 거야. 한자와가 회수해갔다는 입금표만이라면 어떻게든 변명할 수 있네. 아내와 다미야가 개인적으로 아는 사이라서 빌려줬다고 주장하면 될 거야. 곤도의 연락처는 알아왔나?"

다미야가 음식점에서 먼저 나간 뒤, 오와다는 기시카와에게 전화를 걸어 즉시 인사부로 가서 곤도의 연락처를 알아오라고 지시했다.

"이거면 될까요?"

기시카와가 곤도의 인사파일을 내밀었다. 그곳에는 개인정보와 함께 옛 산업중앙은행에 입행한 이후의 직력과 인사평가 등이 적혀 있었다.

"휴직한 적이 있군."

그 정도 나이라면 은행의 일선에 있어도 이상하지 않다. 그런데 왜 거래처로 파견 나갔는지, 오와다는 한순간에 알아차렸다.

"아직 아이가 어리군. 더구나 둘이야. 앞으로 돈이 많이 들 거네. 무슨 뜻인지 알겠지?"

기시카와의 눈에는 당황함인지 놀라움인지 모를 기묘한 감정이 배어 있었다.

"이런 녀석은 인사 문제를 코앞에 들이밀면 얼마든지 구슬릴 수 있어. 큰 문제를 막으려면 원하는 걸 들어줘야겠지. 이자에게 전화해보게."

"지금 말인가요?"

기시카와가 깜짝 놀란 얼굴로 물었다.

"이런 일은 빨리 처리하는 편이 좋아. 내일이라도 보고서를 올릴 수 있잖나? 지금은 한시도 지체할 수 없네. 당장 전화하게."

"네."

기시카와는 짤막하게 대답하고 나서, 휴대폰을 꺼내 인사파일에 있는 전화번호를 눌렀다. 오와다가 지켜보는 가운데, 조용한 집무실에 희미한 호출음이 울렸다.

즉시 남자의 목소리가 들렸다.

"업무통괄부의 기시카와라고 하는데, 잠시 통화할 수 있나?"

상대는 한순간 침묵하더니, 당황한 목소리로 "네에"라고 대답했다.

"다미야전기 건으로 긴히 의논할 게 있어. 갑작스럽겠지만 지금 만날 수 있겠나?"

361

"지금 말씀입니까?"

곤도의 놀라는 목소리가 오와다의 귀에도 어렴풋이 들렸다.

"곤도 씨에게 매우 중요한 일이야."

기시카와는 아직 회사에 남아 있는 듯한 곤도를 진지하게 설득했다.

그리고 전화를 끊은 뒤, 안도한 표정으로 오와다에게 결과를 보고했다.

"지금 이쪽으로 온다고 합니다."

"알았네."

오와다는 짧게 대답하고 난 뒤, 심각한 표정으로 조용히 눈을 감았다.

9

야근하는 중에 갑자기 전화가 걸려왔다.

본점을 오랫동안 떠나 있어서 부서장의 이름은 잘 몰랐지만 기시카와만은 달랐다. 다미야전기의 전대 자금을 대출해줬던 당시의 지점장이었기 때문이다.

그날 밤, 다미야 사장이 오와다를 만난다는 것은 알고 있었다.

오와다와 어떤 식으로 이야기가 되었는지는 모른다.

그런데 전화기 너머에서는 온몸에 소름이 돋을 만큼 긴장감이 전해졌다. 한순간 거절할까 하다가 당사자인 기시카와로부터 전대하게 된 경위를 듣고 보고서에 넣을 수 있다면 그런 편이 좋지 않을까 하는 생각이 들었다. 곤도는 서둘러 퇴근할 채비를 하고 회사 앞에서 택시를 잡아 본점으로 향했다.

그런데…….

"오와다 상무님 집무실로 오겠나?"

행원 출입구에 있는 접수처에서 왔다고 연락하자 기시카와는 생각지도 못한 말을 했다.

심장이 세차게 방망이질치기 시작했다. 기시카와 혼자라면 몰라도 오와다와 같이 있다면…….

"여어, 곤도 씨인가? 바쁜데 여기까지 오라고 해서 미안하군."

오와다의 집무실 문을 노크하자 남자가 문을 열더니 형식적인 인사를 했다. 기시카와였다.

"괜찮습니다."

곤도가 그렇게 대답한 순간, 응접세트의 팔걸이의자에 앉아 있는 사람이 눈에 들어왔다. 곤도는 순간적으로 몸을 움찔거렸다. 말을 하지 않아도 오와다라는 사실을 알 수 있었다.

"자아, 여기에 앉게."

기시카와가 가리키는 대로 곤도는 탁자를 사이에 두고 두 사람의 맞은편 소파에 앉았다. 그리고 숨을 죽인 채 어느 한쪽이 말을 꺼내기를 기다렸다.

먼저 입을 벌린 사람은 오와다였다.

"파견 생활은 어떤가?"

다리를 꼰 채 의자 등받이에 비스듬하게 앉은 오와다는 엘리트 냄새를 풀풀 풍기는 세련된 뱅커처럼 보였다. 촌스러운 지점에는 어울리지 않는 타입이다.

"그냥 뭐……."

곤도는 모호하게 대답했다. 오와다가 어떤 말을 하든지 은행으로 돌아오기로 이미 정해져 있다. 지금은 적당히 대답하는 수밖에 없었다. 하지만 오와다는 곤도의 그런 사정을 이미 알고 있었다.

"파견이 취소된다는 말은 들었네만."

곤도는 잠시 침묵했지만 오와다의 다음 말을 듣고 안색이 달라졌다.

"다음에 파견 나갈 곳은 이사까지 가야 되는 거 아닌가 모르겠군."

"다음 파견지가 정해졌나요?"

조바심이 머리끝까지 솟구쳐서 곤도는 그렇게 묻지 않을 수 없었다. 목소리에 불안이 섞이는 것을 막을 수 없었다. 다른 지역으로 이사 가는 것만은 어떻게든 피하고 싶었기 때문이다.

"아니, 아직 조정 단계라네."

곤도는 그동안 잊고 있었던 감정이 마음의 밑바닥에서 꿈틀거리는 것을 느꼈다.

그러면…… 곤란하다.

망연자실한 곤도의 가슴에 맨 먼저 떠오른 것은 집과 가족이었다. 오사카를 떠나 도쿄로 전근을 오면서 이제 겨우 아내와 아이들 모두 친구가 생겼다고 좋아했는데, 다시 도쿄를 떠나 다른 지방으로 가야 하는 것일까? 자신은 어디에 가도 상관없다. 하지만 가족이 얼마나 힘들지 생각하면…….

　"그러면 자네도 곤란하겠지."

　오와다의 말을 듣고 곤도는 얼굴을 들었다. 냉철한 두 눈이 곤도를 뚫어지게 바라보았다.

　"경우에 따라서는 내가 힘이 돼줄 수 있네."

　곤도는 숨을 깊숙이 들이마시고 고개를 숙였다. 자신의 숨소리가 귀에 들렸다. 곤도는 그제야 오와다가 무슨 말을 하고 싶은지 깨달았다.

　오와다가 다시 말을 이었다.

　"거기에는 한 가지 조건이 있네. 만약 내 제안에 관심이 있다면 그 얘기를 하고 싶네만."

　곤도는 자신을 쳐다보는 오와다의 눈길을 정면으로 받았다. 한순간 수많은 생각이 머릿속을 뛰어다녔지만 구체적인 생각은 떠오르지 않았다. 너무도 갑작스러운 현실을 앞에 두고 스스로를 잃어버릴 것 같았다.

　"조건이 뭔가요?"

　"지금 자네가 가지고 있는 보고서를 올리지 말게. 다미야전기의 전대 자금에 관한 보고서 말이야."

"제가 보고서를 올리지 않아도, 이미 몇몇 사람들이 전대 사실을 알고 있잖습니까?"

적어도 한자와는 알고 있다. 도마리도 알고 있다. 곤도가 보고서를 올리지 않는다고 해도 오와다와 기시카와가 빠져나갈 수 있다고 장담할 수는 없다.

하지만 오와다는 자신만만하게 대답했다.

"그쪽은 어떻게 될 거야. 다미야 사장의 증언만 없으면 결정적인 증거가 없으니까. 한 가지 덧붙이자면, 그 보고서를 올리지 않아도 자네에게는 아무런 불이익이 없어. 오히려 그 반대지."

오와다는 말하는 도중에 침묵을 넣으면서 곤도의 마음을 조금씩 끌어당겼다.

"나는 자네를 파견 보내지 않고 은행 본부로 돌아오게 할 수 있네. 어디가 좋지? 본점? 지점? 융자부? 심사부? 참, 그리고 보니 자네는 입행할 때 홍보부에 가고 싶어했더군. 그곳으로 보내줄 수도 있네. 병은 이미 나았겠지? 그렇다면 어떤가? 다시 시작해보고 싶지 않나? 그 나이에 파견은 너무 이르다고 생각하네만."

곤도는 눈을 크게 뜨고 오와다의 얼굴을 쳐다보았다. 당연히 다른 거래처로 파견 나가리라고 생각했기 때문이다. 그런데 다시 은행원으로 일할 수 있다니……. 그의 인생에서 그런 일은 이제 없으리라고 생각했다. 그런데 오와다는 다시 은행원으로 만들어주겠다고 한다.

"다시 시작해보지 않겠나?"

"그런 일이…… 가능한가요?"

오와다는 선언하듯 말했다.

"가능하고말고! 자네가 아무것도 하지 않으면 되네. 다미야전기에서 들은 건 전부 잊어버리게. 그러면 되네."

마음 깊은 곳에서 솟구친 갈등이 곤도의 머리를 마구 휘저었다. 이런 일이 기다리고 있으리라곤 꿈에도 생각지 못했다. 한자와와 도마리의 얼굴이 떠오르자 위장이 뒤틀리면서 숨이 막히는 것 같았다. 하지만 그것은 즉시 아내와 아이들의 환한 웃음으로 바뀌었다.

"자네에게도 뱅커로서의 긍지가 있을 거야. 하지만 지금은 그걸 조금만 옆으로 제쳐놓게. 그러면 자네의 꿈도, 가족도 지킬 수 있어. 내가 이렇게 부탁하네."

오와다는 그렇게 말하고 깊숙이 고개를 숙였다. 이때 곤도의 가슴에 떠오른 것은 옛 T의 상무가 일개 파견 직원에게 고개를 숙였다는 사실보다 '은행원의 긍지 좋아하시네! 그런 건 개똥이나 먹어라!'라는 생각이었다.

그 보고서를 통해 곤도가 지키려고 한 것은 뱅커로서의 기본 자세였다.

하지만 당사자인 은행은 지금까지 그에게 무엇을 해주었던가! 가혹한 실적을 부과해서 그의 인생을 엉망으로 만들었다. 꿈도 자존심도 갈기갈기 찢어지면서 그에게는 먹고살기 위한 직장생활만 남았다. 더구나 한순간 손에 들어왔던 중소기업이란 직장마저 어딘가로 사라졌다.

나는 무엇을 위해 일하고 있는가. 이제 와서 뱅커로서의 긍지를 지킨다고? 웃기지 말라고 해라!

그런 것은 아무래도 상관없다. 그에게 남은 것은 한자와와 도마리를 비롯해 입행 동기들에 대한 우정과 의리뿐이다. 하지만 입행 동기라고 해도, 그들과 자신의 처지는 확연히 다르다. 그들은 출세 레일에 올라간 엘리트고, 자신은 출세 레일에서 떨어진 탈락자다.

파견 나간 사람이 다시 은행원이 되기 위해서는 그에 걸맞은 이유가 필요하다.

"지금 여기서 대답해주게."

오와다는 곤도의 눈을 똑바로 쳐다보며 대답을 요구했다. 기시카와는 아까부터 숨을 멈춘 채 마른침을 삼키며 상황을 지켜보고 있었다.

요스케가 학원에 다니고 싶대…….

언제였던가, 아내의 말이 머릿속에 떠올랐다. 얼마든지 다니라고 했지만 매달 몇만 엔의 학원비뿐 아니라 이번 여름방학에는 10만 엔이 넘는 하기강습비를 내느라 집안 살림이 쪼들리고 있다. 은행에 적을 두고 있지만 실질적으론 연봉이 크게 줄어든 파견 신분이라서 그만한 돈을 만들어내기가 쉽지 않았다. 뿐만 아니라 퇴직 후의 연금 수령액도 지점장 경력이 있는 사람에 비하면 쥐꼬리에 불과하다.

"곤도 씨, 어떤가? 다시 시작해보지 않겠나?"

오와다의 제안을 받아들인다는 것은 그들의 부정을 은폐한다는 의미다. 그것은 은행원으로서 선을 넘는 선택이라고 할 수 있다.

"자네는 아직 할 수 있어. 가족들도 분명히 좋아할 거네. 자네에게 가장 중요한 건 가족의 행복이 아닌가? 더구나 자네의 꿈을 다시 생각해보게. 그러려면 지금은 아무 생각도 하지 말고 기회를 잡아!"

뜻밖에도 오와다는 한자와와 똑같은 말을 했다.

하지만 네가 원한다면 이번 기회를 잡아……. 한자와는 분명히 그렇게 말했다.

그 말이 맞다.

한자와, 미안하다…….

"잘 부탁하겠습니다."

곤도가 그렇게 말한 순간, 오와다는 굳은 표정을 풀고 기시카와와 시선을 나누었다.

곤도는 자신을 향해 내민 오와다의 오른손을 꽉 잡았다.

이걸로 됐다……. 곤도는 스스로에게 그렇게 말했다.

닫혀 있던 장래가 다시 열렸는데 하나도 기쁘지 않았다. 자신의 눈앞에 피폐한 감정의 바다가 넓게 펼쳐져 있는 듯한 생각이 들었다. 그것은 형용할 수 없을 만큼 삭막한 바다였다.

8장

우울한 내부 고발자

1

이른 아침부터 한여름의 강렬한 태양이 아스팔트를 태우고 있었다.

은행 건물 옆의 통로에서 지하로 들어가 행원 출입구를 통해 본점 건물 2층 영업부로 들어간 한자와는 8시 반부터 시작된 팀 회의를 마치고 미결재함에 쌓인 서류를 훑어보기 시작했다.

태풍처럼 휘몰아쳤던 감사 기간이 끝나도 본점 영업 2부의 일이 한가해지는 일은 없었다. 예정했던 여름휴가는 받을 수 없고, 결국 오본*에 닷새 정도 쉬기로 했다. 하지만 처음의 예상이 틀어지면서 여행은 물 건너가고, 지금으로선 어디에 간다는 계획도 없었다. 덕분에 하나는 오만상을 찌푸리며 신문에서 금융청이란 단어를 발견할 때마다 "용서 못 해! 절대로 용서 못 해!"라며 분통을 터트리곤 했다.

도마리에게서 전화가 걸려온 것은 오전 9시가 조금 넘었을 무

---

* 양력 8월 15일에 지내는 일본의 명절.

렵이었다.

"잠시 시간 있어? 급히 알려줄 게 있어."

도마리는 긴장된 목소리로 말하더니, "지금 그쪽으로 갈게"라고 말하고 일방적으로 전화를 끊었다.

5분 뒤, 한자와와 도마리는 영업부 회의실에서 마주앉았다.

"금융청에서 은행장님 앞으로 공문을 보냈어. 문제가 심각해질지도 몰라."

평소의 냉소적인 모습과 달리 도마리의 표정은 더할 수 없이 심각했다.

"공문? 무슨 공문? 업무 개선 명령이야?"

"그 정도가 아니야. 금융청 감사국장이 감사받는 태도의 개선을 요구하는 공문을 보냈대. 무슨 뜻인지 알겠어?"

"그렇게 비열한 짓을 할 사람은 구로사키밖에 없어."

한자와가 시큰둥하게 대답하자 도마리는 절반쯤 포기한 것처럼 "그래, 그놈이야!"라고 말하고는 목소리를 낮추었다.

"한자와, 네 책임을 물으려는 사람들이 있어. 기시카와 부장이 처분안을 내놓는다고 하더군. 그자들을 그냥 내버려두면 안 돼. 그 건은 어떻게 됐어? 빨리 시작해. 이대로 손 놓고 있으면 네가 당할지도 몰라."

눈에서 레이저라도 쏠 것처럼 심각하게 말하는 도마리를 보면서 한자와는 태연하게 말했다.

"그렇게 서둘 것 없어. 보고서는 이제 제출할 거야. 내가 인사부장에게 직접 가져가는 걸로 나이토 부장과 얘기가 돼 있어."

그래도 도마리의 얼굴에서는 불안한 표정이 사라지지 않았다.

"신중하게 해. 증거 불충분으로 빠져나가게 만들면, 오히려 네 목을 조이는 결과가 될 거야. 차장 주제에 오와다 상무의 목을 자르려고 하다니! 그런 바보는 우리 은행에 너 하나밖에 없어!"

한자와는 히쭉 웃으며 말없이 자리에서 일어섰다.

그 모습을 보고 도마리가 퍼뜩 생각난 것처럼 말했다.

"참! 그리고 곤도가 돌아온대. 놀라지 마. 홍보부 조사역으로 돌아온다더군. 병이 다 나았다고 인사부에서 인정했대."

"알고 있어. 곤도에게서 들었어."

그러자 도마리는 눈을 동그랗게 뜨고 "그래?"라고만 대답했다.

몇 시라도 좋으니까 만나고 싶어—곤도가 그렇게 말한 것은 한자와 곤도가 교바시 지점을 방문한 날 밤이었다. 전화를 받았을 때, 마침 일을 마치고 집에 갈 채비를 하고 있던 한자와는 신주쿠의 술집에서 곤도를 만났다.

그 자리에서 곤도는 오와다와의 거래 내용을 털어놓고 한자와에게 사과했다.

눈물을 글썽이며 연신 "미안해"라고 말하는 곤도를 보며 한자와는 다정하게 말했다.

"곤도, 난 너를 비난할 수 없어. 홍보부는 네 꿈이었잖아. 어쨌든 넌 그걸 손에 넣었어. 그거면 충분해."

"하지만 그것 때문에 난 너희를 배신했어. 홍보부에 보내준다고 해도 하나도 기쁘지 않았어."

한자와는 목소리에 힘을 주어 말했다.

"난 배신당했다고 생각하지 않아. 넌 은행원으로서 당연한 선택을 한 것뿐이야. 사람은 앞을 보면서 살아야 해. 그러기 위해서는 돈도 필요하고 꿈도 필요하지. 그것을 손에 넣으려고 노력하는 건 당연한 일이야. 넌 보고서를 쓰지 않아도 돼. 네가 그렇게 하지 않아도 내가 어떻게 해볼게. 그러니까 걱정하지 마. 축하한다."

"한자와, 고맙다. 넌…… 넌 정말 좋은 녀석이야."

곤도는 주변 사람들의 시선도 아랑곳하지 않고 뜨거운 눈물을 흘렸다.

"곤도는 무사히 돌아왔으니까 됐고, 이번에는 네 차례야. 모쪼록 좌천되지 않도록 해줘."

도마리는 한자와를 격려하면서 엄지를 추켜세웠다.

한자와가 인사부장인 이토에게 보고서를 가져간 것은 그날 오후 2시였다.

보고서 내용을 대충 읽어본 이토는 냉정하게 평가했다.

"이걸로는 좀 약하군. 여기에 적혀 있는 건 어디까지나 상황증거에 불과해. 실제로 한없이 검은색에 가까운 회색이라고 생각하지만, 발뺌을 하려면 얼마든지 할 수 있어. 다미야전기 사장의 증언은 받을 수 없나?"

"그건 불가능합니다."

그러자 이토는 팔짱을 끼며 복잡한 표정을 지었다.

"솔직히 말해 부장님 생각은 어떠십니까?"

"내가 보기엔 오와다 상무님이 부인 회사를 위해 다미야전기를 이용한 게 틀림없는 것 같아. 부정 대출 의혹도 있어."

은행이 돈을 빌려줄 수 없는 한심한 상대에게, 고객을 통해 돈을 빌려준 것이다. 이것은 엄연한 범죄다.

"하지만 그건 어디까지나 내 생각에 불과해."

"의심만으론 벌을 줄 수 없다는 건가요? 의심스러우면 벌을 주는 게 은행이라고 생각했습니다만."

이토의 지적인 얼굴에서 눈빛이 날카로워졌다.

"한자와, 시대가 달라졌어. 아니면 자네가 시대에 도전해보겠나? 그것도 좋을지 모르겠군."

"가끔은 그런 바보가 있어도 좋겠지요. 저는 이 보고서로 우리 은행의 윤리를 지켜보려고 합니다."

"윤리 같은 건 믿을 수 없어. 그런 건 똥이나 먹으라고 해."

조직의 생리를 잘 아는 이토의 대답은 너무나 실망스러웠다. 이런 사람이 인사부장이라니…….

"자네에게 이런 말을 해봐야 부처님 앞에서 설법하는 꼴이겠지만."

이토는 한숨을 크게 쉬고 나서 한자와의 보고서에 도장을 찍었다. 이것으로 보고서는 정식으로 한자와의 손을 떠났다.

"이번 임원회의에 자네도 참석해야 할 거야. 그리고 한 가지 더. 자네에겐 불리한 이야기인데, 같은 임원회의에서 지난번 금융청 감사가 의제로 오를 거야. 결과가 안 좋을 수도 있어."

"이미 각오하고 있습니다."

이토는 한자와를 슬쩍 쳐다보고 고개를 작게 주억거렸다.

한자와가 영업 2부로 돌아오자 책상에 전화가 왔다는 메모가 놓여 있었다. 오노데라의 글씨였다.

'전화 요망'에 동그라미가 그려져 있었다. 상대는 도쿄경제신문의 마쓰오카 기자였다. 그대로 쓰레기통에 버리려고 하다가 순간적으로 손길을 멈추었다. '용건'에 적혀 있는 글자가 눈으로 뛰어 들어온 것이다.

'구로사키 감사관 건'.

점액질처럼 끈적한 마쓰오카의 얼굴을 떠올리고 잠시 망설인 뒤, 한자와는 그곳에 적혀 있는 번호로 전화를 걸었다.

2

"한자와가 인사부장에게 보고서를 제출한 모양입니다. 이제 어떻게 하죠?"

전화기 너머의 목소리는 가느다란 실처럼 지금이라도 뚝 끊어질 것 같았다. 조바심이 날 만큼 연약하고 불안한 목소리를 통해 가이세라는 자가 얼마나 나약한 사람인지 알 수 있었다.

이세시마호텔 운용 손실의 은폐 보고서를 한자와에게 들켰을 뿐만 아니라 다음 임원회의에서는 아내 회사에 전대해준 것까지 추궁당할 처지가 되었다.

오와다는 자신의 행동을 후회하긴 해도 반성할 마음은 눈곱만큼도 없었다. 더구나 이 모든 사태가 칠칠맞지 못한 가이세 때문이라는 생각이 들자 용암처럼 끓어오르는 분노를 억누를 수 없었다.

후회와 반성은 별개의 문제다.

이 녀석만 좀 더 강했다면 한자와 같은 녀석은 얼마든지 짓누를 수 있었는데…….

그런 감정은 "본인이 한 일은 본인이 책임지게"라는 차가운 말로 바뀌었다.

오와다가 그렇게 말하자 전화기 너머에서 잠시 침묵이 이어졌다. 가이세는 오와다가 도와줄 것을 기대하고 전화를 걸었기 때문이다.

"하지만 이세시마호텔의 운용 손실은 지금 드러나서는 안 된다고, 상무님께서 지시를…….."

오와다는 마음속으로 한숨을 쉬고 나서 말했다.

"가이세 지점장. 지금 뭔가 착각하는 모양인데, 나는 자금을 운용한다면 이익이 나오는 일도 있지 않겠냐고 어디까지나 개인적인 의견을 말했을 뿐이야. 자네에게 그렇게 하라고 지시한 적은 없네.”

“그럴 수가…….”

가이세가 반론을 하려고 하자 오와다가 재빨리 가로막았다.

“더구나 나는 자네에게 지시할 만한 처지가 아니야. 그건 자네도 알고 있잖나? 손실을 은폐한 건 어디까지나 자네의 판단이지. 이제 와서 내가 시켜서 그랬다는 이유가 통하리라고 생각하나? 연봉을 한두 푼 받는 것도 아닌데, 그런 판단도 못하면 어떡하나? 어리석은 말은 하지 말게.”

“하지만 그때 분명히…….”

“나는 그런 걸 지시할 자리에 있지 않네. 자네가 의논해야 할 곳은 융자부이고 여신 부문이야. 난 그쪽에 참견할 필요도 없고 참견할 이유도 없지. 그리고 또 한 가지…….”

프레젠테이션 능력이 뛰어난 오와다답게 말이 막힘없이 흘러나왔다.

“한자와가 보고서에 어떻게 썼든, 나는 교바시 지점 거래처에 아내 회사에 대출금을 전대해달라고 요구한 사실이 없네. 그건 기시카와 부장이 증언해줄 거야. 그나저나 가와세 지점장, 자네에게는 실망이 이만저만이 아니군. 그나마 임원회의에 나오지 않아도 되도록 선처해놓았으니까 고맙게 생각하게.”

오와다는 은혜를 베푸는 것처럼 말했지만, 실은 가이세가 참석해서 엉뚱한 소리라도 하면 곤란하기 때문에 참석하지 않아도 되도록 손을 쓴 것이다.

전화를 끊은 오와다는 짧게 숨을 토해낸 뒤, 당장이라도 폭발할 듯한 표정을 지으며 팔짱을 꼈다.

가이세도 그렇지만 차장 나부랭이 주제에 자신에게 칼날을 겨누는 한자와도 용서할 수 없었다.

하지만 그에게는 승산이 있었다.

곤도의 보고서는 이미 막아놓았다. 아내 회사와 다미야전기는 같은 법인회 소속이다. 따라서 당사자끼리 아는 사이라서 금전이 오갔다고 주장하는 데에는 아무런 문제가 없다. 더구나 아내 회사에 대한 대출은 그가 교바시 지점을 떠난 후에 발생한 일이므로, 지점장의 지위를 이용한 부정 대출이라는 구도에도 해당되지 않는다.

상황 증거가 아무리 많아도 직접적인 증거는 하나도 없다. 한자와가 보고서를 어떻게 썼든 자신이 책임을 추궁당하는 일은 생각할 수 없었다.

이 자리에 올라올 때까지 그가 짓밟아온 적과 라이벌은 한두 명이 아니다. 지금은 켜켜이 쌓여 있는 패배자의 시체 위에 한자와의 이름을 올릴 때다.

"어리석은 놈! 네놈의 숨통을 끊고야 말겠어!"

그는 두 주먹을 불끈 쥐며 중얼거렸다.

3

"네 방식에는 익숙하다고 생각했는데, 그런 나조차도 이런 방식은 상상도 못 했어. 임원회의까지 뛰어들어 오와다 상무를 궁지에 몰려고 하다니."

도쿄 한복판에 있는 야에스 빌딩 지하 쇼핑몰의 커피숍에서 도마리는 황당한 표정으로 말했다. 도마리의 앞에는 이번에 한자와가 제출한 보고서의 복사본이 놓여 있었다.

"이세시마호텔을 담당한다는 것은 그곳과 관련된 모든 문제를 철저하게 파헤친다는 거야. 은행장님께선 그렇게까지 생각하시지 않았겠지만."

"한 번 시작하면 철저하게 한다······. 하긴 그것도 또한 한자와 식이지. 그런데 이렇게 해도 괜찮을까?"

도마리가 진지한 표정을 지으며 몸을 앞으로 내밀었다.

"오와다는 그렇게 만만한 상대가 아니야. 이 보고서를 미리 분석해서 빠져나갈 반론을 준비하고 있을걸. 반론만 하면 다행이지만, 녀석에게도 너를 공격할 재료가 있잖아."

"금융청 공문 말이야?"

"업무통괄부에서 문제를 삼으려는 것 같아. 겉으로는 앞으로 감사에 지장이 있다는 이유지만, 이 보고서가 올라가면 오와다가 지원 사격을 할 거야. 기시카와 부장은 오와다 품속의 칼이나 마찬가지로, 가장 충실한 심복이잖아? 아마 집중포화가 쏟아질 거야."

그때 키가 크고 호리호리한 양복 차림의 남자가 손수건으로 이마의 땀을 닦으면서 커피숍으로 들어왔다. 도쿄경제신문의 마쓰오카 기자였다.

"감사 받으시느라 수고 많으셨습니다."

마쓰오카는 그렇게 말하고 도마리의 옆에 앉더니, 감탄의 눈길로 한자와를 쳐다보았다.

"정말 대단하시더군요."

"혹시 원고를 다시 썼나요?"

도마리의 가벼운 농담에 마쓰오카는 심각한 얼굴로 대답했다.

"장난이 아니었습니다. 하마터면 감사 방해가 될 뻔했다고 들었거든요."

한자와가 물었다.

"오늘 만나자고 한 이유는 그건가요?"

"실은 금융청 감사의 실태를 검증하는 기획을 맡았습니다. 특히 메가뱅크에서 일제히 거액의 충당금을 이끌어낸 구로사키 감사관의 방식에 주목하고 있었지요. 그런 와중에 AFJ와 하쿠스이은행을 잇달아 궁지에 몰아넣은 악명 높은 감사관을 끽소리도 못하게 만들었잖습니까? 예상외의 임팩트가 있었지요. 다른 은행에서도 소문이 자자합니다."

한자와는 시치미를 뗐다.

"감사 방해가 될 만한 일은 하나도 없었어요. 괜히 선입관을 가지고 감사하다가 실수를 저지른 거죠."

한자와가 그때의 상황을 말해주자 마쓰오카가 흥미진진한 표정을 지었다.

"구로사키 감사관은 왜 그 상자에 자료가 은닉되어 있다고 생각했을까요? 혹시 아시는 게 있습니까?"

핵심을 찌른 질문이었다.

"글쎄……."

'구로사키 감사관 건'이라고 쓰여 있던 메모를 떠올리면서 한자와는 반문했다.

"내가 오히려 묻고 싶군요. 아는 게 있다면 말해주시죠. 그것 때문에 만나자고 한 거 아닌가?"

마쓰오카의 얼굴에 의미심장한 미소가 떠올랐다.

"한자와 차장님에게는 항상 정보를 받았으니까요. 가끔은 은혜를 갚아야지요."

"그러면 나야 고맙죠."

"며칠 전에 취재하다가 언뜻 들었습니다. 이건 어디까지나 소문인데, 장애물이 있어서 아직 진위는 확인하지 못했습니다. 하지만 정보 제공자는 신뢰할 수 있는 사람입니다."

마쓰오카는 숨을 한 번 쉬고 나서 목소리를 더욱 낮추었다.

"구로사키 감사관이 도쿄중앙은행의 행원과 개인적으로 관계가 있는 것 같습니다. 혹시 그 사람에게서 정보를 얻은 게 아닐까요?"

도마리가 깜짝 놀라며 고개를 들었다.

"개인적으로 관계가 있다고요? 구로사키가 우리 은행의 누구와……."

"이름은 말씀드릴 수 없습니다. 임원이나 그에 가까운 사람이라는 것만 말씀드리지요."

"임원? 한자와, 혹시……."

도마리가 한자와를 슬쩍 쳐다보았다. 마쓰오카가 눈을 크게 뜨고 물었다.

"이미 아셨습니까?"

"그 행원에 대해 다른 정보가 있나요?"

그러자 마쓰오카의 입에서 생각지도 못한 말이 튀어나왔다.

"그 행원의 따님이 구로사키 감사관의 약혼녀라고 하더군요. 주말에는 거의 약혼녀 집에 있다시피 한다고 하던데요? 제가 드릴 수 있는 정보는 여기까지인데…… 도움이 되지 않았다면 죄송합니다."

"아뇨, 도움이 됐어요. 고마워요. 오늘은 내가 사지요."

한자와는 그렇게 말하고는 계산서를 들고 일어섰다.

한자와와 도마리는 커피숍에서 나온 뒤, 마루노우치에 있는 도쿄중앙은행 본점을 향해 지하도를 걷기 시작했다.

그때까지 계속 생각에 잠겨 있던 도마리가 말했다.

"그 녀석, 역시 보통 녀석은 아니었어. 네가 누구를 생각하는지 알겠어. 역시 오와다지? 이번 금융청 감사에서 이세시마호텔이 분류되고 검사겸사 감사 방해라는 낙인이 찍히면 나카노와타리 은행장님의 목이 날아가지. 하네와 친한 오와다라면 나루센이 파산한다는 것도 미리 들었을 테고."

하지만 한자와는 천천히 고개를 가로저었다.

"오와다는 아니야."

"뭐야?"

한자와가 다시 한 번 말했다.

"구로사키에게 정보를 흘린 건 오와다가 아니라고."

도마리가 걸음을 멈추었다.

"그걸 어떻게 알아?"

한자와는 도마리를 쳐다보며 결정적인 사실을 입에 담았다.

"오와다에게는 딸이 없어."

4

다음 날, 한자와가 외근에서 돌아온 타이밍을 노린 것처럼 책상의 전화벨이 울렸다.

"나한테 전화를 한 것 같은데, 무슨 일인가?"

상대는 업무통괄부장인 기시카와였다. 오전 내내 있었던 회의가 겨우 끝난 모양이다. 경계하는 목소리를 들을 것까지도 없이 한자와가 쓴 보고서에 관해서는 이미 들었음이 틀림없다.

"실은 기시카와 부장님께 확인할 게 있습니다."

"내게 확인할 게 있다고? 뭐지?"

"전화로는 좀……. 지금 찾아뵈어도 되겠습니까?"

대답보다 먼저 혀 차는 소리가 들렸다.

"오래 걸리나?"

"그렇게 오래 걸리진 않습니다."

"지금 바쁘니까 5분 만에 끝내줘."

기시카와는 퉁명스럽게 말하더니 한자와가 대답도 하기 전에 전화를 끊었다.

한자와가 부장실에 들어가자 기무라가 와 있었다. 기시카와가 미리 부른 모양이었다. 기무라는 여전히 적의를 드러내며 기시카와 옆에 앉아 재빨리 선제공격을 날렸다.

"영업 2부 사람이 업무통괄부 부장님께 뭘 확인하겠다는 거지? 그런 건 절차 위반 아닌가?"

"여쭤볼 게 있어서 왔습니다."

한자와는 가볍게 받아넘긴 뒤, 기시카와의 눈을 똑바로 쳐다보며 말했다.

"이 건은 기무라 부장대리님과는 관계가 없으니까 자리를 피해달라고 해주시겠습니까?"

한순간 기시카와의 눈에 망설임이 깃들었다.

"자네가 정 그렇게 해달라면……. 기무라 부장대리, 잠깐 자리를 피해주겠나? 용건이 끝나면 즉시 부르겠네."

기무라는 불만이 역력한 얼굴로 밖으로 나갔다.

문이 닫히기를 기다렸다가 기시카와가 입을 열었다.

"한자와 차장, 미리 말해두지만 빙빙 돌려서 말하지 말게. 지금 일이 밀려 있어. 할 말이 있으면 짧게 끝내주게."

"부장님께서 교바시 지점장 시절에 하셨던 대출에 관해 여쭤볼 게 있습니다."

대강 짐작하고 있었는지, 기시카와는 굳은 표정으로 한자와의 다음 말을 기다렸다.

한자와는 말하는 대신에 가져온 서류를 펼쳤다. 4년 전의 대출 품의서로, 융자부 안에 있는 부본을 도마리에게 부탁해 복사해온 것이다.

"이건 부장님께서 교바시 지점장 시절에 승인해준 대출입니다. 다미야전기라는 회사를 기억하시죠?"

기시카와는 고개를 갸웃거리며 의뭉을 떨었다.

"다미야전기……? 글쎄. 교바시 지점엔 워낙 거래처가 많아서 말이야. 그보다 내게 할 말이 뭐지? 빨리 용건이나 말하게."

한자와는 새로운 서류를 탁자 위에 올려놓았다.

이토 인사부장에게 제출한 보고서의 복사본이었다. 한자와는 기시카와의 눈을 뚫어지게 쳐다보면서 말했다.

"이미 보고서를 보셨겠지만 다미야전기에서는 그 대출금을 다른 곳에 빌려주었습니다. 전대한 곳은 이 회사……."

라파예트의 신용조사표를 바라보는 기시카와의 얼굴은 조금도 흔들리지 않았다.

"부장님, 여기가 어떤 회사인지 아시죠?"

"글쎄. 처음 들어보는 회사군."

기시카와는 화살을 다른 방향으로 돌렸다.

"이제 와서 왜 옛날 대출 얘기를 꺼내는 건가? 이해할 수 없는 보고서까지 쓰고 말이야."

"교바시 지점에 확인했더니, 이 돈을 다미야전기에 대출해준 직후에 라파예트라는 회사로 전대했다는 사실을 알아차린 담당자가 당시 지점장님, 즉 부장님께 보고했는데 부장님께서 묵살하셨다고 하더군요."

기시카와가 무관심을 가장하며 물었다.

"누가 그런 말을 했지?"

"고자토라는 담당자입니다. 어제 확인하고 왔습니다."

"고자토? 아아, 그 과장대리 말인가?"

기시카와는 시치미를 떼며 고자토 탓으로 돌렸다.

"자신의 실수를 상사에게 떠넘기려고 그렇게 말했겠지. 거래처에 대출해준 돈이 다른 회사로 전대되는 건 담당자로서 치명적인 실수니까 말이야. 그런데 한자와."

기시카와의 얼굴에 조바심이 나타나기 시작했다.

"내가 그런 보고를 묵살하다니, 증거도 없으면서 그렇게 함부로 말해도 되나? 이미 몇 년이나 지난 일이고, 이 대출은 벌써 회수하지 않았나?"

한자와는 차분하게 대답했다.

"분명히 회수했습니다. 그런데 이 라파예트라는 회사는 3천만 엔을 빌려가서 아직 다미야전기에 갚지 않았지요. 무슨 뜻인지 아십니까?"

"도대체 몇 년 전 이야기를 하는 건가? 이런 일로 오와다 상무님이나 나를 헐뜯으려는 속셈이겠지만 은행은 그렇게 어설픈 곳이 아닐세."

"웃기지 마."

그 한마디는 나지막하게, 그리고 너무도 자연스럽게 한자와의 입에서 흘러나왔다.

기시카와가 눈을 휘둥그레 뜨면서 고개를 들었다. 그리고 무슨 말인가 하려고 한 순간…….

"은행에는 시효가 없어."

한자와의 입에서 그 말이 흘러나온 순간, 마치 소리제거용 스위치를 누른 것처럼 기시카와는 입을 다물었다. 그는 분노로 불타는 눈길로 한자와를 쳐다보다가 즉시 수화기를 들었다.

"기무라 부장대리인가? 한자와 차장이 곧 갈 테니까…… 무슨 짓이야!"

훅 스위치를 눌러 통화를 종료시킨 한자와를 보면서 기시카와는 버럭 고함을 질렀다.

"자네는 그 건을 보고서에 썼겠지? 그렇다면 내 얘기를 들으러 올 필요도 없잖나? 무엇 때문에 여기에 왔지? 보고서는 썼지만 증명할 자신이 없어졌나?"

기시카와가 한자와를 비웃으며 증오를 가득 담은 눈길로 노려보았다.

하지만 한자와는 흥분하지 않고 조용히 말했다.

"자신? 설마 그것 때문에 왔겠어? 당신의 의사를 확인하기 위해서 온 거야."

"내 의사라고? 무슨 말이지?"

"당신이 제정신이 박힌 뱅커라면 지금쯤 자신이 저지른 일을 후회하고 있을 거야. 난 이 보고서 내용을 순순히 인정할 생각이 있는지 없는지, 그걸 확인하러 온 것뿐이야. 그리고 보고서 내용을 인정한다면 임원회의에서 증언해줬으면 좋겠어."

"뭐? 말본새가 그게 뭐야! 내가 지금 차장 나부랭이한테 그런 말을 들어야 되겠어? 자네야말로 금융청에서 지적을 받은 문제 차장이 아닌가? 그렇게 한심하기 짝이 없는 인간이 감히 누구한테 이래라저래라야? 나를 찾아와서 엉터리 보고서에 대해 말할 시간이 있다면 어서 가서 변명이라도 생각해둬!"

하지만 한자와는 기죽지 않고 차갑게 되받아쳤다.

"감사에서 문제 있는 행동을 한 사람은 내가 아니라 구로사키와 내통한 정보 제공자가 아닌가?"

기시카와가 어처구니없다는 얼굴로 대꾸했다.

"정보 제공자? 무슨 잠꼬대 같은 소리야? 있지도 않은 정보 제공자를 날조해서 자신의 무능함을 피하려는 건 아니겠지?"

한자와는 조용히 머리를 가로저었다.

"그럴 리가! 내가 얻은 정보에 따르면 구로사키는 우리 은행 임원의 딸과 결혼한다고 하더군."

기시카와의 눈이 크게 벌어지는 것을 보면서 한자와는 재빨리 덧붙였다.

"댁의 따님이 아니신가?"

다음 순간, 기시카와의 주변에서만 시간이 녹슬어 그대로 멈춘 것처럼 보였다.

"사위 사랑도 좋지만 본래 영업 2부에 알려야 할 나루센의 파산 정보를 구로사키에게만 알려주면 곤란하지. 도쿄중앙은행의 행원으로서 그런 짓을 해도 좋을까? 물론 구로사키에게도 문제가 있어. 개인적으로 관계가 있는 금융기관이라는 사실을 감추고 주임 감사관으로 부임했다는 사실이 알려지면 과연 금융청에서 그냥 넘어갈까? 기시카와, 당신도 그렇고 말이야. 이 문제가 밖으로 드러나면 따님은 어떻게 될까? 금융청의 엘리트 공무원과 결혼을 앞두고 달콤한 꿈을 꾸고 있을 텐데, 결혼하기도 전에 문제가 생겨서 물거품이 되다니 말이야."

기시카와의 눈동자가 바쁘게 움직이기 시작했다. 얼마나 당황했는지는 핏기라곤 찾아볼 수 없는 얼굴이 증명했다.

"이번 임원회의에서는 구로사키와 당신의 관계를 밝힐 작정이야. 도쿄경제신문 기자가 이 사건을 취재하고 있더군. 내가 말해주면 얼씨구나 좋아할걸. 그렇게 되면 가장 큰 피해자는 따님이 아닐까?"

기시카와가 흠칫 놀라며 얼굴을 들고 무슨 말을 하려고 했지만, 목소리가 메마른 목에 달라붙었는지 밖으로 나오지 않았다.

한자와는 그 모습을 냉정한 눈길로 바라보았다.

"그, 그러면 곤란해. 레나는…… 우리 딸은 이번 일과 관계가 없어."

"물론 관계가 없고말고. 그 관계없는 따님까지 곤란하게 만든 건 당신과 구로사키야."

기시카와가 동요를 감추지 못하고 허둥지둥 말했다.

"하, 한자와. 잠깐만 기다려. 우리 딸은 이번 감사도, 내가 정보를 제공했다는 것도, 아무것도 몰라. 이건 구로사키를 위해서 내가 독단적으로 한 일이고, 하늘에 맹세컨대 우리 딸은 관계가 없어. 지금까지 있었던 일은 사과하겠네. 그러니까 이번 일은 누구에게도 말하지 말아주게."

기시카와는 깊숙이 고개를 숙인 뒤, 두 손으로 한자와의 손을 꽉 잡았다. 한자와는 생각지도 못한 힘에 내심 놀라면서 상대가 얼마나 필사적인지 알아차렸다.

"정 그렇다면 따님을 봐서 넘어가주지. 하지만 그 전에 한 가지 약속을 해줘야겠어."

기시카와의 얼굴에 안도감이 떠오른 것도 잠시, 이내 겁먹은 눈길로 한자와를 바라보았다.

5

임원회의는 수요일 아침 9시부터 임원실 옆에 있는 회의실에서 열렸다.

임원들이 커다란 회의용 탁자를 에워싸고, 뒤쪽 벽의 의자에는 그들의 보좌하는 조사역과 차장들이 나란히 앉아 있었다. 한자와도 그들 사이에 앉아서 말없이 회의가 열리기를 기다렸다. 눈앞에는 한자와의 상사인 나이토가 앉아 있었는데, 이날 회의의 안건이 걱정되어서인지 아까부터 표정이 좋지 않았다.

"승부에 이기고 경기에 지는 일은 없었으면 좋겠는데."

그것이 임원회의에 들어가기 전에 나이토가 마지막으로 중얼거린 말이었다.

정시에 나카노와타리 은행장이 등장하자 소란스러웠던 회의실은 물을 끼얹은 것처럼 조용해졌다. 정해진 의사 진행에 따라 지난달의 실적 발표를 시작으로 드디어 8월 임원회의의 막이 올랐다.

처음에는 한자와와 관계없는 안건이 취급되었다. 시스템 부장이 뒤로 미뤄진 시스템 통합의 진척 상황을 보고하고, 이어서 영업 2부의 나이토를 비롯해 각 여신 부문의 장들이 중요한 현안을 보고하면서 한 건씩 검토와 승인이 반복되었다.

눈 깜짝할 사이에 두 시간이 지났다. 한 시간쯤 지나서 잠시 쉬었지만 한자와는 벽의 일부가 된 것처럼 꼼짝도 하지 않고 눈앞의 상황을 담담하게 지켜보았다.

긴장도 하지 않고 어깨에 힘도 들어가지 않았다.

은행에 근무하다 보면 수많은 인사이동을 보게 된다. 때로는 부조리한 상황에 화를 내고 때로는 올바른 판단에 박수를 치고 싶어진다. 사람들의 승진과 좌천을 보면서 인생의 덧없음을 느끼기도 하지만, 과연 거기에 얼마나 의미와 가치가 있느냐는 근본적인 의문도 머릿속에 똬리를 틀고 있다.

한자와에게는 은행에 거대한 속임수가 있는 듯한 생각이 들었다. 은행이라는 조직만이 전부라고 착각하게 만드는 속임수다. 그렇게 만든 것은 엘리트 의식이나 선민사상이겠지만, 그 모든 것이 우스꽝스럽다는 생각을 떨칠 수 없었다.

은행에서 멀리 떨어져도 인간은 아무런 문제없이 살 수 있다.

은행이 전부는 아니다.

인생은 눈앞의 인사이동으로 정해지는 게 아니라 결국 자기 손으로 개척하는 수밖에 없다.

가장 중요한 일은 그때마다 스스로 납득할 수 있도록 최선을 다해 행동하는 것이다. 그렇게 생각하는 한자와에게 오와다와 기시카와의 부정은 그들이 걸어온 싸움이나 마찬가지다.

당하면 배로 갚아준다. 은행장에게 올린 보고서는 한자와의 그런 신념이 밑바탕에 깔려 있었다. 한자와의 마음속에 결과를 두려워해서 아무것도 하지 않는다는 선택지는 존재하지 않는다. 그와 동시에 도쿄중앙은행이라는 은행의 윤리를 확인하는 시험

대이기도 했다.

　너무도 명백한 '흑'을 궤변을 늘어놓으며 '백'이라고 주장하면, 인간의 마음속에는 꺼림칙한 뒷맛이 남을 수밖에 없다. 그것에는 뱅커로서의 자존심과 직업윤리가 걸려 있다. 이토 인사부장의 말처럼 이 탁자를 둘러싸고 있는 임원들에게 그런 자존심과 직업윤리를 기대하는 것은 너무나 잔혹한 일일까?

　"이것으로 오늘의 의사 진행은 모두 끝났네."

　은행장의 선언을 계기로 드디어 한자와의 보고서가 안건으로 올라갈 순서가 되었다. 한자와는 살며시 눈을 뜨고 무거운 공기가 떠다니는 임원회의의 광경을 둘러보았다. 여기에 있는 사람들은 모두 지금부터 판단해야 할 일이 도쿄중앙은행의 가장 민감한 부분이라는 사실을 알고 있다.

　"한자와 차장, 이건 자네가 직접 발표하는 편이 좋겠네."

　은행장의 말을 듣고 한자와는 천천히 일어섰다. 대기하고 있던 오노데라가 재빨리 안으로 들어와 모든 임원들에게 한자와가 작성한 보고서를 나눠주었다.

　회의실 여기저기에서 웅성거림이 일었다.

　교바시 지점에서 일어난 '부정 대출 사건'에 관한 보고

　한자와의 보고서에는 사건의 본질을 정면으로 파고드는 제목이 붙어 있었다.

"지금부터 4년 전, 당시 도쿄제일은행의 교바시 지점을 무대로 발생한 부정 대출 사건에 관해 말씀드리겠습니다……."

한자와가 그렇게 말했을 때, 임원 한 명이 황급히 제지했다.

"잠깐만 기다리게!"

자금채권부장인 이누이였다. 옛 T 출신의 뛰어난 논객이다.

"은행장님, 실례하겠습니다. 이 보고서를 발표하기 전에 한 가지 확실히 해두고 싶은 게 있습니다."

이누이는 은행장에게 고개를 숙이고 나서 한자와를 향했다.

"한자와 차장, 자네는 영업 2부 차장이야. 그런 자네가 왜 교바시 지점 사건에 관해서 발표하지? 사건의 성격상 이런 건 인사부에서 확실히 조사해서……."

한자와가 재빨리 이누이의 말을 가로막았다.

"제가 담당한 이세시마호텔은 작년까지 교바시 지점에서 여신을 관리했습니다. 이세시마호텔 운용 손실의 은폐 사건을 조사하는 사이에 발견했기 때문에 저희 부서에서 보고서를 만들었습니다."

"사소한 건 그냥 넘어가게."

은행장이 조바심이 나는 목소리로 이누이의 말을 막았다. 이누이는 찜찜한 표정으로 자리에 앉았다.

"계속하게. 형식은 상관없으니까."

분위기가 수상하다. 한자와가 지금부터 발표할 내용은 이토 인사부장을 통해 나카노와타리 은행장에게 이미 보고했다. 그때 은행장의 반응이 싸늘했다는 것은 이토가 귀엣말을 해주어서 알고 있었다.

이유는 간단하다. 한자와의 보고는 은행장이 지향하는 행내 화합에 역행하기 때문이다.

그와 동시에 임원회의에는 눈에 보이지 않는 핸디캡이 있었다. 가이세가 참석하지 않은 것이다. 오와다가 미리 손을 썼기 때문이라고 도마리에게서 들었다. 도마리는 "끝까지 더럽고 비열한 녀석이야!" 하는 말을 덧붙였다.

이누이가 침묵한 것을 보고 한자와는 말을 이었다.

"당시 교바시 지점이 거래처인 다미야전기에 대출해준 3천만 엔이 다른 거래처에 전대되었다는 사실을 알았습니다. 전대해준 곳은 주식회사 라파예트. 대표자는 다나하시 다카코. 그 사람이 누구인가 하면……."

한자와는 임원들의 면면을 차례로 둘러보며 덧붙였다.

"오와다 다카코. 바로 오와다 상무님의 사모님입니다."

말이 떨어지기가 무섭게 오와다가 눈에서 불길을 내뿜으며 한자와를 노려보았다. 한자와는 그 시선을 받아넘기며 보고서에 있는 내용을 꼼꼼히 짚어나갔다.

"이것은 은행의 준법감시 및 금융기관 임원으로서 신의성실의 원칙에 위배되는 일이며, 밖으로 드러나면 우리 은행의 사회적 신용에 치명타가 되겠지요. 본건의 대응에 관해서 임원회의의 판단을 듣고 싶습니다."

398

무서운 침묵이 회의실을 지배했다.

"오와다 상무, 어떤가?"

은행장이 재촉하자 오와다가 곧바로 반론을 펼쳤다.

"이것은 완전한 오해라고밖에 표현할 길이 없습니다. 그럼 지금부터 설명하겠습니다. 제가 확인한 바에 따르면 자금의 흐름은 분명히 이 보고서에서 지적한 대로입니다. 하지만 아내의 회사는 교바시 지점이 다미야전기에게 대출해주기 몇 년 전에 설립되었고, 아내는 한 경영자로서 완전히 독자적으로 회사를 경영하고 있습니다. 한자와 차장은 미처 확인하지 못한 것 같은데, 아내는 다미야 사장과 같은 법인회 소속이라서 예전부터 알고 지낸 사이입니다. 그러다 다미야 사장이 패션 사업에 관심이 있다고 하면서 출자를 하겠다고 했답니다. 다만 출자 형태로 하면 회수가 모호해지기 때문에 대여금이라는 형태로 바꾸었다고 하더군요. 이건 어디까지나 경영자인 아내가 저하고 상관없이 한 일로, 제가 뒤에서 조종했다는 것은 완전한 오해에 불과합니다. 더구나 이 보고서에는 중대한 결함이 있습니다."

오와다는 한자와를 쳐다보며 급소를 찔렀다.

"한자와 차장, 다미야 사장에게 직접 확인했나?"

한자와는 목소리를 높여서 대답했다.

"아닙니다. 직접 확인하려고 했지만 응해주지 않았습니다."

오와다가 안타깝다는 표정을 지으며 물었다.

"당사자에게 확인도 하지 않고 전대라고 단정한 건가? 그건 너무도 일방적인 견해가 아닌가? 만약 다미야 사장에게 사정을 들었다면 금방 오해가 풀렸을 텐데 말이야."

임원 몇 명이 고개를 주억거렸다. 분위기가 오와다 쪽으로 크게 기울어지는 것을 알 수 있었다.

"내 눈에 이 보고서는 옛 파벌 의식에 사로잡힌 트집으로밖에 보이지 않아! 출신 은행이 다르다고 해서 사실을 왜곡해도 된다고 생각하나!"

오와다는 한자와의 문제제기를 옛 T와 옛 S의 알력으로 몰고 가려고 했다. 그는 임원들이 자신의 의견에 찬동한다고 확신하자 은행장을 돌아보며 자신 있게 말했다.

"이 건에 관해서 제가 특별히 드릴 말씀은 없습니다. 저는 지금까지 아내 회사의 자금에 관해 이러쿵저러쿵 말하는 걸 삼가왔습니다. 우연히 이렇게 된 것에는 놀라움을 금할 수 없지만, 아내에게 물어봤더니 다미야 사장과는 예전부터 친하게 지내왔고, 제가 교바시 지점장을 역임했던 시절에는 폐가 될 것 같아서 자금 거래를 하지 않았다고 합니다. 또한 이 3천만 엔은 너무나 오래 끌었기 때문에 출자로 전환하든지 조만간 갚을 예정이라고 합니다. 비록 아무것도 몰랐다곤 하지만 쓸데없는 문제를 일으켜서 죄송합니다."

오와다는 겸허한 표정으로 고개를 숙였다.

나이토의 옆얼굴에서 주름이 더욱 깊어졌다. 이토도 창백한 얼굴로 팔짱을 낀 채 한자와를 쳐다보았다. 눈동자에는 '어떻게 할 거야?'라는 물음이 담겨 있었다.

각자의 주장을 듣고 있던 은행장이 천장을 올려다보면서 이 사태를 어떻게 수습할지 생각하기 시작했다.

원래 성격이 급한 은행장의 얼굴에는 문제를 일으킨 한자와에 대한 노여움이 번져나가기 시작했다. 한자와가 어떻게 항변하든 이미 형세를 뒤집기는 어려운 것처럼 보였다.

은행장이 조바심 나는 얼굴로 한자와에게 말했다.

"적어도 이 보고서에서는 오와다 상무의 이야기를 부정할 만한 정보가 보이지 않는군. 한자와 차장, 자네는 도대체……."

한자와가 황급히 은행장의 말을 가로막았다.

"은행장님, 잠시만 기다리십시오. 오와다 상무님, 그런 어린애 속이기 같은 이야기로 끝내려고 하다니, 어떻게 되신 거 아닙니까? 지금 부인이 한 일이라서 모른다고 하셨습니까? 상무님은 언제부터 정치가처럼 속이 뻔히 들여다보이는 변명을 하게 되었습니까?"

한자와의 예리한 반박이 화살처럼 날아가 오와다의 심장에 꽂혔다.

"은행원의 상식으로 아내가 그런 거래를 한다면 말리는 게 당연하지 않습니까? 그런데 몰랐다는 말 한 마디로 이해하라니! 그렇게 어리석은 해명은 들어본 적이 없습니다. 애초에 3천만 엔을 출자로 전환한다는 둥 조만간 갚는다는 둥, 지금 하신 상무님의 말씀은 현실성이 털끝만큼도 없습니다. 다미야전기는 현재 돈이 없어서 자금난에 허덕이고 있습니다. 그런데 3천만 엔을 출자로 전환한다는 건 빌려준 돈을 포기하라는 이야기이고, 라파예트는 엄청난 적자에 짓눌려 가까스로 숨을 이어가고 있어서 갚고 싶어도 갚을 수 없습니다. 더구나 상무님께서 지금까지 본인 돈을 상당히 많이 들여서 지탱해오신 것 같은데, 갚을 만한 여유 자금이 어디에 있지요? 돈은 어디서 나올 예정입니까?"

한자와의 날카로운 반격에 오와다는 변명하기에 급급했다.

"아내의 회사에 출자해줄 곳이 있다고 들었네."

한자와가 다시 파고들었다.

"출자한다는 회사가 어디죠? 아니면 개인인가요? 상무님은 출자자가 누군지 당연히 확인했겠지요? 대답해주십시오."

"그건……."

오와다가 머뭇거리는 것을 보고 한자와가 다시 캐물었다.

"못 들으셨습니까? 그렇다면 지금 여기서 사모님께 전화를 걸어서 물어보십시오."

"이봐, 너무 무례하잖아!"

오와다가 은행장에게로 시선을 돌리며 호소했다.

"은행장님, 이렇게 무례한 방식에는 강력하게 항의합니다. 이건 중요한 문제니까 나중에 정식으로 서류를 만들어 보고하겠습니다."

"그럼 아직 이야기를 들어보지 않은 관계자가 여기에 있는데, 그 관계자에게서 이야기를 들어보지 않겠습니까?"

눈을 감은 채 이야기를 듣고 있던 은행장이 갑자기 눈을 떴다. 그리고 탁자를 에워싸고 있는 한 사람의 얼굴로 시선을 향했다. 기시카와다. 기시카와는 크게 심호흡을 하더니 입술을 깨물었다.

은행장이 기시카와를 쳐다보며 말했다.

"기시카와 부장, 그러고 보니 자네도 이 보고서의 당사자로군. 이 건에 관해 자네 이야기를 듣고 싶네."

기시카와는 당황함을 뛰어넘어 공포가 깃든 눈길로 한자와를 한 번 쳐다보았다. 그리고 두 손으로 탁자를 짚고 가까스로 일어섰지만 지금이라도 쓰러질 것처럼 얼굴은 새파랗게 질려 있었다. 앞으로 일어날 사태가 얼마나 중대한지 알고 있다는 증거였다. 평소에 몸에 밴 오만하고 자신만만한 모습은 흔적조차 찾아볼 수 없었다.

"저는 이 보고서에 쓰여 있듯이 4년 전에 교바시 지점의 지점장이었고, 다미야전기에 3천만 엔의 대출을 실행했습니다. 하지만……."

기시카와가 잠시 말을 끊고 입술을 깨물었다. 그러자 예감이 안 좋았는지, 오와다가 타오르는 눈길로 기시카와를 노려보았다. 한자와가 지켜보는 가운데 기시카와가 입술을 파르르 떨기 시작했다.

"오와다 상무님, 죄송합니다."

기시카와의 입에서 사과의 말이 흘러나왔다. 오와다가 깜짝 놀라며 눈을 크게 뜬 순간, 기시카와 입에서는 이미 다음 말이 나오고 있었다.

"이 대출은 오와다 상무님의 부인 회사를 구하기 위한 전대 자금으로, 이 보고서의 내용은 틀림이 없습니다. 오와다 상무님이 다미야 사장에게 부탁해 전대하라고 해서, 그 지시에 따라 제가 대출을 실행했습니다."

오와다는 멍하니 입을 벌린 채 꼼짝도 하지 않았다. 오와다뿐만 아니라 임원회의에 참석한 모든 사람이 한순간에 시베리아 벌판으로 이동한 것처럼 차갑게 얼어붙었다.

오와다가 낭패한 얼굴로 소리쳤다.

"은행장님, 사실 무근입니다! 기시카와, 이 녀석! 왜 없는 말을 지어내는 거야! 어서 취소해! 나를 함정에 빠뜨릴 생각이냐!"

잠시 후, 다시 조용해진 회의실에서 은행장이 정식으로 확인했다.

"기시카와 부장, 사실인가?"

"네, 사실입니다. 정말 죄송합니다."

기시카와는 은행장을 향해 깊숙이 고개를 숙인 뒤, 다음에는 오와다를 쳐다보며 말없이 고개를 숙였다.

오와다는 그 모습을 외면한 채, 회의실 여기저기로 초점 없는 시선을 돌렸다.

"오와다 상무, 반론이 있다면 듣겠네."

오와다의 입에서는 끝내 반론이 나오지 않았다.

"인사부장은 조사위원회를 설치해 지금의 사실관계를 명확하게 조사해서 보고하게. 당사자에게도 사정을 자세히 듣도록. 그리고 이세시마호텔 운용 손실의 은폐 사건도 같은 위원회에서 조사해서 신속하게 보고할 것!"

은행장은 이토에게서 시선을 옮겨 한자와를 슬쩍 쳐다보며 덧붙였다.

"그러면 마지막 안건이네만……."

그런 다음에 가여우리만큼 초췌해진 기시카와를 지그시 바라보았다.

기시카와는 마지막 남은 힘을 최대한 짜내며 힘없이 손을 들었다.

"마지막은 금융청에서 지적한 사항입니다만, 저희 부서에서 검토한 결과, 그런 사실이 없다고 판단했습니다. 승인해주시기 바랍니다."

"이의는 없나?"

기묘한 공기가 가득 찬 회의실에서 이의를 제기하는 목소리는 나오지 않았다.

회의가 끝남과 동시에 그동안 조각상처럼 꼼짝도 하지 않던 사람들이 천천히 일어섰다.

"잘했어."

나이토가 한자와에게 작은 목소리로 말하고 회의실을 나갔다.

이토 인사부장이 탁자 너머에서 어이없는 표정을 지었다.

'도대체 어떻게 한 거야?'

한자와를 바라보는 시선에는 그런 의문이 담겨 있었다. 한자와는 고개를 숙이고, 아까부터 미동도 하지 않는 오와다와 기시카와를 힐끗 쳐다보고 나서 아무 일도 없었던 것처럼 회의실을 뒤로했다.

6

"곤도, 잘됐어. 축하해!"

여름휴가 분위기가 끝자락에 접어든 8월의 마지막 주 수요일. 곤도의 이동을 축하하는 작은 술자리가 진구마에 역에 있는 여느 때의 꼬치구이 집에서 열렸다.

곤도의 새로운 직책은 홍보부 조사역이다.

그에 앞서 임원의 대대적인 인사이동이 있었는데, 오와다는 상무이사에서 일반 이사로 강등되었다. 한마디로 말해서 파견 대기를 의미한다.

"징계를 해도 시원찮은데 말야. 역시 나카노와타리 은행장님은 물러 터졌어."

도마리가 혀를 차며 말했다. 그러자 이미 행내의 정보통으로 두각을 나타내고 있는 곤도가 반박했다.

"하지만 옛 T를 너무 일방적으로 몰아붙이는 게 아니냐는 의견도 적지 않아. 특히 임원회의에서 한자와가 보여준 난투극에 대해서는 찬반양론이 팽팽해. 그렇게까지 할 일은 아니라는 의견도 많고. 그걸 오와다가 자기 입으로 떠들고 다니니, 정말 웃기는 일이지."

도마리가 고개를 절레절레 가로저었다.

"완전히 얼굴에 철판을 깔았군. 부정을 저질러놓고 어떻게 그토록 뻔뻔할 수 있지? 오와다는 형사 고발을 당해도 끽소리 못해야 하잖아?"

조사위원회의 조사에서 다미야가 전대는 자기 의사이기도 했다고 증언함으로써 오와다는 최악의 사태를 피했다. 기시카와와 교바시 지점의 가이세는 이미 인사부에 소환되어 파견 대기 상태에 놓여 있다. 고자토는 곤도의 후임으로 다미야전기로 파견 나간다고 한다.

한편 운용 손실을 은폐했다는 사실이 밝혀지면서 법인부의 도키에다에 대한 처분은 없었던 일이 되었다.

"그런데 한자와, 오늘 인사부장에게 불려가지 않았어?"

한자와는 도마리의 빠른 정보력에 혀를 내둘렀다.

"소식 한번 빠르군."

"언뜻 들었는데 영업 2부에 조만간 인사이동이 있는 모양이야. 설마 너는 아니겠지."

한자와는 무슨 말인가 하려고 하다가 그때 새로 들어온 손님을 보고 일어섰다.

도고시였다.

포스터의 산하로 들어가기로 결정한 이세시마호텔은 하네와 하라다를 비롯해 운용 손실을 은폐한 임원을 경질하고, 도고시를 다시 불러들여 재무부장으로 앉히는 인사이동을 발표했다.

전원에게 생맥주가 나오기를 기다렸다가 건배했다.

"재무부장님의 취임을 축하합니다."

한자와는 도고시에게 그렇게 말한 뒤, 착잡한 표정으로 앉아 있는 곤도에게도 축하 인사를 건넸다.

"곤도, 축하해. 드디어 꿈이 이루어졌군."

"한자와, 미안해."

"괜찮아. 뭘 그런 것 가지고 그래?"

한자와는 웃으면서 곤도의 어깨를 가볍게 두들겼다. 한때 인생을 포기하려고 했던 친구가 다시 환하게 빛나는 것은 좋은 일이다. 사정이야 어찌 됐든, 곤도는 자기 손으로 꿈을 실현시켰다.

"그러고 보니 오늘 도쿄경제신문에 구로사키란 감사관에 대한 기사가 났더군."

도고시의 말을 듣고 한자와도 기사를 떠올렸다. 마쓰오카가 쓴 특집기사로, 수단과 방법을 가리지 않는 구로사키의 방식에 대해 금융계에서 비판의 목소리가 나오고 있다고 쓰여 있었다.

도마리가 말했다.

"구로사키의 감사 태도에 대해 은행장님 이름으로 금융청에 의견서를 제출할 모양이야."

그 말은 한자와도 들었다. 그렇다고 해서 금융청 감사 방식이 달라지지는 않겠지만 행동하지 않고 바뀌기를 바랄 수는 없다.

"이번에 한자와 차장 덕분에 이세시마호텔은 구사일생의 기회를 얻었어. 정말 고맙네."

도고시가 진지한 얼굴로 한자와에게 인사를 했다.

"아무리 힘든 상황이라도 해결책은 반드시 있는 법이죠. 다 유아사 사장님 덕분입니다."

"그 해결책을 제시해준 사람은 자네일세."

도고시의 말에 그동안에 쌓인 피로가 씻기는 듯했다. 하지만 "앞으로도 잘 부탁하네"라는 말을 들은 순간, 한자와는 어색하게 고개를 끄덕이는 수밖에 없었다.

한자와가 이토 인사부장으로부터 호출을 받은 것은 그날 오후였다.

부장실에는 이토 이외에 한 사람이 더 있었다. 영업 2부 부장인 나이토였다.

한자와가 들어간 순간, 두 사람 사이에 팽팽한 긴장감이 흐르는 것을 손에 잡힐 듯이 알 수 있었다.

"미안하지만 이번에 자네 방식에 대해 비판이 높아지고 있어서 말이야."

거북한 표정으로 먼저 말을 꺼낸 사람은 이토였다.

"특히 임원들 사이에서 꼭 노린 것처럼 옛 T만 집중적으로 처분하는 건 이상하지 않냐는 목소리가 무시할 수 없을 만큼 커지고 있어. 무슨 뜻인지 알겠나?”

한자와는 대꾸하지 않았다. 나이토는 바늘방석에 앉은 듯한 얼굴로 한자와를 보았다.

이토가 한자와를 바라보며 본론을 꺼냈다.

“은행장님과도 의논했는데, 일단 그들의 비난을 피할 필요가 있다는 결론에 도달했어. 그래서 자네를 잠시 영업 2부 라인에서 빼기로 했네. 은행장님께서 그게 좋을 것 같다고 해서 말이야.”

아닌 밤중에 홍두깨도 아니고, 이게 무슨 황당한 말인가!

“라인에서 뺀다고요? 제가 무슨 잘못을 저질렀습니까? 이세시 마호텔이 부실 채권으로 분류되는 걸 막았고, 부정을 저지른 사람들을 추궁하는 건 당연한 일이라고 생각합니다만.”

“자네도 알다시피 우리 은행에는 이런저런 문제가 있잖나? 행내 화합을 생각하면 아무래도 그런 편이 좋을 것 같아. 그에 관해선 나이토 부장과도 의견이 일치했네.”

한자와의 따가운 시선을 받은 나이토가 난감한 얼굴로 목소리를 짜냈다.

“한자와, 자네는 내가 기대했던 것보다 훨씬 잘했어. 하지만 결국 정치력 면에서 내 힘이 미치지 못했지. 미안해.”

“어떤 처분이 내려졌습니까?”

한자와는 스스로도 놀랄 만큼 지금의 상황을 객관적으로 분석했다.

이토가 말했다.

"처분이 아니야. 어디까지나 단순한 이동이지. 이건 자네에게만 하는 말인데, 오와다 상무를 추락시킨 자네를 영업 2부 차장 자리에 두는 것에 거부 반응을 보이는 자들이 있어. 이번 이동의 목적은 어디까지나 그 비판을 피하는 거네."

이유는 어떻게든 갖다 붙일 수 있다.

"저는 어디로 가야 하나요?"

"어디로 이동할지는 앞으로 인사부에서 정할 거야. 이건 자네를 위한 일이기도 해. 이해해줬으면 좋겠네."

그 이전에 조직을 위해서라는 사실을 한자와는 알고 있다. 조직에게 행원은 어차피 장기의 말에 불과하다. 자신을 대신할 사람은 얼마든지 있다.

얼굴을 찡그리며 착잡한 표정을 짓는 두 사람을 향해 한자와는 아무렇지도 않은 것처럼 말했다.

"제가 인사 문제에 주제넘게 나설 수는 없다고 생각합니다. 위에서 시키는 대로 움직이는 게 은행원이겠지요. 그렇다면 저에게 사전에 말씀해주실 필요는 없지 않습니까?"

"한자와, 너무 그러지 말게. 우리도 괴로우니까."

이토는 그렇게 말하더니, 인사부장답게 이 자리를 수습하는 말을 덧붙였다.

"이건 어디까지나 이례적인 내정이기 때문에, 정식 인사이동이 나올 때까지는 아무에게도 말하지 말아주게. 자네에 대한 비판에 관해서도 비밀로 부탁하네……."

이토의 말을 가로막고 나이토가 말했다.

"한자와, 돌아와. 아니, 내가 반드시 돌아오게 만들겠어. 그때까지 얌전히 있게. 지금은 몸을 웅크리고 다음을 기다릴 때야."

한자와는 말없이 상사들을 바라보며 마음속으로 중얼거렸다.

기가 막혀서. 당신들은 아무 책임도 지지 않고 말로만 때우려 하는가! 모든 건 나 한 사람에게 떠넘기면서…….

"어서 와."

그날 밤, 한자와를 맞이한 하나는 눈치 빠른 사람답게 남편의 변화를 알아차렸다.

"무슨 일이 있었어? 또 금융청이야?"

"비슷한 거야."

"그렇다면 처참하게 박살내버려."

하나는 눈에 보이지 않는 적을 향해 주먹을 휘둘렀다.

"당신은 마음이 편해서 참 좋겠어."

한자와는 그렇게 말한 뒤, 하나가 내준 차를 한 모금 마시고 벽에 걸린 달력을 바라보았다.

"이삼 일 정도면 휴가를 낼 수 있는데, 어디 여행이라도 다녀올까?"

좋다고 박수를 칠 줄 알았던 하나가 뜻밖에도 쌀쌀맞게 대꾸했다.

"이제 됐어. 그보다 회사를 차릴까 해."

다음 순간, 차가 목에 막혀서 한자와는 컥컥거렸다.

"당신이 회사를 차린다고? 그만둬."

"친구랑 아동복 회사를 해볼까 얘기 중이야."

"그만두라니까!"

한자와는 무심코 오와다의 아내를 떠올렸다. 라파예트 사장이 어떤 사람인지는 모르겠으나 금전 감각에 관해서만은 하나보다 나았음이 틀림없다.

"딴생각 하지 말고 그냥 집에 있어."

"왜?"

"정 회사를 하고 싶으면 일단 아동복 회사에 들어가서 일을 배우는 게 어때?"

"그러면 언제 내 회사를 차릴지 모르잖아."

하나는 "흥! 당신에게 말한 내가 바보야"라는 말을 남기고 다른 방으로 들어갔다. 이윽고 친구와 통화하는 하나의 목소리가 띄엄띄엄 들렸지만 그것에 신경 쓸 기력은 남아 있지 않았다.

하나가 가지 않겠다면 나 혼자 고향에라도 다녀올까? 문득 그런 생각이 들었다.

혼자만의 시간을 가지고 자신의 인생을 차분히 돌아보아야 한다면, 지금이 바로 그때가 아닐까?

인생은 한 번밖에 없다.

어떤 이유로 조직에 휘둘리든 인생은 한 번밖에 없는 것이다.

가슴속에 불만을 품고 부루퉁한 얼굴로 일하는 것은 시간 낭

비일 뿐이다. 앞을 바라보자. 그리고 걸음을 내딛자.

해결책은 반드시 있는 법이니까.

그것을 믿고 앞으로 나아가자. 그것이 인생이다.

옮긴이 **이선희**

부산대학교 일어일문학과를 졸업하고 한국외국어대학교 교육대학원 일본어교육과에서 수학했다. KBS 아카데미에서 일본어 영상번역을 가르치면서, 외화 및 출판 번역작가로 활동하고 있다. 옮긴 책으로는 기시 유스케의 《검은 집》 《푸른 불꽃》 《신세계에서》와 히가시노 게이고의 《비밀》 《방황하는 칼날》 《공허한 십자가》, 나쓰카와 소스케의 《책을 지키려는 고양이》, 사와무라 이치의 《보기왕이 온다》 등이 있다.

한자와 나오키 2
복수는 버티는 자의 것이다

초판 1쇄 발행 2019년 6월 17일
초판 3쇄 발행 2019년 6월 25일

지은이 | 이케이도 준
옮긴이 | 이선희

발행인 | 문태진
본부장 | 서금선
책임편집 | 박은영   편집1팀 | 김혜연 박은영 전은정

기획편집팀 | 이정아 김예원 임지선 오민정 정다이   저작권팀 | 박지영
마케팅팀 | 양근모 김자연 이주형 정세림 정지연   디자인팀 | 윤지예
경영지원팀 | 노강희 윤현성 이보람 유상희
강연팀 | 장진항 조은빛 강유정 신유리
오디오북 기획팀 | 이화진 이희산 이석원 박진아

펴낸곳 | ㈜인플루엔셜
출판신고 | 2012년 5월 18일 제300-2012-1043호
주소 | (06040) 서울특별시 강남구 도산대로 156 제이콘텐트리빌딩 7층
전화 | 02)720-1034(기획편집) 02)720-1024(마케팅) 02)720-1042(강연섭외)
팩스 | 02)720-1043 | 전자우편 books@influential.co.kr
홈페이지 | www.influential.co.kr

한국어판 출판권 ⓒ ㈜인플루엔셜, 2019

ISBN 979-11-89995-10-2 (04830)
ISBN 979-11-89995-08-9 (세트)

• 이 책은 저작권법에 따라 보호받는 저작물이므로 무단 전재와 무단 복제를 금하며, 이 책 내용의 전부 또는 일부를 이용하려면 반드시 저작권자와 ㈜인플루엔셜의 서면 동의를 받아야 합니다.
• 잘못된 책은 구입처에서 바꿔 드립니다.
• 책값은 뒤표지에 있습니다.
• 이 도서의 국립중앙도서관 출판예정도서목록(CIP)은 서지정보유통지원시스템 홈페이지(http://seoji.nl.go.kr)와 국가자료종합목록 구축시스템(http://kolis-net.nl.go.kr)에서 이용하실 수 있습니다. (CIP제어번호 : CIP2019019775)
• 인플루엔셜은 세상에 영향력 있는 지혜를 전달하고자 합니다. 참신한 아이디어와 원고가 있으신 분은 연락처와 함께 letter@influential.co.kr로 보내주세요. 지혜를 더하는 일에 함께하겠습니다.